2022年度四川省社科规划项目（普及项目，编号：SC22KP010）

苏轼眉山诗文注评

方永江 袁丁 刘清泉 著

巴蜀书社

图书在版编目（CIP）数据

苏轼眉山诗文注评／方永江，袁丁，刘清泉著.
成都：巴蜀书社，2024.12. -- ISBN 978-7-5531-
2356-1
Ⅰ. I206.2
中国国家版本馆 CIP 数据核字第 2024KC9419 号

SU SHI MEISHAN SHIWEN ZHUPING

苏轼眉山诗文注评

方永江　袁　丁　刘清泉　著

责任编辑	康丽华
责任印制	田东洋　谷雨婷
出版发行	巴蜀书社
	四川省成都市锦江区三色路 238 号新华之星 A 座 36 楼
	邮编：610023
	总编室电话：（028）86361845
	发行科电话：（028）86361852
制　作	四川胜翔数码印务设计有限公司
印　刷	成都蜀通印务有限责任公司
	电话：（028）64715762
版　次	2025 年 6 月第 1 版
印　次	2025 年 6 月第 1 次印刷
成品尺寸	170mm×240mm　1／16
印　张	14.25
字　数	250 千
书　号	ISBN 978-7-5531-2356-1
定　价	68.00 元

本书若出现印装质量问题，请与印刷厂联系调换

三苏祠·南大门

三苏祠·来凤轩

三苏祠·木假山堂

三苏祠塑像·八娘伴母

古纱縠行

远景楼

蟆颐山大门

老翁山、老翁井

吾郡眉山：书香之城

——代序言

方永江

从成都沿成（都）乐（山）高速往西南方向行驶半小时，出高速路口，四座巍峨的仿宋城楼跃入眼帘，城门上赫然镶嵌着两个苏体鎏金大字"眉山"，这就是三苏故里了。倘得闲暇，步行数十米，可见飞渡天空的城际高铁桥体上一幅酣畅淋漓的水墨画，让你仿佛一下子穿越到一座古色古香的城池，陶醉于满满的书香中。

南宋爱国诗人陆游路过眉山，专程前往披风榭拜谒东坡先生遗像，怀着万分景仰的心情写下了"蜿蜒回顾山有情，平铺十里江无声。孕奇蓄秀当此地，郁然千载诗书城"的诗句，从此，眉山有了"千载诗书城"的美誉。

千载诗书，千载书香，书香之城，"进士之乡"。书城的源头在孙氏书楼。盛世藏书，早在唐玄宗开元年间，眉山人孙长孺就建成了藏书丰富的书楼，声名远播。光启元年，僖宗御书"书楼"赐之，眉山成为一座独特的文化地理坐标，一时风光无两。"门前万竿竹，堂上四库书"，一代又一代的收藏，一层复一层的累积，古老的眉州散发出经久不息的书香。图书奠定了坚实的基础，这片生机勃勃的土地天天都是读书日；那些元气淋漓极富生命张力的人，个个都是读书人。立志读遍人间书，发愤识尽天下字，这不仅是苏东坡苏氏子弟，而且是那时眉山读书人的普遍志向。到了宋朝，眉山通经学古、挟经载笔、应对进退的人，洋洋大观，成就了"天下好学之士皆出眉山"（宋仁宗语）。

"唐宋八大家"，书香之城占三家，三苏父子终成眉山的文渊和学薮。苏家自苏洵父苏序起，就不遗余力为子孙营造优雅的读书环境。苏轼兄弟念念不忘的南轩，竹柏杂花，丛生满庭，鸟跃枝头，馥郁扑鼻，经史百家之书活色生香。眉山苏氏在当时虽是富裕的小康之家，但他们不治田产，却广购图书，薪火相传，家中藏书愈加丰富。苏轼、苏辙束发就学时，就能以父为师，坐拥书城，"幼学无师，先君是从。游戏图书，寤寐其中"，熏染于翰墨，畅游于书海，驰骋于版迹，三苏父子文峰鼎峙、浩气长存。他们的诗词歌赋是这座城池的经，他们的琴棋书画是这座城池的纬，相亲相爱的人们在这里诗意栖居。

书香之城，东坡读史明志的故事，激荡人心，留芳千古。苏轼十岁的时候，父亲苏洵"宦学四方"，母亲程夫人亲自教育两个儿子，给他们讲述古今成败的事例。一天，程夫人给苏轼读《后汉书·范滂传》。《范滂传》讲到范滂因反对宦官当权而被逮捕的事，有一段记述了他被逮捕时与母亲诀别的情形。范滂跪着对母亲说："儿子此次被捕，难以生还，无法再尽孝道。弟弟仲博很不错，能代我孝敬母亲。希望母亲大人能'割不可忍之恩'，不必太过伤心。"范母对儿子说："你今天能够与李膺、杜密齐名，死又有什么可以遗憾的呢！"范滂听了母亲的话后，坚定了视死如归的决心，站起来拜别了母亲。后来死于狱中，年仅33岁。

程夫人读到这里时，深深为范滂母子事迹所感动。侍立在一旁的苏轼对母亲说："我如果成为范滂那样的人，母亲您也能赞许我么？"程夫人十分坚定而庄重地回答儿子说："你能够成为范滂那样的人，我难道不能成为像范母一样的人吗？"小小的苏轼树立起了为国家人民担当责任并准备为之奋斗终生的雄心壮志。

书香之城，东坡"八面受敌"的读书法，授人以渔，终生受益。王庠是苏辙的女婿，他在应科举考试之前，写信向苏轼求教，问怎样才能读书速成，有何捷径可走。苏轼在回信中告诉王庠，读书学习是没有任何捷径可走的，要想学有所成，"八面受敌"法是一个行之有效的好方法。苏轼说，每读一本书，都要反复阅读，才能读尽书中所有的意思。书中丰富的内容有如大海，里面"百货皆有之"，但是读书的人精力有限，进入到书中知识的海洋里，不能一下子"兼收尽取"，只能是得到自己所想得到的东西。所以读书学习的人读书时，每次只确定自己最想得到的一种知识去读。这种读书法虽然"愚钝",但是得到的知识却十分扎实。能够"八面受敌",对解决各种问题、撰写各类文章就都能应付裕如,这同那些贪大求全的读书人是不可同日而语的。

苏轼的"八面受敌"读书法是他长期以来读书实践经验的总结,学成后的苏轼之所以面对各种不同的题目都能写出主题鲜明有创意、内容丰富有文采、让人耳目一新的好文章,正是"八面受敌"读书法所带来的学习效果。他的"八面受敌"和手抄《汉书》、"博观而约取,厚积而薄发"等方法,在当时和后世都得到了广泛的推崇。

今天的眉山,阅读经典已是蔚然成风。"腹有诗书气自华",千年的书香得到了很好的传承。"我爱苏东坡,为你把墨磨。一撇又一捺,一生都快乐"的优美旋律萦绕在眉山大街小巷,在苏轼遗址遗迹地,特别是这些地方的中小学得到广泛传唱。书声琅琅、书香袅袅的眉山,"行旅有方,永遇乐见;江山之胜,倾想千年",三苏故里蔚为景苏仰苏人们心安惬意的故乡,甘愿在她芳香温暖的怀抱中做一棵柔媚的水草。

我们深受沾溉。心手相牵,协同发力,完成三苏眉山诗文注评,致敬先贤,赓续文脉。

前　言

2019年，我在"苏轼与乡村振兴研究"项目中，承担"苏轼的眉山记忆"部分的写作。苏轼在眉山写作的诗文留存至今的很少，涉及眉山的诗文却颇多。因此，我用笨办法，逐册翻阅《苏轼全集校注》，将涉及眉山的重要语句一一录下，费时半年有余，不料此项目无疾而终。

"苏轼与眉山诗文"是眉山独有的苏轼文化资源，对眉山当代文化建设有重要的借鉴意义，然而却没有人对此做过全面、系统的梳理。在全国苏轼遗址地中，如凤翔、儋州、黄冈、诸城、徐州、平顶山、定州、惠州等，皆对苏轼在当地创作的诗文进行了梳理、辑录、注评等基础工作。于是，与同事议定，一人诗词一人文，合作完成"苏轼眉山诗文注评"，后来立项为四川省社会科学规划项目（普及项目，编号：SC22KP010），此乃意外之喜。

书稿有三个着力点：一是力求收集整理全面准确。我们以张志烈、马德富、周裕锴主编的《苏轼全集校注》（河北人民出版社2010年版）为底本，并参考其他相关资料，力求对苏轼眉山诗文进行全面、系统的搜集与整理，以展现其全貌。主体部分共注评苏轼眉山诗词文九十八题，共计一百四十九首（篇）。二是注释简评力求通俗晓畅。人们将苏学称为"苏海"，足见其学问之渊博、思想之深邃，尤其是其诗词，因笔力豪骋、善于用典，常有神来之笔（他被人称作"诗神"），这为后人理解苏轼诗文带来了难度。本书的意图在于普及，为了打破这些壁垒，我们对诗文中生僻、重要、关键的语句，加以注释，力求简明、准确、通俗；对作品的写作背景、内容、思想、艺术等做简要分析，便于读者理解，力图给读者以启发。三是侧重从眉山的角度做生发。本书对苏轼眉山诗文的注释和简评侧重从眉山的角度，对其中有关眉山的地名、人物、掌故等，都进行较为全面的阐释和生发，以期对苏轼与眉山的血脉联系、苏轼思想起源进行深入探究。

苏轼有言："横看成岭侧成峰，远近高低各不同。"文学艺术欣赏亦是如此，思想观点不同、学识涵养不一、欣赏角度各异均会让每一篇文章呈现出不同的色彩。然而百花齐放，文学的世界才会斑斓多彩；百家争鸣，思想的火花才能璀璨夺目。我们希望能以一隅之得帮助学人，以一愚之见启发来者，进而激发读者进一步探索东坡文化，获得遨游"苏海"的乐趣。

袁 丁

甲辰年冬月于眉山

凡　例

一、本书分为主体和附录部分，主体分为诗、词、文三个部分，每部分大致以编年顺序排列，每题包括原文、注释、简评三个板块。

二、本书主体和附录部分的苏轼作品均以《苏轼全集校注》（张志烈、马德富、周裕锴主编，河北人民出版社2010年版）为底本，同时参考其他版本。

三、主体部分共注评苏轼眉山诗词文九十八题，共计一百四十九首（篇），选择涉及眉山内容较多的篇目进行注评。对于其中涉及同一人物、同一方面较多者，择一二篇为代表。

四、注释板块对诗文中生僻、重要、关键的语句，加以注释，力求简明、准确、通俗。

五、注释和简评板块侧重眉山角度，对其中有关眉山的地名、人物、掌故等，进行较为全面的阐释和生发。

六、注释板块中地名的注释主要参考《中国历史地名大辞典》（史为乐主编，中国社会科学出版社2017年版），仅标注此地宋代治所之现在地名，以便于读者理解。

七、简评对作品的写作背景、内容、思想、艺术等做简要分析，便于读者理解。

八、附录部分收录涉及眉山内容较少的篇目，只列出诗文题目和涉及眉山的词句，涉及同一眉山人、苏轼在眉山所作诗文的篇目，若评注中已选或附录中已录其篇目者，视其涉及眉山其他方面内容多少而选录。

九、附录还择录苏轼诗词文中涉及四川内容较多的篇目和诗句。

十、本书使用简化字，在可能产生歧义时，酌用繁体字或异体字。

十一、本书所涉古代年份，一律用帝王纪年法，并括注公元纪年（"年"字则省略，同一页则只标一次）。

目 录

诗

咏怪石 …………………………………………………………… 003

岁晚相与馈问，为馈岁；酒食相邀，呼为别岁；至除夜，达旦不眠，
  为守岁。蜀之风俗如是。余官于岐下，岁暮思归而不可得，故为此
  三诗以寄子由 …………………………………………………… 006

和子由踏青 ……………………………………………………… 008

和子由蚕市 ……………………………………………………… 010

和子由寒食 ……………………………………………………… 012

亡伯提刑郎中挽词二首甲辰十二月八日凤翔官舍书 …………… 013

送任伋通判黄州兼寄其兄孜 …………………………………… 015

送安惇秀才失解西归 …………………………………………… 016

自昌化双溪馆下步寻溪源，至治平寺，二首（选一） ………… 018

和文与可洋川园池三十首（选三） …………………………… 019

寄黎眉州 ………………………………………………………… 021

答任师中、家汉公 ……………………………………………… 022

春　菜 …………………………………………………………… 025

御史台榆、槐、竹、柏四首（选二） ………………………… 027

正月十八日蔡州道上遇雪，次子由韵二首（选一） …………… 029

戏作种松 ………………………………………………………… 031

次韵子由病酒肺疾发 …………………………………………… 033

冬至日赠安节 …………………………………………………… 036

伯父《送先人下第归蜀》诗云："人稀野店休安枕，路入灵关稳跨

驴。"安节将去，为诵此句，因以为韵，作小诗十四首送之（选四）
…… 037

元修菜 并叙 …… 040

送表弟程六知楚州 …… 042

送贾讷倅眉二首 …… 044

送杨孟容 …… 046

次韵子由送家退翁知怀安军 …… 047

庆源宣义王丈，以累举得官，为洪雅主簿，雅州户掾。遇吏民如家人，人安乐之。既谢事，居眉之青神瑞草桥，放怀自得。有书来求红带。既以遗之，且作诗为戏，请黄鲁直、秦少游各为赋一首，为老人光华 …… 049

木山 并叙 …… 051

送千乘、千能两侄还乡 …… 053

异鹊 并叙 …… 055

寄蔡子华 …… 057

仲天贶、王元直自眉山来，见余钱塘，留半岁。既行，作绝句五首送之
…… 059

和陶饮酒二十首 并叙（选三） …… 061

书晁说之《考牧图》后 …… 064

表弟程德孺生日 …… 066

正辅既见和，复次前韵，慰鼓盆，劝学佛 …… 067

夜梦 并引 …… 070

和陶郭主簿二首 并引 …… 072

狄韶州煮蔓菁芦菔羹 …… 074

词

江城子 乙卯正月二十日夜记梦 …… 079

洞仙歌 …… 081

满庭芳 …… 083

文

却鼠刀铭	087
谢范舍人书	089
与杨济甫十首（选八）	092
祭伯父提刑文	096
亡妻王氏墓志铭	098
苏廷评行状	101
中和胜相院记	103
书温公志文异圹之语	106
四菩萨阁记	108
答杨君素三首	111
与王庆源十三首	113
眉州远景楼记	120
乳母任氏墓志铭	123
石氏画苑记	124
祭任师中文	126
题子明诗后并鲁直跋	128
陈公弼传（节选）	129
祭堂兄子正文	130
与子安兄七首	132
与王元直二首	136
天石砚铭并叙	138
保母杨氏墓志铭	141
祭石幼安文	142
跋送石昌言引	144
书正信和尚塔铭后	145
记里舍联句	147
范文正公文集叙（节选）	148

书赠王元直三首	150
梦南轩	152
祭亡妻同安郡君文	153
书外曾祖程公逸事	155
与程正辅七十一首（选四）	157
思子台赋并引	161
宝月大师塔铭	162
书陆道士诗	166
陆道士墓志铭	168
众妙堂记	170
陈太初尸解	172
十八大阿罗汉颂并叙有跋（节选）	173
与程怀立六首（选一）	176
与杨子微二首	178
题李伯祥诗	179
史经臣兄弟	180
猪母佛	181
接果说	183
蜀盐说	184
记先夫人不发宿藏	185
记先夫人不残鸟雀	188
附　录	191
后　记	214

诗

苏轼眉山诗文注评

咏怪石[1]

家有粗险石,植[2]之疏竹轩。人皆喜寻玩,我独思弃捐。以其无所用,晓夕[3]空崒然[4]。砧础[5]则甲斫[6],砥[7]砚乃枯顽[8]。于缴[9]不可礴[10],以碑不可镌[11]。凡此六用无一取,令人争[12]免长物[13]观。谁知兹石本灵怪,忽从梦中至吾前。初来若奇鬼,肩股何孱颜[14]。渐闻硠礚[15]声,久乃辨其言。云"我石之精,愤子辱我欲一宣。天地之生我,族类广且蕃[16]。子向所称用者六,星罗雹布盈溪山。伤残破碎为世役,虽有小用乌足贤?如我之徒亦甚寡,往往挂名经史间。居海岱者充禹贡,雅与铅松相差肩[17]。处魏榆者白昼语,意欲警惧骄君悛[18]。或在骊山拒强秦,万牛汗喘力莫牵[19]。或从扬州感卢老,代我问答多雄篇[20]。子今我得岂无益,震霆凛霜我不迁。雕不加文磨不莹,子盍[21]节概如我坚。以是赠子岂不伟,何必责我区区焉"。吾闻石言愧且谢[22],丑状欻[23]去不可攀。骇然[24]觉坐想其语,勉书此诗席之端。

注释

[1] 此诗收在《东坡外集》第四卷,查慎行、冯应榴注本均收录,定为苏轼守母丧期间(1057—1059)所作。[2] 植:树立。[3] 晓夕:早晨和晚上。[4] 崒然:突兀的样子。[5] 砧(zhēn)础:捣衣石和屋柱下的石礅。[6] 斫(zhuó):砍,斩,这里是斩断的意思。[7] 砥(dǐ):磨刀石。[8] 枯顽:这里指怪石制成砚不能储水,质地坚硬不可雕琢。[9] 缴:系在箭上的生丝绳。[10] 礴(bō):射鸟用的石箭头。[11] 镌(juān):凿,刻。[12] 争:同"怎"。[13] 长物:多余之物。[14] 孱颜:也作

清龚晴皋书评东坡枯木竹石轴

"巉岩"，这里形容怪石瘦骨棱棱。［15］硿礲（hónglóng）：石落之声。［16］蕃：繁多。［17］"居海岱"两句：海岱，指东海与泰山之间的地方。禹贡，夏禹区分九州，根据土地所有决定贡赋。差肩：并列。《尚书·禹贡》载，海岱属青州，贡物有"铅松怪石"。［18］"处魏榆"两句：魏榆，地名，春秋时属晋国。悛，改正。《左传·昭公八年》载："春，石言于晋魏榆"，晋侯问师旷："石何故言？"师旷答："……怨讟动于民，则有非言之物而言。今宫室崇侈，民力凋尽，怨讟并作……石言，不亦宜乎？"［19］"或在"两句：《长安志》载，很石，在（临潼）县东，形似龟。修秦始皇墓，采此石不能动。［20］"或从"两句：卢老，指唐代诗人卢仝，他客居扬州萧氏宅时作《萧宅二三子赠答》诗，其中有《客赠石》《石让竹》《石请客》《石答竹》等篇。［21］盍（hé）：何不，表示反问或疑问。［22］谢：道歉。［23］欻（xū）：忽然。［24］骇然：惊恐的样子。

简评

苏轼是赏石、藏石大家，推崇以丑为美的赏石观。他写过不少咏石诗文，《咏怪石》是其中最早的一首。

疏竹轩前的怪石粗险突兀、瘦骨棱棱，质地坚硬易断，既不能做捣衣石、磨刀石和屋柱下的石墩，又不能做砚台、箭头和石碑，简直无一可取。不料怪石竟是"灵怪"所变，它得知诗人的看法后十分气愤，托梦为自己辩解。怪石认为诗人称赞的"六用"之石太多且用途小，而自己是石中精英，稀少且载于经史间。东海泰山的怪石可充当贡赋，与铅松并列上献；魏榆的怪石会白天说话，向骄奢的君主述说民怨；骊山的怪石敢抗拒强秦，万牛汗喘也不能把它搬迁；扬州的怪石被卢仝感动，代他问答留下雄健诗篇。什么磨难都无法将它改变，它让诗人学习它的"节概"，坚如磐石。诗人听了怪石的话后非常惭愧，诚恳地向它道歉，忽然觉得怪石丑状尽去，气节、品质高不可攀。

此诗欲扬先抑，一波三折，富有戏剧色彩，诗人本想赞美怪石却先贬斥其丑陋、"无一取"，接着借怪石托梦辩解，自己闻言折服，展现其高尚品质和自己的赞赏之情，从中可见苏轼深厚的学养和丰富的想象力。

岁晚相与馈问，为馈岁；酒食相邀，呼为别岁；
至除夜，达旦不眠，为守岁。
蜀之风俗如是。余官于岐下，
岁暮思归而不可得，故为此三诗以寄子由[1]

馈 岁

农功各已收，岁事得相佐。为欢恐无及，假物不论货[2]。山川随出产，贫富称小大[3]。置盘巨鲤横，发笼双兔卧。富人事华靡，彩绣光翻座[4]。贫者愧不能，微挚[5]出春磨。官居故人少，里巷佳节过。亦欲举乡风，独唱无人和。

别 岁

故人适千里，临别尚迟迟[6]。人行犹可复，岁行那可追。问岁安所之，远在天一涯。已逐东流水，赴海归无时[7]。东邻酒初熟，西舍彘亦肥。且为一日欢，慰此穷年悲[8]。勿嗟旧岁别，行与新岁辞。去去勿回顾，还君老与衰。

守 岁

欲知垂尽岁，有似赴壑蛇[9]。修鳞半已没，去意谁能遮[10]。况欲系其尾，虽勤知奈何。儿童强不睡，相守夜欢哗。晨鸡且勿唱，更鼓畏添挝[11]。坐久灯烬[12]落，起看北斗斜。明年岂无年，心事恐蹉跎。努力尽今夕，少年犹可夸。

注释

[1] 嘉祐七年（1062）岁末作于凤翔，苏辙作和诗《次韵子瞻记岁莫乡俗三首》。[2] 假物不论货：赠送礼物不论其价值多少。[3] "山川"两句：礼物都是本地出产，其价值与送礼人的贫富相称。[4] 彩绣光翻座：彩色丝织品等炫人眼目。[5] 挚：礼物。[6] 临别尚迟迟：分别时依依不舍缓缓前行。[7] "已逐"两句：光阴如流水，一去不复返。[8] 慰此穷年悲：穷年，终年。句意为以此来慰藉这一年来的悲苦。[9] "欲知"两句：形容旧年飞逝，时光难返。[10] 遮：阻挡。[11] 挝（zhuā）：打，敲打。[12] 灯烬：灯花，灯芯燃烧后剩下的东西。

简评

这是一组长诗，叙述之详细、感情之细腻，在苏轼诗歌中实属少见。题目不厌其烦地交代了蜀地年末风俗和作诗缘由：年末亲朋好友互赠礼物叫馈岁，轮流置办酒席邀请亲朋来辞旧叫别岁，除夕夜一家老小通宵不眠叫守岁。嘉祐七年除夕，苏轼独在凤翔"思归而不可得"，三诗以此展开。

《馈岁》诗前十二句回忆蜀人年末互赠礼物、喜迎新年：肥美的鲤鱼横卧盘中，健壮的兔子静卧竹笼，富人的礼品贵重，绚丽夺目，穷人的礼品微薄，精心舂磨。苏辙《馈岁》写道："东邻遗西舍，迭出如蚁磨。宁我不饮食，无尔相咎过。相从庆新春，颜色买愉和。"馈岁重的是心意，因此家家户户乐此不疲。结尾四句回到现实，清冷的官舍，思家的游子，想要共举乡风，却无人相应，与前文的欢乐、热闹、温情形成了强烈的对比，突出了诗人独在异乡的孤苦和思亲、怀乡之情。

《别岁》承接上文，前八句写游子离家的悲哀。中间四句深情回忆乡邻杀猪设酒、互邀亲朋、开怀畅饮。结尾笔锋一转，再叹时光飞逝，抒发游子远离故土的悲凉之情。纪昀评此诗"气息特古"，诗歌多处化用前人诗句，如"相去万余里，各在天一涯"（《古诗十九首》）、"百川东到海，何时复西归"(《古乐府》)、"穷年忘归"(张衡《西京赋》)等,反复歌咏时光飞逝一去不返。自汉代任官回避制度兴起,很多古代官员因不能回乡任职而客死他乡,苏轼意识到自己恐怕也难逃这样的命运,流露出深沉的悲凉之感。

《守岁》诗开头以蛇赴壑比喻旧年飞逝,时光难返。接下来生动展现守岁的情景:小孩子强忍瞌睡欢闹着和家人一起守岁,人们希望雄鸡晚点打鸣,更鼓不要再敲响。然而愉快的时光总是短暂的,转眼灯芯已尽、北斗西斜。《东京梦华录·除夕》载:"士庶之家,围炉团坐,达旦不寐,谓之守岁。"当时的人们认为"守冬爷长命,守岁娘长命"。守岁,守的是亲情、美好和希望。因此,苏轼希望兄弟二人两地守岁,共惜年华。后四句与篇首对照有互勉之意。

和子由踏青[1]

东风[2]陌上惊微尘,游人初乐岁华新。人闲正好路傍饮,麦短未怕游车轮。城中居人厌城郭,喧阗[3]晓出空四邻。歌鼓惊山草木动,箪[4]瓢散野乌鸢[5]驯。何人聚众称道人,遮道[6]卖符色怒嗔[7]:"宜蚕使汝茧如瓮[8],宜畜使汝羊如麇[9]。"路人未必信此语,强为买服禳新春[10]。道人得钱径沽酒,醉倒自谓吾符神。

🍃 注释 🍃

[1] 嘉祐八年(1063)正月作于凤翔。踏青:赏春,春游。每年农历正月初七日,眉山人有去城东蟆颐山赏春踏青的习俗。王十朋《东坡诗集注》引苏辙《踏青》诗叙写道:"眉之东门十数里,有山曰蟆颐,山上有亭榭松竹,山下临大江。每正月人日,士女相与游嬉饮酒于其上,谓之踏青

也。"[2]东风：春风。[3]喧阗（tián）：喧闹。[4]箪（dān）：古代盛饭用的圆形竹器。[5]鸢（yuān）：老鹰。[6]遮道：拦住道路。[7]嗔（chēn）：发怒时睁大眼睛。[8]瓮：盛东西的陶器，腹部较大。[9]麇（jūn）：獐子。[10]强为买服禳新春：服，佩带。禳（ráng），向鬼神祈祷，以消灾祈福。赵抃《成都古今记》："三月三日，太守出北门，宴学射山……男觋女巫会于此，写符篆以鬻人，云，宜田蚕，辟灾疫。佩者戴者，信以为然。"眉山与成都相隔仅几十公里，风俗当相近。

简评

嘉祐八年（1063）正月，苏辙在京师侍父，作《记岁首乡俗寄子瞻二首》寄给在凤翔做官的苏轼，苏轼作《和子由踏青》《和子由蚕市》，兄弟俩共忆蜀中往事和风俗，以慰思乡之情。

每年农历正月初七，眉山人都会结伴郊游于城东蟆颐山，欢歌宴饮，赏春踏青。此时正值初春，郊外麦苗浅短、春意初发，路上游人如织、车马萧萧，歌声、鼓声、欢笑声惊动山间草木。路旁道人大声吆喝，吹嘘他的符可使蚕茧长得像瓮一般大，可使羊长得像獐子。他的吆喝引来围观的人群，但是人们并不都相信他的话，只是勉强买来符篆驱邪祈福。道人卖到钱后径直去买酒喝，醉倒在路旁还不停地自夸"吾符神"。

诗歌前半部分描绘眉山人到郊外踏青的热闹情景，充满了对春日、美好生活的咏赞。后半部分绘声绘色地描写道人卖符、醉酒的有趣场景，富有戏剧色彩。诗歌平易自然，感情诚挚，语言形象生动，富有浓郁的生活情趣。初春的田野、乡人热闹出游、路人围观、道人吆喝卖符醉卧呓语等，构成了一幅眉山风情画卷，充满了世俗味、人情味、家乡味，流露出诗人对故乡和亲友的眷念之情。

和子由蚕市[1]

　　蜀人衣食常苦艰，蜀人游乐不知还。千人耕种万人食，一年辛苦一春闲。闲时尚以蚕为市，共忘辛苦逐欣欢。去年霜降斫秋荻[2]，今年箔[3]积如连山。破瓢为轮土为釜，争买不啻金与纨[4]。忆昔与子皆童丱[5]，年年废书[6]走市观。市人[7]争夸斗巧智，野人[8]喑哑[9]遭欺谩[10]。诗来使我感旧事，不悲去国[11]悲流年。

三苏祠外墙浮雕·程夫人贸纱

◈ 注释 ◈

[1] 嘉祐八年（1063）正月作于凤翔。蚕市：蜀中古俗。每年春，州城及属县循环一十五处有蚕市，买卖蚕具兼及花木、果品、药材等，并供人游乐。[2] 去年霜降斫秋荻：荻，水边生长的多年生草本植物，形状像芦苇。句意为头年秋天砍下荻秆，准备来年搭扎蚕箔。[3] 箔：蚕箔，养蚕用的筛子或席子。[4] "破瓢"两句：瓢轮、土釜，都是缫丝用具。不啻(chì)，不止。纨，细的丝织品。句意为虽是破旧的瓢轮、土做的釜，可蚕农急需，都争相购买，因而价钱昂贵。[5] 童卯(guàn)：儿童、童子。卯：儿童束发成两角的样子。[6] 废书：放下书本。[7] 市人：这里指商人。[8] 野人：这里指乡下人。[9] 喑哑：形容乡下人不善言辞。[10] 谩：欺骗，蒙蔽。[11] 去国：离开故乡。

◈ 简评 ◈

蚕市是蜀中古俗，王十朋《东坡诗集注》引苏辙诗叙云："眉之二月望日，鬻蚕器于市，因作乐纵观，谓之蚕市。"两汉以来，蜀锦驰名中外，北宋眉山从事蚕桑业的人家很多。苏轼母亲程夫人便在城西纱縠行做丝绸生意，这里也是蚕市之一。嘉祐八年正月，又到了举行蚕市的时节，苏轼兄弟却远离故土、相隔千里，于是共同"感旧事""悲流年"。

蜀人一年到头辛苦忙碌，依然缺衣少食，不仅如此，他们还要受到朝廷和地方的层层盘剥，艰辛可想而知。在稍闲的春季，蜀人忙着到蚕市换回价格高昂的养蚕、缫丝器具，那些老实的农户还要遭受狡猾商户的欺诈。诗人用真挚而朴实的叙述展现了蜀人生活之苦。

古代娱乐活动匮乏，热闹的蚕市无疑是一项重要的娱乐活动。蚕市上堆积如山的蚕具，琳琅满目的花木果品、药材杂物，吸引着十里八乡的眉山人。乡人乐观知足，趁着买蚕具的时候忙里偷闲，享受着这一年中难得的时光。热闹的蚕市对年幼的苏轼兄弟具有强大的吸引力，他们无心念书，手拉手溜出去玩,尽情享受"偷"出来的快乐。

　　诗歌围绕着蜀人的"苦"与"乐"展开,全诗感情充沛、语言质朴,充满世俗风情,表达了对故土乡风的怀念,对流年易逝的伤感,对乡人艰苦生活的深切同情。

和子由寒食[1]

　　寒食今年二月晦[2],树林深翠已生烟。绕城骏马谁能借,到处名园意尽便[3]。但挂酒壶那计盏,偶题诗句不须编。忽闻啼䴗[4]惊羁旅,江[5]上何人治废田[6]。

注释

　　[1] 嘉祐八年(1063)三月作于凤翔。寒食:宋代最重要的节日之一,在农历冬至后一百零五日,清明节前一二日。[2] 晦:农历每月最后一日。[3] 意尽便:任意观赏游玩。[4] 䴗(jú):古书上指伯劳,又名子规、杜鹃、催归。[5] 江:指岷江。[6] 废田:苏家在眉山的田产。苏洵《上田枢密书》:"洵有山田一顷,非凶岁可以无饥。力耕而节用,亦足以自老。"

简评

　　历代诗人写寒食,多出伤怀忧思之句,而苏轼这首寒食诗的大部分篇幅却洋溢着轻松闲适的氛围。嘉祐八年,苏轼签判凤翔已经一年多,这年的寒食节,恰好在二月的最后一天。此时临近暮春,树木枝繁叶茂,树林苍翠深幽,路上不时有三三两两骑马漫游的行人。诗人也游兴大发,骑着借来的骏马,挂上盛满美酒的酒壶,在城中的名园随意观赏游玩。春色宜人,诗人一路徐行慢饮，不知喝了多少酒，偶遇佳处，诗兴大发，出口成篇，好不惬意自得。

然而，这一切却在诗歌的最后一句戛然而止，催归鸟突如其来的哀啼瞬间打破了诗人的悠游惬意，勾起诗人深埋在心中的羁旅之思。在催归鸟犹如唤子回归的叫声中，苏轼不由想起眉山岷江河畔的薄田，想起身在远方的亲友，想起当年与弟弟苏辙对床夜语、相约早退之事。一时间，思家、念亲、早退之思齐齐涌上心头，似乎即将喷薄而出，却笔锋一转，一句"江上何人治废田"举重若轻，于浓烈的克制中流露出无奈之感。

亡伯提刑郎中挽词二首

甲辰十二月八日凤翔官舍书[1]

其 一

才贤世有几，廊庙忍轻遗？公在不早用，人今方见思。故山松郁郁，旧吏印累累[2]。惟有桐乡老，闻名尚涕洟[3]。

其 二

挥手都门别，朱颜鬓未霜。至今如梦寐，未信有存亡。后事书千纸[4]，新坟天一方。谁能悲楚相，抵掌悟君王[5]？

注释

[1] 嘉祐七年（1062）作于凤翔。亡伯，即苏涣（1000—1062），天圣二年（1024）进士及第，曾任阆中通判、祥符县令、都官郎中利州路提点刑狱等，故称苏涣提刑郎中。苏涣嘉祐七年八月卒，治平二年（1065）与妻子

杨氏合葬于眉州眉山县永寿乡高迁里。[2] 旧吏印累累：苏涣乐于提拔，手下的旧吏已有多人做官。[3] "惟有"两句：桐乡，《汉书·朱邑传》："（朱邑）少时为舒桐乡啬夫，廉平不苛，以爱利为行，未尝笞辱人，存问耆老孤寡，遇之有恩，所部吏民爱敬焉。"苏轼以朱邑比苏涣，赞美他施行德政、廉平不苛，他死后，所治地的百姓听见他的名字就伤心流泪。[4] 后事书千纸：这里指留给后世的著作极多。[5] "谁能"两句：苏涣为官清廉，死后家中清贫，苏轼希望有人能向英宗进谏，使之有所抚恤。《史记·滑稽列传》载：楚相孙叔敖死后，优孟知其子穷困，"即为孙叔敖衣冠，抵掌谈语。岁余，像孙叔敖，楚王及左右不能别也。庄王置酒，优孟前为寿。庄王大惊，以为孙叔敖复生也，欲以为相"。优孟说："楚相不足为也。如孙叔敖之为楚相，尽忠为廉以治楚，楚王得以霸。今死，其子无立锥之地。"庄王动容，封赏孙叔敖之子。

简评

嘉祐七年（1062）八月，伯父苏涣去世，苏轼听闻后悲痛异常，此诗即作于苏涣死后不久。全诗感情真挚，充溢着沉痛哀婉之情。

苏涣是北宋时期眉山县早期进士，他打破了苏氏"自唐始家于眉，阅五季皆不出仕""三代皆不显"的局面，带动了眉山的读书风气，是苏家子孙乃至眉山人的典范和骄傲。苏轼《苏廷评行状》云："（涣）以进士得官，所至有美称，及去，人常思之，或以比汉循吏。"但这样一位深得百姓爱戴的贤才却未受重用，年仅62岁就骤然离世，怎能不令人痛惜！其一首句发问，表达对苏涣遭遇的感慨、惋惜，接着用比兴、用典的手法展现其美德、美政，表达强烈的赞美。

其二前四句回忆嘉祐六年（1061）秋伯父赴利州任，与自己分别京师的情形，当时他面色红润，两鬓还未染上风霜。时至今日，苏轼仍然觉得如在梦中，不敢相信伯父已经去世。诗人以往事的美好反衬现在的悲伤，突出心情的沉痛。接着用"书千纸""天一方"突出苏涣著作之多，其坟墓与自己相隔之远。结尾发问：他清正廉洁，死后家里非常贫困，谁能向皇帝进谏，让他的家眷有所抚恤呢？表达对皇帝抚恤苏涣家人的期许。

送任伋通判黄州兼寄其兄孜[1]

吾州之豪任公子，少年盛壮日千里。无媒自进谁识之[2]，有才不用今老矣。别来十年学不厌，读破万卷诗愈美。黄州小郡夹溪谷，茅屋数家依竹苇。知命无忧子何病，见贤不荐谁当耻。平泉老令[3]更可悲，六十青衫[4]贫欲死。桐乡遗老至今泣[5]，颍川大姓谁能棰[6]？因君寄声问消息，莫对黄鹉矜爪觜[7]。

注释

[1] 熙宁二年（1069）作于汴京。任伋、任孜兄弟是苏洵的老友。任伋（1018—1081），字师中，眉山人。始为新息令，熙宁二年通判黄州，元丰二年（1079）任泸州知州。少即读书，通其大义，不治章句。性任侠喜事，与其兄孜相继举进士及弟，闻名当时。任孜（？—1077），字遵圣，眉山人，以学问气节推重乡里，与弟任伋并称"二任"，仕至光禄寺丞。[2] 无媒自进谁识之：无人提拔推荐，仅靠自己进取。[3] 平泉老令：平泉，指平泉县，治所在今四川简阳市西南。令，县令。任孜曾任平泉县令，罢退后居住在这里。[4] 青衫：形容官职低微，宋八九品官员官服为青色。[5] 桐乡遗老至今泣：参见《亡伯提刑郎中挽词二首》注[3]。[6] 颍川大姓谁能棰：棰，笞击，鞭打。《汉书·赵广汉传》："（赵广汉）迁颍川太守。郡大姓原、褚宗族横恣，宾客犯为盗贼，前二千石莫能禽制。广汉既至数月，诛原、褚首恶，郡中震栗。"以赵广汉比任孜，赞美他执法严明，不畏豪强。[7] "因君"两句：鹉，一种猛禽。觜，同"嘴"，鸟喙。句意为希望任伋不要吝惜笔墨，经常给自己寄书信。

简评

熙宁二年（1069），眉山老乡任伋将到黄州任通判，苏轼作此诗为他送别，同时送给他的哥哥任孜。

苏辙曾在《黄州师中庵记》中称赞任伋："平生好读书，通达大义，而不治章句。性任侠喜事，故其为吏通而不流，猛而不暴。"任伋、任孜兄弟才华横溢、豪气万丈、侠肝义胆，年少便闻名乡里，但无人识拔荐引，如今已年老仍未得到重用，尤其是任孜仅为平泉小令，一生穷困潦倒。然而，面对命运的不公，二任却并未自怨自艾。任伋勤学不厌，"读书破万卷，下笔如有神"，诗歌愈发精美，即使被派遣到黄州这样偏僻落后的小郡，仍然乐天知命、毫不气馁；任孜为官清廉、德泽在人，不惧豪强、勇敢有为，治下的百姓无不感念他的恩德。

古往今来，怀才不遇、英雄暮年一直是人们咏叹的主题，不少诗歌难免陷入悲伤、愤懑，苏轼虽对二任的遭遇极为惋惜、同情和愤慨，怒问"见贤不荐谁当耻""颍川大姓谁能棰"，却点到为止，重在表现他们美好的品质。全诗收放自如，"吐属爽朗，无一冗赘字句"（纪昀语），充满昂扬之气。

送安惇秀才失解西归[1]

旧书[2]不厌百回读，熟读深思子自知。他年名宦恐不免，今日栖迟那可追。我昔家居断还往，著书不暇窥园葵。谒来[3]东游慕人爵，弃去旧学从儿嬉。狂谋谬算百不遂，惟有霜鬓来如期。故山松柏皆手种，行且拱[4]矣归何时。万事早知皆有命，十年浪走[5]宁非痴？与君未可较得失，临别惟有长嗟咨[6]。

注释

[1] 熙宁三年（1070）作于汴京。安惇（1042—1104），字处厚，广安军（治所在今四川广安市）人。绍圣（1094—1098）初官谏议大夫，宋徽宗时官至工部侍郎、兵部尚书、同知枢密院。曾与章惇、蔡京等构陷元祐诸臣。失解，应举落榜。[2] 旧书：这里指经典。[3] 朅（qiè）来：尔时以来。[4] 拱：合抱。[5] 浪走：这里指做官。[6] 嗟咨：感慨，叹息。

简评

熙宁三年，二十八岁的四川老乡安惇参加乡试落榜，苏轼作此诗相赠，劝慰、鼓励的同时也是自勉。

前两句化用《三国志·魏志注》中董遇之语："必当先读百遍""读书百遍，而义自见"，指出读书治学的要点：一是熟读，二是深思。反复阅读经典并勤于思考，就能融会贯通，体味书中妙处。三四句安慰安惇：你做官是迟早的事，日后再想像今天这样隐居游息，恐怕是不行了，所以落榜未必是坏事。"我昔"以下八句现身说法，回忆自己青年时在眉山闭户苦读，著书目不窥园的情景，自嘲后来弃去旧学进入官场百般不遂人意，只有两鬓的白发如期而至。"从儿嬉""狂谋谬算"，充满了对现实、官场的抨击和不满。苏轼兄弟怀揣"致君尧舜"之志入仕，然而理想与现实总是有着巨大的差异。自新法实施后，重赋苛税、鞭棰督促等层出不穷，百姓生活艰难，再难找到一片清净之地，苏轼多次上书反对新法，却无功而返，加之新旧两党斗争激烈，朝中人事更迭，眼见前辈、好友纷纷因反对新法失意离京，不由生出沮丧、怀疑，有辞官回乡之心也就不难理解了。最后苏轼感慨：朝廷斗争如儿戏，早知如此，自己何必荒废十年光阴？世事难料，不要轻易比较得失。

此诗表达了苏轼对命运沉浮和人生价值追求的思考，抒发了对官场的厌倦和辞官回乡之思。

自昌化双溪馆下步寻溪源，至治平寺，二首[1]（选一）

其　一

乱山滴翠衣裘重[2]，双涧响空窗户摇。饱食不嫌溪笋瘦，穿林闲觅野苽[3]苗。却愁县令知游寺，尚喜渔人争渡桥。正似醴泉[4]山下路，桑枝刺眼麦齐腰。

注释

[1] 熙宁六年（1073）三月作于昌化县。昌化：指昌化县，宋属杭州，治所在今杭州临安区。[2] 滴翠衣裘重：人走在山中，衣裘似乎被浓翠欲滴的山色浸湿而变重。[3] 苽：苽蒋。[4] 醴泉：施宿注本中此句有苏轼自注："醴泉，眉州之西山也。"《眉州属志》卷二："醴泉山，（眉州）治西八里，环绕州城。山半有八角井，清甘如醴。"

简评

熙宁年间，苏轼遭新党诬陷，后通判杭州。政治上郁郁不得志的苏轼，一到杭州就寄情山水，与友朋欢饮赋诗，聊以忘忧。熙宁六年三月，苏轼与友人行至杭州西二百四十余里的昌化县，从双溪馆沿溪水步行寻找其源头，到治平寺。沿途风景宜人，诗人沉醉其中，信步漫游，作此诗抒怀。

首四句用细腻的笔触描绘出一幅动人的山野风光图，"饱食""闲觅"形象地展现了诗人的悠闲自得。接下来以"却愁""尚喜"二句作对比，表达了诗人对官场世俗的厌倦和对乡野生活的向往。结尾即景生情，余味悠长。苏轼此时已离蜀十多年,看到这里与眉山醴泉山如此相似的风景,仿佛又回到了故乡,回到了年少时光,勾起了浓浓的思乡之情。

此诗融情于景、借景抒情,语言清新脱俗、含蓄隽永,表达了对大自然的喜爱,对官场世俗的厌倦和恋乡、思乡之愁。

和文与可洋川园池三十首[1]（选三）

荼蘼[2]洞

长忆故山寒食夜,野荼蘼发暗香来。分无素手[3]簪罗髻,且折霜蕤[4]浸玉醅[5]。

野人庐

少年辛苦事犁锄,刚[6]厌青山绕故居。老觉华堂无意味,却须时到野人庐。

北 园

汉水巴山[7]乐有余,一麾从此首归途[8]。北园草木凭君问[9],许我他年作主[10]无?

注释

[1]熙宁九年（1076）三月作于密州。文同（1018—1079）,字与可,北宋梓州（治所在今绵阳市三台县）人,熙宁八年（1075）知洋州（治所在今陕西洋县）,作《守居园池杂题三十首》寄给苏轼,苏轼作此组诗相和。[2]荼蘼：也称"酴醾",落叶小灌木,初夏开白花,色香俱美。[3]

素手：洁白的手，这里指美女。[4] 蕤（ruí）：花朵垂下的样子，这里指茶蘼。[5] 玉醑：美酒。[6] 刚：只。[7] 汉水巴山：洋州在汉水上游，南接大巴山。[8] 一麾从此首归途：一麾，中国古代郡太守、州刺史的别称。洋州属利州路，是巴蜀之地，任洋州知州可以说踏上了归途。[9] 北园草木凭君问：倒装句，即烦请你帮我问问北园草木。[10] 作主：成为州守。

简评

熙宁八年（1075）春夏之际，文同知洋州，他兴利除弊、"尤恤民事"。次年春，有感于亭台楼榭焕然一新，遂以湖桥、横湖等30个景物为对象，作《守居园池杂题三十首》寄给二苏、鲜于侁等人交流分享，几人纷纷作答，而苏轼之诗尤以题材广泛、内涵丰富、意境深远、姿态横生见长，成就了诗坛的一段佳话。

《荼蘼洞》回忆在故乡过寒食节的情景：寒食夜荼蘼初放，花枝低垂，随风轻舞，暗香盈盈。没有美女摘下荼蘼插入发髻，只好将这洁白的花朵放进盛满美酒的酒杯。诗人寓意于物、虚实结合，流露出对故乡、亲友的思念之情。

《野人庐》回想年少时初尝农事的艰辛，当时只觉得厌恶青山环绕的老宅，想要离开故乡有一番作为。而上了年岁，尝尽人生之苦，却厌倦了功利浮名，开始喜爱这田园生活。此诗寓景于忆旧、抒怀，道出人生哲理，纪昀谓其"浅语却真"。

《北园》诗亲切自然，如同老友对话。苏轼对文同说：洋州在汉水上游，南接大巴山，已属巴蜀的范围，离家乡很近。你任洋州知州可以算踏上了归途。烦请你帮我问问北园草木，我是不是也能成为洋州州守？诗句充满调侃的意味，流露出对文同的羡慕和思乡之情。

寄黎眉州[1]

胶西[2]高处望西川[3]，应在孤云落照边。瓦屋[4]寒堆春后雪，峨眉[5]翠扫雨余天。治经方笑《春秋》学[6]，好士今无六一贤[7]。君以《春秋》受知欧阳文忠公，公自号六一居士。且待渊明赋归去[8]，共将诗酒趁流年。

注释

[1]熙宁九年（1076）作于密州。黎眉州：指黎錞，字希声，广安（今四川广安市）人，熙宁八年（1075）出知眉州。[2]胶西：代指密州，密州在胶河之西。[3]西川：眉山、瓦屋、峨眉都在四川西部。[4]瓦屋：山名。今属四川眉山市洪雅县。[5]峨眉：山名，在今四川峨眉山市，眉山西南，《眉山县志》引唐《通义志》："（眉山）峨眉揖于前，象耳镇于后。"[6]《春秋》学：黎錞是研究《春秋》的儒者，著有《春秋经解》。这时王安石执政，他不喜《春秋》，称为"断烂朝报"。[7]六一贤：欧阳修自号六一居士，曾经以"文学苏洵，经术黎錞"向英宗推荐二人。[8]归去：陶渊明弃官归隐，曾作《归去来兮辞》，作者以此自况。

简评

黎錞与苏家颇有渊源，苏辙在京侍父时和他是邻居，交往密切。苏辙在《次韵子瞻寄眉守黎希声》自注曰："辙昔侍先人于京师，与希声邻居太学前。"

首颔二联叙事、写景饱含深情，为下文铺垫。"孤云""落照"是诗人内心落寞的外化；瓦屋和峨眉对举，表达的是对魂牵梦绕的家乡山水的无尽思念。颈联笔锋一转，指涉现实，感叹人事。熙宁年间，王安石施行新法，推行均输法、青苗法、保甲法等，熙宁八年（1075）颁行《三经新义》于学官，专以新义取士。苏轼反对新法，曾多次作诗、上书表达不满。黎錞擅长经学，苏轼恩师欧阳修对他赞誉有加，可惜如今欧公已驾鹤西去，王安石主政不喜经学，黎錞自然不被看重，所以苏轼才发出如此感慨。尾联安慰朋友并想象归隐后的生活：请你暂且等着我回归家乡田园，像陶渊明当年归隐那般，趁着美好时光饮酒赋诗，共度岁月流年。作者安慰朋友，也是自我安慰。

此诗表达了作者对黎錞的友情和对恩师欧阳修的怀念。由于苏轼不满新法，政治上受压抑，思乡、归隐之情也油然而生。全诗情感跌宕、放达落拓，虽有感伤，却不沉溺其中，于婉约之中突显豪放之情。

答任师中、家汉公[1]

先君昔未仕，杜门皇祐初[2]。道德无贫贱，风采照乡闾。何尝疏小人，小人自阔疏。出门无所诣，老史[3]在郊墟。门前万竿竹，堂上四库书。高树红消梨，小池白芙蕖。常呼赤脚婢，雨中撷[4]园蔬。矫矫[5]任夫子[6]，罢官还旧庐。是时里中儿，始识长者[7]车。烹鸡酌白酒，相对欢有余。有如庞德公，往还葛与徐。妻子走堂下，主人竟谁欤[8]。我时年尚幼，作赋慕相如[9]。侍立看君谈，精悍实起予[10]。岁月曾几何，耆老[11]逝不居。史侯最先没，孤坟拱桑榆[12]。我亦涉万里，清血满襟袪[13]。漂流二十年，始悟万缘虚。独喜任夫子，老佩刺史鱼[14]。威行乌、白蛮[15]，解辫请冠裾[16]。方当入奏事，清庙[17]陈璠玙[18]。胡为厌轩冕[19]，归意不少纾[20]。上蔡[21]有良田，黄沙走清渠。罢亚[22]百顷稻，雍容十年储。闲随李丞相，搏射鹿与猪[23]。苍鹰十斤重，猛犬如黄驴。岂比陶渊明，穷苦自把锄。我今四十二，衰发不满梳。彭城古名郡，乏人偶见除[24]。头颅已可知[25]，几何不樵渔。会当相从去，芒鞋[26]老葍苴[27]。念子瘴江边，怀抱向谁摅[28]。赖我同年友，相欢出同舆。冰盘荐[29]文鲔[30]，鲔，鮥也。戎、泸常有。玉罋[31]倾浮蛆[32]。醉中忽思我，清诗缀琼琚[33]。知我少所谐，教我时卷舒。世事日反覆，翩如风中旟[34]。雀罗吊廷尉[35]，秋扇悲婕妤[36]。升沉一何速，喜怒纷众狙[37]。作诗谢二子，我师宁与蘧[38]。

注释

[1] 熙宁十年（1077）作于徐州。任师中，参见《送任伋通判黄州兼寄其兄孜》注[1]。家汉公，名勤国，字汉公，眉山人，苏轼同年家定国之弟，曾与苏轼兄弟一同在眉山寿昌院师从刘巨。[2]"先君"两句：苏洵于庆历六年（1046）举制策不中后返蜀，闭户读书，至皇祐（1049—1054）中，未再出游。[3] 老史：史经臣，字彦辅，眉山老儒，苏洵好友，曾与苏洵同应制举，苏洵有《祭史彦辅文》。[4] 撷：摘，采。[5] 矫矫：勇武出众的样子。[6] 任夫子：指任伋。[7] 长者：显贵的人。[8] "有如"四句：庞德公，东汉襄阳人，著名隐士。葛，指诸葛亮。徐，指徐庶。以庞德公与诸葛亮、徐庶交往，比喻史经臣、任师中、苏洵欢聚。[9] 相如：指司马相如。[10] 起予：得到启发。[11] 耆（qí）老：老人。[12] "史侯"两句：史侯，指史经臣，卒于嘉祐二年（1057）。拱，两手合围。樗（chū）：臭椿。句意为史经臣去世已久，墓上的树木已粗大。[13] 清血满襟袪：清血，指眼泪。袪，指袖口。这里指丁苏洵忧。[14] 刺史鱼：唐五品以上官员均佩鱼符，以"明贵贱、应征召"。[15] 乌、白蛮：指西南少数民族。[16] 解辫请冠裾：解开发辫穿戴汉人衣冠，指少数民族归服、汉化。[17] 清庙：宗庙。[18] 璠玙（fányú）：美玉。喻任师中。[19] 轩冕：车乘，冕服，指官位爵禄。[20] 纾（shū）：缓解，消除。[21] 上蔡：蔡州。任师中曾任蔡州新息县令。[22] 罢亚：稻穗多且摇动的样子。[23] "闲随"两句：李丞相，指李斯。《史记·李斯传》载："斯出狱，与其中子

俱执,顾谓其中子曰:'吾欲与若复牵黄犬俱出上蔡东门逐狡兔,岂可得乎!'"[24] 乏人偶见除:自谦语,指苏轼被任命为徐州知州。[25] 头颅已可知:感叹头发已花白,应及早辞官隐退。陶弘景《与从兄书》:"仕宜期四十左右作尚书郎,即抽簪高迈。今三十六方作奉朝请,头颅可知,不如早去。"[26] 芒鞋:草鞋。[27] 菑畲(zī shē):耕耘。[28] 摅(shū):抒发。[29] 荐:进献。[30] 文鲔(wěi):有花纹的鲟鱼。[31] 斝(jiǎ):古代盛酒的器具。[32] 浮蛆:浮在酒上的泡沫或膏状物。[33] 清诗缀琼琚:比喻任师中、家汉公的来诗词句精美,如同美玉相连。[34] 旟(yú):古代一种绘有鸟隼图案的军旗,后泛指旌旗。[35] 雀罗吊廷尉:《汉书·郑当时传》载:"翟公为廷尉,宾客亦填门,及废,门外可设爵罗。"[36] 婕妤:班婕妤,汉成帝的嫔妃,因赵飞燕而失宠。[37] "升沉"两句:众狙,群猿。《庄子·齐物论》:"狙公赋芧,曰:'朝三而暮四。'众狙皆怒。曰:'然则朝四而暮三。'众狙皆悦。名实未亏而喜怒为用,亦因是也。"句意为世事无常、升沉迅速,无需为之喜怒。[38] 宁与蘧:宁,指宁俞,谥号"武子"。蘧,指蘧瑗,字伯玉。二人均为春秋时卫国大夫。《论语·公冶长》:"宁武子邦有道则知,邦无道则愚。"《论语·卫灵公》:"君子哉!蘧伯玉。邦有道则仕,邦无道则可卷而怀之。"

简评

熙宁十年(1077),苏轼在徐州任知州,眉山老乡任伋(字师中),苏轼兄弟同窗家勤国(字汉公)寄诗来,苏轼作此诗以答。诗歌抚今追昔,既有对美好往事的怀念,又有对现实状况的感慨和思乡归隐的情怀。

庆历年间,苏洵举制策不中,不觉心灰意冷,杜门家居"一顿俄十年"。但他这个时期的生活是惬意的:有优良的读书环境,有富有诗意的生活环境,有志同道合的朋友倾心相交。任伋任侠喜事,与其兄孜,相继举进士中第,知名于时,当年他罢官还乡勇武出众的样子让年幼的苏轼和乡里小儿极为震撼。他拜访苏洵与一众好友欢聚畅谈,苏轼侍立在侧,深受启发,对其尤为佩服。

岁月匆匆，苏洵和一众好友纷纷离世，苏轼宦游各地，挫折不断，再也没能回到家乡。"岁月曾几何""逝不居""孤坟"展现了苏轼对时光流逝、美好不在、亲友离世的伤感，"涉万里""清血满襟袪""漂流二十年"体现了他漂泊异乡、思归怀亲的孤苦。"始悟万缘虚"则流露出他反对新法、屡遭挫折后的心灰意懒。接着诗人笔锋一转，"喜"字一扫苦闷，充满钦佩赞赏之情。熙宁年间，任伋出任泸州知州，其威望震慑西南，使蛮夷归服。他入朝奏事，风采照人，如美玉陈于庙堂，可惜后来遭受诬陷，心生退隐。任伋为蔡州新息县令时曾买田而居，诗人想象他悠闲自在的隐居生活：稻谷丰收不愁衣食，闲时打猎没有劳苦。联想到自己"衰发不满梳"的现状，苏轼不由生出归隐之意。世事无常不可捉摸，诗人决心师从宁武子和蘧伯玉，"邦有道则仕，邦无道则可卷而怀之"。

此诗为五言长篇，全诗波澜起伏、脉络自然，笔力豪纵不羁而有沉郁顿挫之致，尤有属对之妙。

春 菜[1]

蔓菁[2]宿根已生叶，韭芽戴土拳如蕨[3]。烂蒸香荠白鱼肥，碎点青蒿凉饼[4]滑。宿酒初消春睡起，细履幽畦掇芳辣[5]。茵陈[6]甘菊不负渠[7]，鲙[8]缕堆盘纤手抹[9]。北方苦寒今未已，雪底波棱[10]如铁甲。岂如吾蜀富冬蔬，霜叶露芽寒更茁。久抛菘[11]葛[12]犹细事，苦笋江豚[13]那忍说。明年投劾[14]径须归，莫待齿摇并发脱。

注释

[1]元丰元年（1078）春作于徐州。[2]蔓菁：又称芜菁、大头菜，一年或两年生草本植物，块根肉质，球形或长形，可做蔬菜，蜀人呼为诸葛

菜。[3] 拳如蕨：蕨菜初生时形状如同小孩的拳头。这里形容韭菜芽的形状。[4] 饼：宋人称面食为饼。[5] 细履幽畦掇芳辣：细履，细步。掇，拾取，采摘。芳辣，芳香辛辣的野菜。句意为迈着细步采摘辛香的野菜。[6] 茵陈：也叫茵陈蒿，多年生草本植物，可作药材。[7] 不负渠：渠，它。不辜负它们。[8] 鲙：同"脍"，细切肉。[9] 抹：切。[10] 波棱：菠菜。[11] 菘：白菜类蔬菜的总称。[12] 葛：多年生藤本植物，根肥大，叫葛根，可入药也可食用。[13] 江豚：俗称"江猪"，《苏诗佚注》赵次公云："江豚，在嘉州龙游县平羌峡有之，去先生乡曲不百里，其味至珍，宜先生之所怀也。"[14] 投劾：呈递弹劾自己的状文辞官。

简评

元丰元年（1078）春，这是苏轼在徐州做知州的第一个年头。眉山气候温润、物产丰富，而徐州苦寒，苏轼不由怀念起家乡的春菜，作此诗。

前八句极力渲染春日里蜀中野菜的勃勃生机和由此而成的美味佳肴。王文诰云："自首句至此，具数蜀中春菜。意谓江北苦寒，春时菜不可食，若如蜀中冬蔬，则至春且如此也。但诗不装头，凸然而至，读者往往不喻其故。"后八句将北方苦寒与家乡"富冬蔬"对比，表达对家乡的思念和辞官归乡的决心。诗人将冰雪覆盖下的菠菜比作铁甲，生动展现了北方的苦寒。"富冬蔬"展现蜀中冬蔬之多，"霜叶露牙寒更茁"展现其勃勃生机。"岂如"二字充满自豪之感，"久抛""那忍说"则充满了遗憾之情。苏轼是个好吃嘴，最爱吃鱼、吃笋，此时想起家乡冠冕两川、甘脆惬当的稜道苦笋，想起离眉山几十里的平羌小三峡里"其味至珍"的江豚，怎能不怀念向往，充满遗憾！

纪昀评此诗："骏利无冗漫之气。"在诗人不厌其烦的细腻描绘中，在新奇生动的比喻中，在强烈鲜明的对比中，蜀中的春菜仿佛已经展现在眼前，透过这些诗句，我们感受到了诗人浓烈的思乡之情。

御史台榆、槐、竹、柏四首[1]（选二）

竹

今日南风来，吹乱庭前竹。低昂中音会，甲刃纷相触[2]。萧然风雪意，可折不可辱。风霁[3]竹已回，猗猗[4]散青玉。故山今何有，秋雨荒篱菊。此君知健否，归扫南轩绿。

柏

故园多珍木，翠柏如蒲苇[5]。幽囚无与乐，百日看不已。时来拾流胶，未忍践落子。当年谁所种，少长与我齿。仰视苍苍干，所阅固多矣。应见李将军，胆落温御史[6]。

注释

[1] 元丰二年（1079）十一月作于御史台狱中。[2]"低昂"两句：竹被风吹得高低起伏之时，其音雅正中和，其形像铠甲与刀刃相碰触。[3] 风霁：风停止。[4] 猗猗：美丽的样子。[5] 翠柏如蒲苇：蒲苇，蒲草和芦苇。这里指苏家的柏树非常多。[6] "应见"两句：《旧唐书·温造传》载："（温造）召拜侍御史……李祐自夏州入拜金吾，违制进马一百五十四，造正衙弹奏，祐股战汗流。祐私谓人曰：'吾夜逾蔡州城擒吴元济，未尝心动。今日胆落于温御史。'"查慎行注："温御史，指李定、舒亶辈。"

简评

元丰二年，苏轼由于与新党政见不合而发生剧烈冲突，他的诗文被人断

三苏祠竹林

章取义,指责为"讥讽文字",于八月十八日入御史台狱,史称"乌台诗案"。苏轼被囚禁了一百多天,至十二月二十八日才结案出狱。此四诗作于狱中。

苏轼自言"宁可食无肉,不可居无竹",竹是他个人精神气节的写照。《竹》首写风中之竹。一"乱"字使竹俯仰颤栗之态如在眼前,正如苏轼的处境"魂惊汤火命如鸡"。然而竹虽被风吹得高低起伏,但其音雅正中和,其形如铠甲与刀刃相碰触,它宁可折倒受尽摧残也不妥协,可见其柔韧刚毅、气节凛然。风停竹止,竹依然亭亭玉立、潇洒自若,正是苏轼豁达品格的体现。末四句,转而言菊,诗人担心"篱菊"荒废,挂念亲友故土,希望归扫南轩,看似突兀,正流露出大难后的淡泊,余音悠然。

《柏》前八句回忆苏家老宅。苏轼《记先夫人不残鸟雀》中说:"少时所居书堂前,有竹柏杂花丛生满庭。"儿时的苏轼纯真善良,常拾取柏树上流下的树脂,不忍心践踏落下的柏树种子。后四句写由古柏引发的联想,借以抒怀。苏轼猜想古柏对台狱的案子见得多,应该目睹过李将军胆落温御史之事吧。李定、舒亶之辈的淫威虽然超过御史温造,但苏轼不是李祐,他问心无愧,早已做好必死的准备,因此泰然自若、安睡如常。这时的苏轼已然是翠柏,历经无数次风霜的考验,却不屈不挠,安稳如山。

此诗托物言志,以竹、柏自喻,展现了苏轼豁达的人生观、生死观。作为古体诗,写得质朴无华而意蕴丰满。前人赞曰:"其清冷简逸如渊明,其精悍如昌黎,其用笔周至如放翁,而翁无此气格高绝处。"

正月十八日蔡州道上遇雪,次子由韵二首[1](选一)

其 一

兰菊有生意,微阳回寸根。方忧集暮雪,复喜迎朝暾[2]。忆我故居室,浮光动南轩[3]。松竹半倾泻,未数葵与萱。三径[4]瑶草[5]合,一瓶井花[6]温。至今行吟处,尚余履舃[7]痕。一朝出从仕,永愧李仲元[8]。晚岁益可羞,犯雪方南奔[9]。山城买废圃,槁叶手自掀。长使齐安[10]人,指说故侯[11]园。

注释

[1] 元丰三年（1080）正月十八日作于蔡州道上。蔡州：治所在今河南汝南县。[2] 暾：朝阳。[3] 南轩：指眉山纱縠行苏家老宅中苏轼兄弟的书斋，苏洵取名"来风"，因梅尧臣有"岁月不知老，家有雏凤凰"诗，又叫"来凤轩"。[4] 三径：家园。[5] 瑶草：传说中的仙草，这里指珍美之草。[6] 井花：花，同"华"。指清晨刚汲的井水。[7] 履舃：鞋。[8] 李仲元：汉代蜀地的隐者。[9] 犯雪方南奔：被贬后冒雪奔赴黄州。[10] 齐安：指黄州，治所在今湖北黄冈市。[11] 故侯：东陵侯。《汉书·萧何传》载："召平者，故秦东陵侯。秦破，为布衣，贫，种瓜长安城东，瓜美，故世谓'东陵瓜'。"

简评

"乌台诗案"后，经过亲友和元老重臣如司马光、张方平、范镇等的多方营救，以及太皇太后的干预，苏轼于元丰二年（1079）十二月出御史台狱，被贬为黄州团练副使。元丰三年正月十八日，苏轼赴黄途中过蔡州，作诗次苏辙《次韵王适雪晴复雪二首》其二之韵。

诗前四句采用拟人和比喻手法，以兰菊自喻，以微阳比喻朝廷，含蓄地表达了死里逃生、恍如隔世的复杂心情。正如纪昀所说："是忧患后语。"中间八句回忆美丽的苏家老宅。诗人以温情的笔调描述院中的松竹、南轩上跳跃的光影、繁茂的葵花和萱草、清晨温暖的井水、行吟处的鞋印，流露出对故乡的思念和对往事的留恋。后八句展现现实的残酷和对未来的期许。苏轼《与刘宜翁使君书》云："轼齠齔好道，本不欲婚宦。"但事与愿违，走上做官的道路，实在愧对隐者李仲元。现在年近半百更加羞愧，冒着大雪奔赴黄州，只希望将来在黄州买一个废弃的园子，像东陵侯那样安心做个农民。

全诗情感复杂、曲折幽深，既有劫后余生的庆幸，对现实处境的伤感，也有对未来生活的忧虑，流露出思乡和归隐之情。

戏作种松[1]

我昔少年日，种松满东冈。初移一寸根，琐细如插秧。二年黄茅下，一一攒麦芒[2]。三年出蓬艾，满山散牛羊。不见十余年，想作龙蛇[3]长。夜风波浪碎[4]，朝露珠玑香。我欲食其膏[5]，已伐百本桑。煮松脂法，用桑柴灰水。人事多乖迕[6]，神药竟渺茫。竭来齐安野，夹路须鬑苍[7]。会开龟蛇[8]窟，不惜斤斧疮。纵未得茯苓，且当拾流肪[9]。釜盎百出入，皎然散飞霜[10]。槁死三彭[11]仇，澡换五谷肠。青骨[12]凝绿髓，丹田发幽光。白发何足道，要使双瞳方[13]。却后五百年，骑鹤还故乡[14]。

❧ 注释 ❧

[1] 元丰三年（1080）正月作于赴贬谪地黄州途中。[2] 一一攒麦芒：攒，同"钻"。指松针如麦芒一般从茅草下面钻出。[3] 龙蛇：松树的枝干如龙蛇盘曲。[4] 波浪碎：松涛发出的声音如波浪之声。[5] 膏：松脂。《本草经》载："松脂一名松膏，一名松肪。"苏轼《服松脂法》："（松脂）能坚牢齿、驻颜、乌髭也。"[6] 乖迕：违背，抵触。[7] 须鬑苍：松针披拂如老人的胡须。[8] 龟蛇：指茯苓的形状如同龟蛇。[9] 流肪：指松脂。[10]"釜盎"两句：松脂炼治的过程。《本草纲目》载："松脂，先须炼治。用大釜加水置甑，用白茅藉甑底，又加黄砂于茅上，厚寸许。然后布松脂于上，炊以桑薪，频减频添热水。候松脂尽入釜中，乃出之，投于冷水，既凝

老翁山松林

又蒸,如此二过,其白如玉,然后入用。"[11]三彭:道家中的三尸。上尸名彭倨,喜好宝物,令人陷入昏危;中尸名彭质,喜好五味,迷惑人的意识;下尸名彭矫,好色而迷人。三尸居人身中,能为人害,所以学道之人要先绝三尸。[12]青骨:仙骨。[13]瞳方:方瞳,道家仙人的特征。[14]"却后"两句:一旦服用松脂成仙,五百年后应当骑鹤回家乡。

简评

东坡爱种松,曾"手植青松三万栽"。元丰三年(1080)正月,苏轼赴黄州过麻城万松亭,道旁的松树让他想起当年在故乡的东冈种植大片松林的情景。

诗前十二句细数种松时的琐细,描绘松树成长时的变化和松林长成后的景象。苏轼《种松法》说:"松性至坚悍,然始生至脆弱,多畏日与牛羊,故须荒茅地，以茅阴障日。若白地，当杂大麦数十粒种之，赖麦阴乃活。须护以棘，日使人行视，三五年乃成。"接着诗人连用比喻，生动地描述了松树枝干，松针上露珠的特点和美好形态，夜风中松涛如波浪起伏的壮观景象，使人能见其形、听其声、闻其香、悟其神，带给读者多感官的享受。苏轼喜好道术，道家有吃松脂养生的方法。后二十句借用道家传说，对松脂炼制的过程、服食松脂后的变化、成仙后骑鹤回故乡等情景展开丰富想象，表达了他对道家的向往。

苏轼诙谐旷达，喜欢以"戏题""戏赠""戏用""戏作"等为标题，尤其是在被贬谪的黄州、岭海时期。南宋王十朋编纂的《王状元集百家注分类东坡先生诗》对东坡诗进行分类编排，专列"戏赠"一类。"戏"字体现了苏轼以游戏心态消解人生虚幻，以游戏文字的审美愉悦消解悲哀，以率真达观超越苦难的人生态度。

次韵子由病酒肺疾发[1]

忆子少年时，肺喘疲坐卧[2]。喊呀或终日，势若风雨过。虚阳作浮涨，客冷仍下堕[3]。妻孥恐怅望，脍炙不登坐[4]。终年禁晚食，半夜发清饿。胃强鬲苦满，肺敛腹辄破[5]。三彭恣唊喋，二竖肯遁播[6]。寸田可治生，谁劝耕黄穤[7]。新法方田谓黄穤为上腴[8]。探怀得真药，不待君臣佐[9]。初如雪花积，渐作樱珠大[10]。隔墙闻三咽，隐隐如转磨[11]。自兹失故疾，阳唱阴辄和[12]。神仙多历试，中路或坎坷。平生不尽器[13]，痛饮知无奈。旧人眼看尽，老伴余几个。残年一斗粟，待子同春簸[14]。云何不自珍，醉病又一挫。真源结梨枣，世味等糠莝[15]。耕耘当待获，愿子勤自课。相将赋《远游》，仙语不用些[16]。

※ 注释 ※

[1] 元丰三年（1080）十月作于黄州。[2]"忆子"两句：苏辙年轻时

眉山苏辙公园·苏辙像

就有肺病，发作时坐卧难安。[3]"虚阳"两句：客冷，由外入侵的寒气。句意为虚火上升，肺部气浮涨，待虚火下降，气才会下沉。[4] 脍炙不登坐：易上火的煎烤肉食等都不上桌。[5]"胃强"两句：强，僵。肺病发作，膈膜以上被气充满，胃僵而消化不良，肺部收缩腹痛难忍。[6]"三彭"两句：三彭，参见《戏作种松》注[11]。二竖，病魔。逋（bū）播，逃亡，流散。句意为肺病发作，三尸虫恣意啃咬，病魔哪肯逃亡。[7]"寸田"两句：寸田，丹田。两句均用比喻，子由为治肺病，苦练内丹气功，如农夫种田，种上等米则收获最大。[8] 上腴：上等肥沃的土地。[9]"探怀"两句：君臣佐，上药为君养命，中药为臣养生，下药为佐使治病。句意为子由练内丹功，等于探怀得仙药，不用再找君臣佐之类的药了。[10]"初如"两句：内丹的形成最初如雪花积球，渐变成樱桃大的珠子。[11]"隔墙"两句：练内功中的唾液漱咽法。苏轼《养生诀上张安道》："每夜以子后披衣起，面东或南，盘足，叩齿三十六通……以舌接唇齿，内外漱炼津液,未得咽下。复前法。闭息内观,纳心丹田,调息漱津,皆依前法。如此者三。"[12]"自兹"两句:从此阴阳调和,疾病痊愈。[13]不尽器:指饮酒不多。[14]"残年"两句:《史记·淮南衡山济北王传》载:淮南王为文帝所不容。当时的民谣曰:"一尺布,尚可缝;一斗粟,尚可舂。兄弟二人,不相容。"苏轼反用此典,说他们兄弟要相依为命、和睦相处、共度残年。[15]"真源"两句:真源,本源。梨枣,指交梨火枣,道家所说的仙果。莝(cuò),切碎的草。句意为苦练内功,就会在人元气本源处长出交梨火枣,那么世间一切美味、荣辱就会像糠、草那般不值得挂怀。[16]"相将"两句:屈原《楚辞·远游》曰:"悲时俗之迫厄兮,愿轻举以远游。"句意为我们兄弟一起努力苦练内功,远离尘世,不用神仙的话,因为我们就是神仙。

简评

苏轼遭遇"乌台诗案"后,苏辙一直为他奔波,身心遭受磨难。苏轼贬黄州,苏辙赶往陈州送别,然后带着苏家数十口,南下汴、泗,渡淮河,溯长江,达九江,留自己一家在此等候,又送苏轼家眷到黄州,随即返回九江与家人赴筠州谪地,期间奔波万里,负债累累,身心疲惫。元丰三年(1080)十月,苏轼得知苏辙因酒醉而发肺病,心痛之余作此诗相劝。

苏辙年轻时患有肺疾,常发哮喘,苦不堪言。诗中回忆他因为哮喘疲于坐卧,发作时整天喘气呻吟,犹如狂风暴雨,他的妻子儿女既惊恐又难过。为了治疗肺疾,苏辙不吃煎炸油炒的菜,不吃晚饭,终年挨饿,但肺病仍然时常发作,膈膜胀痛,腹部僵硬,肚子痛得像要被挤破……诗中把苏辙肺疾发作的情形描绘得十分详细,充满关爱之情。

后来苏辙得道士异人指点,坚持修炼道家内丹功,终于战胜了顽疾。苏轼知徐州时,苏辙前来探望,教他练内丹功,但苏轼天性喜动,一生漂泊,没能静心苦练,不过也获益匪浅。后来苏轼兄弟分别以66岁和74岁仙逝,不能不说与练内丹功有直接的关系。宋代人均寿命很短,苏轼作此诗时二人已经40多岁,同龄旧友所剩无几。见弟弟酒醉病发,苏轼心痛不已,责备他不爱惜身体，劝告他要勤练内丹功。

《宋史·苏辙传》云："辙与兄进退出处，无不相同，患难之中，友爱弥笃，无少怨尤，近古罕见。"诗中无论是对苏辙发病时的细致描摹，还是对他的殷殷劝告和严厉责备，都流露出兄弟二人的深厚感情，读之令人感叹。

冬至日赠安节[1]

我生几冬至，少小如昨日。当时事父兄，上寿[2]拜脱膝[3]。十年阅凋谢[4]，白发催衰疾。瞻前惟兄三，顾后子由一[5]。近者隔涛江，远者天一壁[6]。今朝复何幸，见此万里侄。忆汝总角[7]时，啼笑为梨栗。今来能慷慨[8]，志气坚铁石[9]。诸孙行复尔[10]，世事何时毕。诗成却超然[11]，老泪不成滴[12]。

注释

[1] 元丰四年（1081）十一月作于黄州。安节：苏涣之孙，苏轼堂兄苏不疑之子。[2] 上寿：拜寿，祝寿。[3] 脱膝：膝盖酸软。[4] 凋谢：比喻人衰老死亡。[5] "瞻前"两句：往前数只有堂兄苏不欺、苏不疑、苏不危三人还在世，往后数仅存弟弟苏辙一人。[6] "近者"两句：江，指长江。天一壁，天一涯。苏辙此时谪监筠州（今江西高安市）盐酒税，在长江之南，黄州在长江之北，因此说"近者隔涛江"；苏不欺、苏不疑、苏不危三人在千里之外的蜀中，因此说"远者天一壁"。[7] 总角：古代未成年男女束发为两结，形状如同角，故称总角。[8] 慷慨：意气风发，志气高昂。[9] 坚铁石：意志坚定，如同铁石。[10] 行复尔：将再如此。[11] 超然：怅然。[12] 老泪不成滴：形容极度悲伤。

◈ 简评 ◈

元丰四年（1081）十一月，堂侄安节从眉山来探望，苏轼《记与安节饮》云："元丰辛酉冬至，仆在黄州，侄安节不远千里来省，饮酒乐甚。"安节的到来让苏轼十分感动，二人一起度过了一段愉快的时光。适逢冬至，苏轼感念往事，作此诗。

首四句回忆儿时在家中过节时热闹的情景：亲友围坐，年幼的苏轼向家中长辈祝寿，由于跪拜频繁，膝盖酸软不已。五至十句述说自己白发衰病、亲人凋零、兄弟远隔的现状，与前文亲人团聚的美好情景形成鲜明的对比，表达了强烈的孤独、悲痛之情。接下来六句感慨安节不远千里相问，由常为梨子、栗子哭闹的孩童长成意气风发、意志坚定的好儿郎，言语间充满欣慰之情。末四句充满伤感，苏轼想到自己身陷俗世，不知何时才能摆脱，想起天各一方的亲友、久不能回的故乡，不由"老泪不成滴"。

纪昀评此诗："真至之语，朴而不俚。"真挚、质朴的语言最动人心，在诗人充满深情的回忆和对现实的感慨中，饱含着对美好往事的留恋，对安节的赞赏鼓励，也流露出对岁月流逝、亲人离去的伤感和久困于俗世的郁闷之情。

伯父《送先人下第归蜀》诗云："人稀野店休安枕，路入灵关稳跨驴。"安节将去，为诵此句，因以为韵，作小诗十四首送之[1]（选四）

其 七

吾兄[2]喜酒人，今汝亦能饮。一杯归诵此，万事邯郸枕[3]。

其 八

东阡[4]在何许,寒食[5]江头路。哀哉魏城君[6],宿草[7]荒新墓。

其 九

临分亦泫然[8],不为穷途泣[9]。东阡时一到,莫遣牛羊入。

其 十

我梦随汝去,东阡松柏青。却入西州门[10],永愧北山灵[11]。

注释

[1] 元丰四年(1081)十一月作于黄州。[2] 吾兄:指苏不疑,字子明,安节之父,苏涣之子。[3] 万事邯郸枕:指世间的一切都虚无短暂。沈既济《枕中记》载,卢生在邯郸住宿,道士吕翁帮助他做了一个美梦,梦中他享尽荣华、子孙满堂,八十岁寿终正寝,梦醒时连一顿黄粱饭都未熟。[4] 东阡:指东茔。苏家坟地有东茔和西茔,西茔在眉州眉山县修文乡安道里(大约在今眉山市东坡区修文镇十字卡村),东茔在眉州彭山县安镇可龙里(今眉山市东坡区富牛镇永光村)的苏氏墓地。苏轼父母苏洵、程夫人,苏轼发妻王弗葬在此地,苏辙有《北归祭东茔文》,因在眉州之东,故称之。[5] 寒食:参见《和子由寒食》注[1]。[6] 魏城君:指苏轼发妻王弗,眉州青神县(治所在今眉山市青神县南)人。乡贡进士王芳之女,年十六嫁于苏轼,生子苏迈,治平二年(1065)卒,年二十七,逝世之后追封为崇德君、通义郡君。[7] 宿草:生长多年的草,多用于悼亡之辞。[8] 泫然:流泪的样子。[9] 穷途泣:喻指对世事极度悲观。穷途,路的尽头,比喻困境。《晋书·阮籍传》:"(阮籍)时率意独驾,不由径路,车迹所穷,辄恸哭而返。"[10] 西州门:晋西州城的城门,是羊昙感旧兴悲,哭其舅谢安的地方,后成为典故,表达感旧兴悲、悼亡故人之情。[11] 永愧北山灵:北山灵,指钟山山神。南朝周颙曾隐居钟山,后应诏出任海盐令,期满入京过

钟山。孔稚圭因作《北山移文》，借山灵之口，讽刺周颙是借隐居之名求利禄的虚伪之徒。此句指苏轼因没有隐居而感到羞愧。

简评

元丰四年（1081）十一月，堂侄安节从眉山来探望后即将分离，因安节落榜不久，苏轼便以当年父亲苏洵落榜时伯父苏涣赠予他的诗歌为韵，写下十四首小诗，其中既有对安节的鼓励教导和殷殷嘱托，也有对亲人的牵挂和问候，流露出浓烈的怀乡思归之情。

第七首回忆堂兄子明年轻时喜欢饮酒且酒量很大，苏轼《题子明诗后》："吾兄子明，旧能饮酒，至二十蕉叶，乃稍醉。"而苏轼"少年望见酒盏而醉"。十五年过去，子明如今"饮酒不过三蕉叶"，苏轼"亦能三蕉叶矣"，言语间充满自得之意。后两句笔锋一转，道出世事变化难以捉摸，犹如黄粱一梦的感慨。

第八首表达对王弗的思念之情。东阡埋葬着苏轼父母和发妻王弗，是苏轼在故乡最牵挂的地方。苏轼与王弗少年结发，感情甚笃，自王弗早早离世后，无尽的思念和悲痛化作了午夜梦回处的"小轩窗""泪千行"，通往东阡的"江头路"……苏轼悲哀地猜想，十多年过去，当年的新坟恐已长满宿草。

亲人离别总是充满伤感，苏轼却没有沉溺于此，他在第九首中劝慰安节"不为穷途泣"，细细嘱咐他：你回到家乡一定要照管好东阡，莫让牛羊进入。

第十首写安节离去，苏轼的心也随着他回到了故乡，在梦里他仿佛又看到了郁郁葱葱的短松冈，然而现实中，他却不知何时才能摆脱俗世回乡隐居，哀婉叹息之情跃然纸上。

元修菜 并叙[1]

菜之美者,有吾乡之巢。故人巢元修[2]嗜之,余亦嗜之。元修云:"使孔北海见,当复云吾家菜耶[3]?"因谓之元修菜。余去乡十有五年,思而不可得。元修适自蜀来,见余于黄。乃作是诗,使归致其子,而种之东坡之下云。

彼美君家菜,铺田绿茸茸[4]。豆荚圆且小,槐芽[5]细而丰。种之秋雨余,擢秀[6]繁霜中。欲花而未萼,一一如青虫。是时青裙女,采撷何匆匆。烝之复湘[7]之,香色蔚[8]其饛[9]。点酒下盐豉,缕橙芼[10]姜葱。那知鸡与豚,但恐放箸空。春尽苗叶老,耕翻烟雨丛。润随甘泽化,暖作青泥融。始终不我负,力与粪壤同。我老忘家舍,楚音变儿童。此物独妩媚,终年系余胸。君归致其子,囊盛勿函封。张骞移苜蓿[11],适用如葵菘。马援载薏苡[12],罗生[13]等蒿蓬。悬知[14]东坡下,塉卤[15]化千钟。长使齐安民,指此说两翁。

注释

[1] 元丰六年(1083)春作于黄州。元修菜,又名巢菜,即紫云英、翘摇,别名野蚕豆、苕子菜等,可食用,长于四川、云南等地,因巢元修而得名。[2] 巢元修:巢谷,又名巢三,字元修,眉州眉山人,苏轼兄弟好友。元丰六年元月,巢谷来黄州与苏轼同住东坡雪堂,并担任东坡二子苏迨、苏过的老师。[3] "使孔北海"两句:孔北海(153—208),指孔融,曾任北海相,世称孔北海。《世说新语·言语》:"梁国杨氏子,九岁,甚聪惠。……为设果,果有杨梅。孔指以示儿曰:'此是君家果。'儿应声答曰:

三苏祠外墙浮雕·巢谷千里访东坡

'未闻孔雀是夫子家禽。'"[4]茸茸：形容巢菜初生时纤细柔软的样子。[5]槐芽：形容巢菜刚长出的嫩芽。[6]擢秀：指草木欣欣向荣。[7]湘：这里指烹煮。[8]蔚：荟萃，聚集。[9]饛（méng）：食物盛满器具的样子。[10]芼（mào）：可供食用的水草或野菜。这里指掺入姜葱等佐料拌和。[11]张骞移苜蓿：大宛宝马喜食苜蓿，张骞出使西域带回苜蓿种子。[12]马援载薏苡：马援南征交趾回朝，载回一车薏苡作种子。[13]罗生：排列生长。[14]悬知：料想，预知。[15]塉卤：贫瘠的盐碱地。

简评

元修菜因苏东坡好友巢元修而得名，坡公亲切地称呼它"吾乡之巢"，赞为"菜之美者"。元丰六年（1083）元月，巢元修不远千里从眉山到黄州看望苏轼。苏轼离乡十五年，"思而不可得"，老友的到来给予了他极大的慰藉，于是作此篇，既嘱咐老友回乡后寄巢菜种子给自己种在东坡，又想象巢菜生长的美好形态，表达对巢元修的美德和二人深厚的友情的赞美，以及浓浓的思乡之情。

诗歌以"美"字统摄全篇。元修菜之形美：它铺在田里绿茸茸，豆荚又圆又细小，幼芽细嫩又盛丰；它播种在秋雨过后，成长在寒霜之中；它的花朵将要开放而未长萼时，一条条如同青虫。元修菜之味美：美丽的"青裙女"步履匆匆，采下巢菜或蒸或煮，撒上盐、豉，佐以姜、葱，香气四溢，味道胜过鸡肉、猪肉，大家抢着吃，唯恐筷子放空。元修菜之品质美：春天过去它的苗叶老去，虽被犁耕翻入泥土，但它却在烟雨中化作养料，肥田沃土。元修菜之人情美。苏轼贬谪黄州后，亲人朋友"无一字见及"，而巢元修却不怕被连累，不远千里相问，与东坡同住雪堂半年有余，并且带来巢菜以慰其思乡之情，这种雪中送炭的情谊如同张骞出使西域带回苜蓿、马援南征交趾返朝载回薏苡般珍贵。元修菜有情，巢元修有情，东坡更有情。

诗歌语言质朴生动，描写细腻传神。诗人通过大量的比喻和想象，托物寄情，娓娓道来，令人回味不已。

送表弟程六知楚州[1]

炯炯明珠照双璧[2]，当年三老苏、程、石[3]。里人下道[4]避鸠杖[5]，刺史迎门倒凫舄[6]。我时与子皆儿童，狂走从人觅梨栗。健如黄犊不可恃，隙过白驹那暇惜。醴泉寺[7]古垂橘柚，石头山高暗松栎[8]。诸孙相逢万里外，一笑未解千忧集。子方得郡古山阳[9]，老手生风谢[10]刀笔[11]。我正含毫[12]紫微阁[13]，病眼昏花困书檄[14]。莫教印绶[15]系余年，去扫坟墓当有日。功成头白早归来，共藉[16]梨花作寒食。

注释

[1] 元祐元年（1086）三月作于汴京。程六：苏轼母亲程夫人之侄，

名之元,字德孺,眉州眉山人。曾知楚州,又持节岭南,元祐中任夔路转运使。程之元有兄,名之才,字正辅,嘉祐进士,累官至广南东路提刑;有弟,名之邵,字懿叔,以父荫为新繁主簿,官至熙和路都转运使,曾摄熙和路帅事。[2]双璧:比喻程德孺、程懿叔兄弟二人才能品行并美。[3]苏、程、石:指苏轼之祖宫傅、外祖父程文应、眉山人石昌言之父。石昌言为苏洵从表兄。[4]下道:退到路旁。[5]鸠杖:又称鸠首杖,顶端刻有鸠鸟的拐杖,为尊老敬老之物。[6]倒凫舄:将鞋倒穿,形容急于迎客。[7]醴泉寺:在眉山城西的醴泉山上。醴泉山,参见《自昌化双溪馆下步寻溪源,至治平寺,二首》(其一)注[4]。[8]暗松栎:茂密的松树、栎树使山中晦暗不明。[9]山阳:东晋设山阳郡,郡治在山阴县(今江苏淮安市楚州区),宋时属楚州。[10]谢:辞去。[11]刀笔:刀笔吏。[12]含毫:含笔于口中,比喻构思为文或作画。[13]紫微阁:指中书省官署。唐开元初,中书省改称紫微省,中书舍人改称紫微舍人,不久改回。[14]书檄:官府的文书。[15]印绶:官印和系印的丝带。[16]藉(jiè):同"借"。

简评

元祐元年(1086),苏轼在汴京任中书舍人。三月,表弟程之元将赴楚州任知州,苏轼为之送别,并作此诗相赠。

曾国藩评此诗:"前十句叙少时故乡聚处,后十句叙暮年京师送别。"苏轼称赞程之元、程之邵兄弟二人才行并美,如明珠、玉璧交相辉映、闪耀明亮。程家有之才、之元、之邵兄弟三人,当年,苏轼姐姐八娘嫁与程之才为妻,受虐待而死,老苏愤而与程家绝交,苏轼也耿耿于怀,直至贬惠州期间才与程之才恢复交往。因此,这里只称赞德孺、懿叔兄弟也就在情理之中了。眉山三耆老苏轼之祖宫傅、外祖程文应、石昌言之父德高望重,广受乡人官吏的尊敬和爱戴。乡人见到三位老人挂着鸠杖而来,连忙回避到路旁,州郡长官见到他们登门,急忙迎接把鞋子都穿反了。苏轼和表弟德孺尚年幼,整天跟着别人漫山遍野地奔跑,寻找梨和栗子。多年过去,苏轼仍能清晰地记得醴泉寺里果实累累的柚子树、橘树,石头山上遮天蔽日的松树、栎树。如今程之元刚接到知楚州的任命，苏轼病眼昏花任职于中书省，兄弟俩刚刚相逢却又将分别。苏轼希望二人早日辞官还乡祭扫坟墓，一起借梨花过寒食节。

纪昀赞此诗："层次井然，有情文相生之乐。"诗歌虚实结合、感情充盈，表达了厌倦官场，希望辞官归乡之意，抒发了对世事变化、时光不返的感慨和思亲恋乡之情。

送贾讷倅眉二首[1]

其 一

当年入蜀叹空回，未见峨眉肯再来。童子遥知颂襦袴[2]，使君先已洗樽罍[3]。李大夫，眉之贤太守也。鹿头[4]北望应逢雁，人日[5]东郊尚有梅。人日出东郊，渡江，游蟆颐山[6]，眉之故事也。我老不堪歌《乐职》[7]，后生试觅子渊[8]才。

其 二

老翁山[9]下玉渊回[10]，手植青松三万栽。父老得书知我在，小轩临水为君开。试看一一龙蛇活，更听萧萧风雨哀。便与甘棠同不剪，苍髯白甲待归来[11]。先君葬于蟆颐山之东二十余里，地名老翁泉。君许为一往。感叹之深，故及之。

注释

[1] 元祐元年（1086）作于汴京。贾讷倅眉：贾讷曾为朝奉郎，时出任眉州通判。倅，副职。[2] 颂襦袴：称颂其品德和美政。《后汉书·廉范传》：廉范为蜀郡太守，"百姓为便，乃歌之曰：'廉叔度，来何暮？不禁火，民安作。平生无襦今五袴。'"[3] 樽罍：盛酒的器具。[4] 鹿头：指

鹿头关，在今四川省德阳市鹿头山，古为西川交通、防守要地。[5] 人日：指农历正月初七日。[6] 蟆颐山：在眉山城东，林峦特秀，因形似蛤蟆而得名。《眉州属志》卷二："蟆颐山，州城东七里，自象耳山连峰壁立。五十余里，西瞰玻璃江，至此磅礴蹲踞，形类蟆颐。上有淘丹泉，山腹有穴曰龙洞。唐末，有杨太虚尔朱真人得道于此。"[7]《乐职》：诗题名。《汉书·王褒传》：益州刺史王襄听闻王褒有俊材，"使褒作《中和》《乐职》《宣布诗》，选好事者令依《鹿鸣》之声习而歌之……转而上闻。宣帝召见武等观之，皆赐帛"。[8] 子渊：王褒字子渊，蜀郡资中（今四川资中市）人，西汉辞赋家。此处代称贾讷。[9] 老翁山：在今眉山市东坡区土地乡。苏轼父母和发妻王弗的坟墓皆在此山，苏轼曾在这里"手植青松三万栽"，纪念亲人。[10] 玉渊回：清澈的泉流环绕。玉渊，指老翁井。[11] "便与"两句：《史记·燕召公世家》载：召公治西方，政通人和，"巡行乡邑，有棠树，决狱政事其下"。召公卒，百姓思念召公不伐棠树，作《甘棠》之诗。苍鬐白甲，指松树。作者借此表达青松当和甘棠一样受到百姓的爱护，其实是赞美贾讷。

简评

元祐元年（1086），苏轼在汴京，恰逢朋友贾讷将到眉州做官，于是作此诗相送，委托贾讷看顾父母坟园、问候家乡父老。

其一前六句想象眉山百姓和太守对贾讷到来的热切期盼和贾讷到眉山的情景，表达对贾讷美德和官品的赞美。后两句为自谦语，借用王襄和王褒的典故，表达对贾讷到眉山施行美政的期许。其二前六句对贾讷到眉山后的情景展开了想象：老翁山下绿潭环绕，那里有我亲手种植的三万棵青松。家乡父老得到我的家书一定会打开那个临水的小轩，盛情款待你。你看那一棵棵松树在风的吹拂下犹如飞舞的龙蛇，那萧萧的风雨声是多么的悲哀。后两句再次表达对贾讷到眉山施行美政的期许、信任，流露出归乡之意。

此诗运用想象和比喻、拟人等修辞手法，以饱含深情的笔墨展现贾讷赴眉山的情景，如同亲临，形象地展现了诗人思归不得的苦闷和深刻的恋乡、思归情怀,这也是在苏轼长达三十多年的宦游、漂泊生涯中经常表达的主题。

送杨孟容[1]

我家峨眉阴[2],与子同一邦。相望六十里,共饮玻璃江[3]。江山不违人,遍满千家窗。但苦窗中人,寸心不自降[4]。子归治小国,洪钟噎微撞[5]。我留侍玉座,弱步敲丰扛[6]。后生多高才,名与黄童[7]双。不肯入州府,故人余老庞[8]。殷勤与问讯,爱惜霜眉庞。何以待我归,寒醅[9]发春缸。

注释

[1] 元祐二年(1087)春作于汴京。杨孟容:眉州眉山人,累官知广安军。熙宁年间议论新法,与朝廷意见不合,元祐中乞致仕,宋哲宗亲书"清节"赐之。[2] 峨眉阴:山北水南叫作阴,眉山位于峨眉山北面所以称峨眉阴。[3] 玻璃江:江名,在蟆颐山下,岷江流经眉山县境内,水流平缓清澈,澄莹如玻璃,因此得名。宋范成大《吴船录》:"至眉州城外江,即玻璃江也。冬时水色如此。"[4] 不自降:不平静。[5] 洪钟噎微撞:洪钟微撞,声音不舒畅。这里指杨孟容知广安军,不能施展他的才华。[6] "我留"两句:苏轼自言不能胜任翰林学士、知制诰。[7] 黄童:指黄香,东汉官员、孝子。他侍亲至孝,博学能文,名播京师,人称"天下无双,江夏黄童"。此处"名与黄童双"的"后生"指黄庭坚。[8] "不肯"两句:老庞,指东汉著名隐士庞德公。《后汉书·庞公传》:"居岘山之南,未尝入城府……荆州刺史刘表数延请,不能屈……后遂携其妻子登鹿门山,因采药不

046

反。"句意为老友中有像庞德公一样的人。[9] 寒醅：冬天酿造的浊酒。

简评

元祐二年（1087）春，眉山老乡杨孟容将回四川知广安军，苏轼作此诗相赠，苏辙亦有赠诗。

前八句叙同乡之谊，表达思乡之情。苏轼与杨孟容是同乡，二人的老家仅隔六十里，同饮玻璃江水。眉山风景优美，《唐通义志》云："（眉山）峨眉揖于前，象耳镇于后，山不高而秀，水不深而清。"《广舆记》赞其"介岷、峨之间，为江山秀气所聚"。故乡的山水如此美丽，因此苏轼说虽然到处可以看到山水，但哪里比得上我的家乡呢。杨孟容回四川做官，使二十多年未回过故乡的苏轼非常感慨，用"苦""不自降"流露出他不能归乡的苦闷。中间八句写二人的现状，流露出归隐之思。杨孟容才华不凡且清正刚节，却仅知广安军，不免埋没了他的才华。苏轼自嘲虽为翰林学士、知制诰，恐怕不能胜任，赞美后辈贤才众多，尤其是黄庭坚，能和东汉黄香媲美，羡慕如庞德公那般的老友潇洒隐退。末四句嘱咐杨孟容：你一定要保重身体，经常和我联系，在冬天酿好浊酒，等我辞官回乡和你共饮。

此诗虽为送别诗，却不见离别时的悲伤之气，诗中虽叙思乡之情、惋惜之意，但点到为止不作生发，呈现出明快、爽朗之感。

次韵子由送家退翁知怀安军[1]

吾州同年友[2]，粲若琴上星[3]。当时功名意，岂止拾紫青[4]。事既喜违愿，天或不假龄。今如图中鹤[5]，俯仰在一庭。吾州同年友十三人，今存者六人而已，故有"琴上星""图中鹤"之语。退翁守清约[6]，霜菊有余馨。鼓笛方入破[7]，朱弦微莫听。西南正春旱，废沼黏枯萍。翩然一麾去，想见灵雨零。我无谪仙句，待诏[8]沉香亭。空骑内厩马，天仗随云𫐌[9]。竟无丝毫补，眷焉谁汝令。永愧旧山叟[10]，凭君寄丁宁[11]。

注释

[1] 元祐二年（1087）三月作于汴京。家退翁（1031—1094）：指家定国，眉州眉山人。嘉祐间进士及第，曾知洪雅县，签书蜀州判官事，通判泸州等，以泸州夷人叛命，坐罪罢官，后知怀安军，移嘉州，未行而卒。怀安军：治所在今四川金堂县。[2] 同年友：同科登第兼同学。苏轼兄弟与家安国、家定国兄弟同在眉山城西寿昌院刘巨处读书学习，嘉祐二年（1057）一同进士及第。[3] 琴上星：指琴徽。琴古为五弦，周初为七弦，共十三徽。嘉祐二年眉州眉山县与苏轼兄弟一同进士及第者共十三人。[4] 紫青：即青紫，指高官厚爵。《汉书·百官公卿表上》：相国、丞相、太尉为金印紫绶，御史大夫为银印青绶。[5] 图中鹤：嘉祐二年眉山县与苏轼兄弟一同进士及弟的十三人中仅余六人。《图画见闻志·纪艺》云："程凝，善画鹤竹，兼长远水。有《六鹤图》……传于世。"[6] 清约：清廉简约。[7] 入破：唐宋大曲的专用语。大曲每套都有十余遍，归入散序、中序、破三大段。入破为破这一段的第一遍。[8] 待诏：等待诏命。汉代以才技招揽士人，使之随时听候皇帝的诏令，称为待诏，其特别优异者待诏金马门。唐玄宗时以待诏为官名，称翰林待诏，李白曾担任此职。[9] 云𫐌（píng）：仙女所乘的车驾。这里指皇家的车驾。[10] 旧山叟：指苏轼老师刘巨。[11] 丁宁：叮嘱。

简评

元祐二年，苏轼在汴京翰林学士任，八月兼侍读。此时，朝臣分裂为朔、蜀、洛三党，互相攻轧，苏轼为蜀党之首。三月，苏轼同学、眉山人家定国，将回四川知怀安军，苏辙作《送家定国朝奉西归》，苏轼作此诗为之送别。

诗人回忆同学少年风华正茂,意气风发,志向高远。嘉祐二年(1057),眉山县与苏轼兄弟、家安国、家定国兄弟一同参加礼部考试中进士者十三人,那一榜进士共录取三百八十八人。连宋仁宗都惊叹:"天下好学之士皆出眉山!"可是事与愿违,上天不予年寿,当年的同学纷纷去世,十三人中只剩六人。前八句通过今昔对比,突出对往事的怀念和时光流逝、亲旧凋零的悲哀。中间八句展现二人现状,诗人把家定国比作严霜中散发清香的傲菊,赞美他清廉简约的美好品质。接着展开想象:此时的西南正逢春旱,废弃的池沼中黏着干枯的浮萍,你回到四川做官,定会像那徐徐而下的春雨,滋润万物生灵,言语间充满对他施行美政的期许。结尾感慨自己没有李白的才华却和他一样担任翰林学士,骑着皇家的骏马伴随天子的仪仗,嘱咐家退翁帮忙问候恩师刘巨,流露出对仕途厌倦之意,对家乡、对亲友故旧的怀念之情。

庆源宣义王丈[1],以累举得官[2],为洪雅[3]主簿[4],雅州[5]户掾[6]。遇吏民如家人,人安乐之。既谢事,居眉之青神[7]瑞草桥[8],放怀自得。有书来求红带。既以遗之,且作诗为戏,请黄鲁直[9]、秦少游[10]各为赋一首,为老人光华[11]

青衫[12]半作霜叶枯,遇民如儿吏如奴。吏民莫作官长看,我是识字耕田夫。妻啼儿号刺史怒,时有野人来挽须。拂衣自注下下考[13],芋魁饭豆吾岂无。归来瑞草桥边路,独游还佩平生壶。慈姥岩[14]前自唤渡,青衣江畔人争扶。今年蚕市[15]数州集,中有遗民怀袴襦[16]。邑中之黔[17]相指似,白髯红带老不癯。我欲西归卜邻舍,隔墙抚掌容歌呼。不学山、王[18]乘驷马[19],回头空指黄公垆[20]。

注释

[1] 庆源宣义王丈：王庆源，名群，字子众，后改名淮奇，改字庆源，苏东坡的妻子王弗、王闰之的叔叔，眉州青神人。宣义，宣义郎的省称。[2] 累举得官：屡次应试礼部考试不中，积累其应举次数，参考其年限，直接赴皇帝策试而获得官职。[3] 洪雅：洪雅县，治所在今眉山市洪雅县，宋初属眉州，淳化四年（993）后属嘉州。[4] 主簿：宋时部分中央及地方机关均置，为典领文书簿籍，经办事务的官员。[5] 雅州：治所在今四川雅安市西。[6] 户掾（yuàn）：户曹掾的省称，主要掌管户籍、赋税、仓储受纳等事。[7] 青神：宋代属眉州，治所在今眉山市青神县。[8] 瑞草桥：瑞草即灵芝，瑞草桥即长了灵芝的木桥，在青神县南，苏轼岳父王家住宅附近。[9] 黄鲁直：指黄庭坚。[10] 秦少游：指秦观。[11] 元祐三年（1088）夏作于汴京。[12] 青衫：参见《送任伋通判黄州兼寄其兄孜》注[4]。[13] 自注下下考：自言政绩最差。[14] 慈姥岩：地名，在今青神县。[15] 蚕市：参见《和子由蚕市》注[1]。[16] 怀袴（kù）襦：怀念善政。参见《送贾讷倅眉二首》注[2]。[17] 邑中之黔：春秋宋国贤大夫子罕，肤色黑，家住邑之中，时人呼为"邑中之黔"。后人以"邑中黔"为恤民循吏的典故。[18] 山、王：指晋代山涛、王戎，二人名列"竹林七贤"，出仕后担任高官。[19] 驷马：高官贵族所乘的驾四匹马的高车，形容地位显赫。[20] 黄公垆：《世说新语·伤逝》载，嵇康、阮籍去世后，王戎经过曾与二人会饮的黄公酒垆，触景伤怀。后人用来抒发物是人非之慨。

简评

诗题交代了王庆源其人及作诗的缘由。王庆源以特奏名得官，辞官还乡后，居住在眉州青神县瑞草桥，生活颇为悠闲自得。应王庆源之求，苏轼向他寄去红带，并写信、作诗一首，苏轼在信中说："向要红带，今寄一条去。却是小儿子辈，闻翁要此，颇尽功勾当钉造，不知称尊意否？拙诗一首，并黄、秦二君,皆当今以诗文名世者,各赋一首。"

纪昀评曰:"(首八句)数语写出循吏。"王庆源官职卑微,家庭贫困,为官清廉,爱民如子,他为了百姓不怕政绩最差,不惜触怒长官,后来潇洒辞官。苏过《王元直墓碑》载:"季父庆源官于洪雅,以论事不合取长官怒,忧以罪去……即谢病去,为两蜀高人。"中间八句描写王庆源回乡后悠闲、潇洒的生活和广受尊敬的情形:他独自携带着美酒在瑞草桥边的小路闲游,来到慈姥岩前的渡口,青衣江畔的路人看到他争相搀扶。热闹非凡的蚕市吸引来附近州县的百姓,人们怀念他的善政,夸赞他如贤臣子罕,猜测着那个霜发红带、老而不瘦的人就是王庆源。结尾四句表达希望早日辞官回乡,与王庆源做邻居,与他隔墙拍掌歌唱呼号,不学山涛、王戎贪恋高官厚禄。

赵克宜评此诗:"全诗浅近处摹写,人品自出。"诗歌语言通俗浅显,生动形象地刻画了一个爱民如子、深得民心的清官形象,一个潇洒放达、悠然自得的隐士形象,表达了对王庆源的赞美和归隐之心。

木山并叙[1]

吾先君子[2]尝蓄[3]木山三峰,且为之记与诗。诗人梅二丈圣俞[4]见而赋之。今三十年矣,而犹子千乘[5]又得五峰,益奇。因次圣俞韵,使并刻之其侧。

木生不愿回万牛[6],愿终天年[7]仆沙洲。时来幸逢河伯秋[8],掀然见怪推不流[9]。蓬婆[10]雪岭巧雕镂[11],蛰虫[12]行蚁为豪酋[13]。阿咸[14]大胆忽持去,河伯好事不汝尤[15]。城中古沼浸坤轴[16],一林瘦竹吾菟裘[17]。二顷良田[18]不难买,三年楖木[19]行可桴[20]。会将白发对苍巘[21],鲁人不厌东家丘[22]。

注释

[1] 元祐三年（1088）十一月作于汴京。[2] 先君子：指苏洵。[3] 蓄：藏。[4] 梅二丈圣俞：梅尧臣（1002—1060），字圣俞，世称宛陵先生，宣州宣城（今安徽宣城市）人，北宋诗人、官员。[5] 犹子千乘：犹子，侄子。千乘，苏轼伯父苏涣之孙，堂兄苏不欺（字子正）之子。[6] 木生不愿回万牛：此句反用杜甫《古柏行》中"大厦如倾要梁栋，万牛回首丘山重"，意为树木生来不愿成为栋梁。[7] 天年：自然寿命。[8] 河伯秋：指洪水到来。河伯，河神。[9] 推不流：飘不走。[10] 蓬婆：山名，在今四川省茂县西南。这里指大雪山。[11] 雕锼：雕刻。[12] 蛰虫：藏在土里过冬的虫豸。[13] 豪酋：首领。[14] 阿咸：阮籍称呼侄子阮咸为阿咸。这里借指千乘。[15] 不汝尤：不责怪你。[16] 坤轴：古人想象中的地轴。[17] 菟裘：地名，在山东境内。借指告老退隐之地。《左传·隐公十一年》中鲁隐公有"使营菟裘，吾将老焉"之语。[18] 二顷良田：《史记·苏秦列传》：苏秦叹曰："且使我有洛阳负郭田二顷，吾岂能佩六国相印乎？"[19] 三年桤木：形容桤木生长速度快。[20] 槱（yǒu）：烧。[21] 苍崦（yǎn）：苍翠的山峦。这里指木山。[22] 东家丘：指孔丘，传说孔子的西邻不知孔子的学问，称孔子为"东家丘"。指对人缺乏认识，缺乏了解。

简评

诗序交代木山来历及作诗缘由。苏洵曾有两座木假山，一座为自己购得，放在眉山老家，一座是苏轼父子南行途中友人杨纬所赠，放在汴京南园居所。苏洵对木山极为喜爱，在眉山时常常赏玩，曾作《木假山记》述怀，梅尧臣读此文心生共鸣，后又于南园见木山，作《苏明允木山》相应。元祐三年，苏轼在汴京为官，侄子千乘又寻得木假山一座，比之前的更加奇特，苏轼不由感念往事，次梅尧臣韵作此诗。

前八句想象木山的形成及来历。树木生来不愿成为栋梁，只愿自然死去倒在沙洲。木山之形成极为难得：洪水来临不漂走，风霜雪雨巧雕琢，伏虫行蚁细打磨。木假山形成后，为懂得欣赏它的"好事者"所得才能称之为"幸"；"不为好事者所见，而为樵夫野人所薪"，化为灰烬，则成为不幸。后六句抒发辞官归隐之怀。诗人连用鲁隐公、苏秦、孔子等人的典故，表达了自己辞官回乡、归隐田园的决心。苏轼的归隐是自愿的选择，是他在经历了无数诬陷、迫害后心生厌倦的内心呼唤。

全诗妙在善用修辞和典故。诗歌前八句用拟人的手法形象地展现了木山的形成过程。开头反用典故而不觉突兀，诗末连用典故而不显烦琐，故翁方纲《石洲诗话》评曰："东坡《木山》诗：'木生不愿回万牛，愿终天年仆沙洲。'即从'不露文章'意脱化而出。古人之善用事如此。"

送千乘、千能两侄还乡[1]

治生[2]不求富，读书不求官。譬如饮不醉，陶然有余欢[3]。君看庞德公[4]，白首终泥蟠。岂无子孙念，顾独贻[5]以安。鹿门上冢回，床下拜龙鸾[6]。躬耕竟不起，耆旧[7]节独完。念汝少多难[8]，冰雪落绮纨[9]。五子[10]如一人，奉养真色难[11]。烹鸡独馈母，自饭苜蓿盘[12]。口腹恐累人，宁我食无肝[13]。西来四千里，敝袍不言寒。秀眉似我兄，亦复心闲宽。忽然舍我去，岁晚留余酸。我岂轩冕人[14]，青云[15]意先阑[16]。汝归莳[17]松菊，环以青琅玕[18]。桤阴三年成，可以挂我冠[19]。清江入城郭，小圃生微澜。相从结茅舍，曝背[20]谈金銮[21]。

注释

[1] 元祐三年（1088）十一月作于汴京。千乘、千能：苏轼伯父苏涣之孙，堂兄苏不欺（字子正）之子，眉州眉山人。[2] 治生：谋生，经营

家业。[3]"譬如"两句：《晋书·陶侃传》载，晋代大将军陶侃饮酒有定量，常未尽兴，定量就用完。[4]庞德公：参见《送杨孟容》注[8]。[5]贻：留下。[6]"鹿门"两句：鹿门，山名，在湖北襄阳境内。上冢，上坟，祭扫先人陵墓。拜龙鸾，龙鸾，即龙凤，世称诸葛亮为伏龙，庞士元为凤雏。《后汉书·庞公传》引《襄阳记》："诸葛孔明每至（庞）德公家，独拜床下，德公初不令止。司马德操尝诣德公，值其渡沔上先人墓，德操径入其堂。"[7]耆旧：年老的旧交好友。[8]念汝少多难：千乘、千能的父亲苏不欺卒于元丰四年（1081），苏轼时在黄州，曾作《祭堂兄子正文》悼念堂兄。[9]绮纨：华贵的衣服，此指纨绔习气。[10]五子：指苏不欺的五个儿子，千乘五兄弟。苏辙《伯父墓表》云：（苏涣）生子三人：不欺、不疑、不危。"孙男十二人：千乘、千运、千之、千能、千里、千秋、千经、千杰、千寻、千亿、时、晖。"[11]色难：奉养父母和颜悦色是很难的。[12]"烹鸡"两句：飨，同"享"，享用，食用。苜蓿盘，蔬菜等素食。此句形容千乘、千能几兄弟非常孝顺。[13]"口腹"两句：告诫千乘兄弟勿因贫困而丧失气节。《后汉书·周燮传》："（闵仲叔）老病家贫，不能得肉，日买猪肝一片，屠者或不肯与，安邑令闻，敕吏常给焉。仲叔怪而问之，知，乃叹曰：'闵仲叔岂以口腹累安邑邪？'遂去。"[14]轩冕人：享有官位爵禄的人。[15]青云：比喻高官显爵。[16]阑：残，将尽。[17]莳：栽种。[18]青琅玕（gān）：指竹。[19]挂我冠：挂冠，指辞官。[20]曝背：晒背。[21]谈金銮：谈论朝廷之事。

简评

元祐三年（1088），侄子千乘、千能从眉山到汴京看望苏轼，短暂的欢聚后又是长久的别离，苏轼依依不舍，作诗送别，既表达早日辞官回乡之志，又有嘱咐教导之意。

汪师韩评此诗："一篇大旨。起四句，道尽预想归田之乐，说到'曝背谈金銮'，津津有味。"诗人开宗明义，以陶侃饮酒设定限量的典故作比，表达自己"治生不求富，读书不求官"的人生追求，接着用庞德公志趣高洁，不慕名利，安于隐居的典故，再次表明心迹。中间部分感慨千乘、千能兄弟虽少年丧父，多灾多难，但兄弟五人都非常孝顺，奉养母亲和颜悦色，宁愿"自飨苜蓿盘"也要"烹鸡独馈母"，他们不惧贫困、不畏艰苦，如同自己的堂兄苏不欺那般"心闲宽"，言语间充满了赞赏之情。最后苏轼畅想了自己的归乡生活。张志烈老师读到此诗时写道："这是嘱咐侄儿，你们回去要修建以竹林环绕，桤木丛栽，有松树，有菊花，有沟渠，有苗圃的林盘，我们的院子要挨得近。二天我回来，晒着太阳给你们摆朝廷的龙门阵。东坡先生这时官为翰林学士，可他却真真实实地想去过居住在川西坝子林盘的生活。"

苏轼入仕之初就与苏辙有"风雨对床"之约，然而前有"乌台诗案"，此时又困于党争，连章请郡不得，不由身心疲惫，发出"治生不求富，读书不求官"的感慨，生出浓烈的辞官归乡之情也是在情理之中了。这是苏轼的人生经验总结，也是对家中子侄的谆谆教诲。

异鹊并叙[1]

熙宁中，柯侯[2]仲常通守[3]漳州。以救饥得民，有二鹊栖其厅。事讫[4]，侯之去，鹊亦送之，漳人异焉。为赋此诗。

昔我先君子，仁孝行于家。家有五亩园，幺凤[5]集桐花。是时乌与鹊，巢毂[6]可俯拿。忆我与诸儿，饲食观群呀。里人惊瑞异，野老笑而嗟。云此方乳哺，甚畏鸢与蛇。手足之所及，二物不敢加[7]。主人若可信，众鸟不我遐[8]。故知中孚化，可及鱼与豭[9]。柯侯古循吏[10]，悃愊[11]真无华。临漳所全活，数等江干沙[12]。仁心格[13]异族，两鹊栖其衙。但恨不能言，相对空楂楂。善恶以类应，古语良非夸。君看彼酷吏，所至号鬼车[14]。

东坡么凤诗意图（现代陈恒）

注释

　　[1] 元祐四年（1089）作于杭州。[2] 柯侯：字仲常，名述，福建泉州南安（今福建南安市）人。任漳州通判时振济饥荒，有惠民之政。[3] 通守：官名。隋朝设置，掌管一郡军民事务，职位略低于太守。宋称通判。[4] 讫：终止，完毕。[5] 么（yāo）凤：即蓝喉太阳鸟，俗名桐花凤、幺凤、幺鸡，主要吃花蜜，也吃悬钩子、昆虫等，羽毛五种颜色，像鹦鹉而体型略小，常常在桐花开放的时候，栖息于桐树之上。[6] 㲄（kòu）：幼鸟，乳鸟。[7]"手足"两句：二物，指茑与蛇。句意为靠近人，鹰与蛇就不敢加害。[8]"主人"两句：遐，远。句意为如果人没有伤鸟之心，鸟就有依人之意。[9]"故知"两句：中孚，《易经》中的卦名，指诚信立身。豭（jiā），公猪，泛指猪。句意为诚信能感化异类。[10] 循吏：奉公守法而造福百姓的好官。[11] 悃愊（kǔnbì）：至诚。[12] 江干沙：形容数量极多。[13] 格：感通。[14]"君看"两句：鬼车，又名九头鸟，是中国神话传说中的妖鸟、不祥鸟。句意为酷吏到哪里，哪里就有灾害。

◎ 简评

《异鹊》可同苏轼文《记先夫人不残鸟雀》作对比阅读。

全诗以"异"字统摄全篇。诗序讲述了一个奇异的故事,交代了诗歌写作的缘由:熙宁年间,柯仲常担任漳州通判期间,赈济饥荒、关爱百姓,深得民心,有两只鹊飞到州府的厅堂中栖息,他离开漳州时,两只鹊依依相送,这样的奇景让漳州的百姓十分惊异。苏轼听闻后也觉得很神奇,于是写下此诗。

前十八句回忆苏家老宅中的异鹊。苏轼母亲程夫人"恶杀生",经常教导苏家子侄爱护鸟雀,因而苏家庭院中出现了奇景:百鸟翔集,珍贵美丽的桐花凤也前来栖息,鸟儿们把巢筑在低矮的树枝上,一点都不害怕人。为什么会出现这样的奇景呢,苏轼借野老之口做出了解答,鸟雀之所以不敢靠近人筑巢,是因为人比蛇鼠更为可怕,而苏家之所以出现此奇景,是因苏家以"仁孝行于家",其仁爱感化了动物,使鹊不畏人,蛇鼠不害鹊。

诗歌结尾十二句发表议论,赞美柯仲常质朴无华、仁爱为民,救活了无数漳州百姓,堪比古代的循吏。正是因为他"仁心格异族",感化了鹊,吸引它们栖息在府衙的厅堂,它们虽不能说话,但那喳喳的叫声就是在夸赞柯侯的功劳。作者不由感慨:物以类聚,人以群分。善恶也是如此,古话并非夸张。你看那些酷吏走过的地方,都是鬼车鸟的号叫!诗人用对比的手法再次强调了"苛政猛于虎",表达了对仁孝、仁心、仁爱的赞美,同时也有对母亲程夫人的怀念之情。

寄蔡子华[1]

故人送我东来时,手栽荔子待我归。荔子已丹吾发白,犹作江南未归客。江南春尽水如天,肠断西湖春水船。想见青衣江畔路,白鱼紫笋不论钱[2]。霜髯三老[3]如霜桧,旧交零落今谁辈[4]。莫从唐举[5]问封侯,但遣麻姑[6]更爬背。

三苏祠·古荔枝树

注释

[1] 元祐五年(1090)二月作于杭州。蔡褒字子华,眉州青神县(治所在今眉山市青神县南)人,苏轼旧友。[2]"想见"两句:青衣江,又名平羌江,大渡河支流,在乐山与大渡河汇合入岷江。二句写故乡物产丰富。[3] 三老:指蔡子华、杨君素、王庆源三位故乡老友。[4] 谁辈:谁作伴。辈,同辈,可做伴的人。[5] 唐举:战国时善于看相的术士。《史记·范雎蔡泽列传》载:秦国丞相蔡泽早年曾请唐举看相,"唐举孰视而笑曰:'先生曷鼻,巨肩,魋颜,蹙齃,膝挛。吾闻圣人不相,殆先生乎?'"[6] 麻

姑：传说中的仙女，手指像鸟爪。东汉人蔡经说，背痒时用麻姑的手搔背，一定很好。

简评

元祐年间，苏轼陷入党争，遭到新旧两党的攻击，因此接连上章请求外放。元祐四年（1089）以龙图阁学士知杭州。元祐五年（1090），眉山老乡蔡子华写信来求诗，苏轼作此诗相赠，同时问候眉山老友杨君素、王庆源。

自治平年间回乡守丧后，苏轼再也没能回到眉山，家乡老友的来信勾起了他浓浓的乡愁。苏轼回忆起当年老友送自己外出做官，亲手种下荔枝盼望自己回来的情景。多年过去，荔枝树早已红果累累，自己头发斑白却仍未回到故乡。苏轼泛舟西湖，放眼望去水光接天、春意盎然，但这却不是碧波荡漾的青衣江，也没有眉山随手可得、根本不需花钱的白鱼紫笋，想起这些，怎能不让人"肠断"！亲朋旧友已经所剩无几，不知谁能与蔡子华、杨君素、王庆源三个老友作伴？我不求高官，只愿回到家乡，做个闲散的活神仙！

全诗笔调婉转、娓娓道来、如话家常，浓浓的思乡之情和对老友的怀念在诗人眼前的景象和回忆间流转，流露出对官场的厌倦之情。

仲天贶、王元直自眉山来，见余钱塘，留半岁。既行，作绝句五首送之[1]

其 一

仲君岂弟[2]多学，王子清修[3]寡言。病后空惊鹤瘦[4]，时来或作鹏骞[5]。

其 二

海角[6]烦君远访，江源[7]与我同来。剩作数诗相送，莫教万里空回。

其 三

三人一旦同行，二子与秦少章[8]同寓高斋，复同舟北行。留下高斋月明。遥想扁舟京口[9]，尚余孤枕潮声。

其 四

更欲留君久住，念君去国[10]弥年[11]。空使犀颅玉颊[12]，长怀鬈舅[13]凄然。

其 五

为余远致殷勤，瑞草桥[14]边老人。老人，王庆源[15]也。红带雅宜华发，白醪光泛新春。

注释

[1] 元祐五年（1090）春作于杭州。仲天贶：生平不详，可能是眉州人。王元直：名箴（1049—1101），字元直，眉州青神（今眉山青神县）人，苏轼继配王闰之的弟弟，排行十六，九岁通经，善文。苏轼《书赠王元直三首》其一："王箴字元直，小名三老翁，小字惇叔。"[2] 恺弟：和乐平易。[3] 清修：操行洁美。[4] 鹤瘦：形容人瘦骨伶仃、瘦削。[5] 鹏骞（xiān）：大鹏高飞。比喻人奋发有为、仕途腾达。[6] 海角：这里指杭州，因其靠近海，故称海角。[7] 江源：长江的源头。古人认为长江发源于岷江。眉山在岷江之畔，所以有此说。[8] 秦少章：秦觏，字少章，秦观之弟，高邮（治所在今江苏高邮市）人。[9] 京口：东汉末、三国吴时称京城，后称京口，即今江苏省镇江市。[10] 去国：指离开故乡。[11] 弥年：经年。[12] 犀颅玉颊：额角隆起如犀，脸颊洁白如玉。借指相貌不凡的年轻人，这里指苏轼的几个儿子。[13] 鬈舅：指王元直。[14] 瑞草桥：参见《庆

源宣义王丈……》注[8]。[15]王庆源：参见《庆源宣义王丈……》注[1]。

简评

元祐四年（1089）七月，王箴到徐州看望苏轼，逗留半年后于第二年春天离去，苏轼作此诗相送。苏轼此时已离乡二十多年，又因党争被迫自请外放杭州，因而诗中充满了浓郁的思乡之情、惜别之意和身世之感。

其一赞美仲天贶和乐平易、勤勉好学，王元直操行洁美、正直少言，预言二人将来会如大鹏高飞，升迁腾达，言语间充满鼓励和激赏。苏轼在本年二月的诗中说自己"卧病弥月""一病弥月"，"惊"字突出久病后极度清瘦。

其二感念王元直不远千里，从家乡眉山到杭州来看望自己。苏轼作诗数首相赠，不让他空手而回。诗句充满感激和惜别之情。

其三、四写对王元直的思念。王元直三人离开后，只留下清冷的明月与空寂的高斋，诗人仿佛也跟着他们离去，猜想扁舟可能已到京口，空留孤枕和潮水之声。苏轼本想留王元直久住，但想到他离乡已经年，只能让苏迨、苏过几子将思念藏在心间。诗句融情于景，如话家常，充满了离别的悲伤和留念。

其五想象王元直回乡后的情景。诗人希望他能代自己问候老友王庆源，想象满头白发的王庆源戴上自己当年赠送的红带，携酒壶独游的情景，流露出对老友的思念和对隐居生活的向往。

和陶饮酒二十首并叙[1]（选三）

吾饮酒至少，常以把盏为乐。往往颓然[2]坐睡，人见其醉，而吾中了然，盖莫能名其为醉为醒也。在扬州时，饮酒过午，辄罢。客去，解衣盘礴[3]，终日欢不足而适有余。因和渊明《饮酒》二十首，庶[4]以仿佛其不可名者，示舍弟子由、晁无咎[5]学士。

其十二

我梦入小学[6]，自谓总角[7]时。不记有白发，犹诵论语辞。人间本儿戏，颠倒略似兹。惟有醉时真[8]，空洞了无疑。坠车终无伤，庄叟不吾欺。呼儿具纸笔，醉语辄录之。

其十四

我家小冯君[9]，天性颇醇至。清坐不饮酒，而能容我醉。归休要相依，谢病[10]当以次。岂知山林士，魭髊[11]乃尔贵。乞身[12]当念早，过是恐少味。

其十五

去乡三十年，风雨荒旧宅。惟存一束书，寄食无定迹。每用愧渊明，尚取禾三百[13]。颓然[14]六男子[15]，粗可传清白[16]。于吾岂不多，何事复叹惜？

注释

[1] 元祐七年（1092）七月作于扬州。[2] 颓然：萎靡不振的样子。[3] 盘礴：箕踞，伸开两腿席地而坐。[4] 庶：将近，差不多。[5] 晁无咎：晁补之，字无咎，济州巨野（治所在今山东巨野县）人，"苏门四学士"之一。时为扬州通判。[6] 小学：儿童初级教育机构。《大戴礼记·保傅》："古者年八岁而出就外舍，学小艺焉，履小节焉。束发而就大学，学大艺焉，履大节焉。"[7] 总角：参见《冬至日赠安节》注[7]。[8] 醉时真：喝醉时流露出纯真的本性。[9] 小冯君：原指汉代贤太守冯立，这里借指苏辙。西汉乐府诗《上郡吏民为冯氏兄弟歌》称赞担任过上郡太守的冯野

王、冯立兄弟："大冯君，小冯君，兄弟继踵相因循，聪明贤知惠吏民，政如鲁卫德化钧，周公康叔犹二君。"［10］谢病：因病辞官。［11］骯髒（kǎngzǎng）：刚直的样子。［12］乞身：请求辞官。［13］"每用"两句：指自己还在做官，吃朝廷的俸禄没有隐退，因此感到愧对陶渊明。［14］颀然：修长的样子。［15］六男子：指苏轼三子苏迈、苏迨、苏过和苏辙三子苏迟、苏适、苏远。［16］清白：清廉，廉洁。

简评

苏轼在诗叙中讲述自己晚年的饮酒习惯：酒量小，常以持酒杯为乐，喝一点酒就坐着睡着，看似醉了但心里明白。在扬州，过中午便不再饮酒，客人离开后，便解开衣服伸开两腿而坐，整日欢乐不足但闲适有余。陶渊明饮酒诗，寓含复杂的心境，苏轼追和陶诗，是一种异代相知的感情。他将这组和陶诗寄给晁补之和苏辙，是因为他们的命运相似相关，是同时代的知己，能理解其中"不可名者"。

其十二写苏轼梦见自己在眉山城西天庆观读书时头发乌黑，梳着总角，正跟着老师张易简摇头晃脑地朗诵《论语》。苏轼醒后感慨，这人间世事颠倒如同儿戏，唯有酒醉时才显出真性情。醉时做个真人，醒时虚空一切，虚己虚天下，可得逍遥，庄子没有骗我！

其十四写苏轼性格豪放，浪漫无拘束，苏辙性格宽厚，持戒很严。苏轼饮酒，苏辙陪坐，苏辙虽不饮酒，"而能容我醉"。兄弟二人性格迥异，相处起来却其乐融融，但二人聚少离多，因此苏轼希望兄弟俩能早日致仕归隐山林，迟了就没有味道了！

其十五写苏轼此时离开家乡已三十多年，经过多年的风雨，苏家老宅恐怕已破旧不堪，自己宦游四方居无定所，至今只留下一小捆书。他不由发出"每用愧渊明，尚取禾三百"的喟叹，吐露希望摆脱官场、回归田园的心声。值得庆幸的是，苏家还有六个儿子可以传承清廉的家风，想到这里苏轼感到欣慰不已。

对床夜语，相约早退，是苏轼兄弟一直以来的愿望，可惜苏轼一生仕途偃蹇，归隐、归乡成为他永远无法实现的梦。从这个角度来说，苏轼和陶何尝不是在借他人酒杯浇心中块垒，寻求心灵的慰藉呢？

书晁说之《考牧图》后[1]

我昔在田间，但知羊与牛。川平牛背稳。如驾百斛舟[2]。舟行无人岸自移[3]，我卧读书牛不知。前有百尾羊，听我鞭声如鼓鼙[4]。我鞭不妄发，视其后者而鞭之。泽中草木长，草长病牛羊。寻山跨坑谷，腾趠[5]筋骨强。烟蓑雨笠长林[6]下，老去而今空见画。世间马耳射东风[7]，悔不长作多牛翁[8]。

三苏祠外墙浮雕·东坡牧牛

注释

[1] 元祐八年（1093）作于汴京。晁说之（1059—1129）：字以道，苏轼好友，苏轼同年进士晁端彦（美叔）之子，苏门四学士之一晁补之的弟弟。[2] 百斛舟：斛，古时测量器具。形容载重量大的船。[3] 舟行无人岸自移：指牛自由自在地沿河行走。[4] 鼓鼙（pí）：古代军用战鼓，击鼓鼙表示进攻。[5] 腾趠（zhuó）：跳跃。[6] 长林：茂盛的树林。[7] 马耳射东风：射，吹。东风很快地吹过马耳，指听不进去，漠然不动心。[8] 多牛翁：苏轼根据"多田翁"仿造。《新唐书·卢从愿传》记载卢从愿置办了很多田产，被人嘲笑为"多田翁"。

简评

元祐八年（1093），晁以道根据《诗经·小雅·无羊》画了一幅表现西周牧畜生活的《考牧图》，苏轼看到这幅图后不由产生了丰富的联想与想象，作此诗。

前六句回忆自己少年时卧在牛背上一边放牛一边读书的情景：牛儿驮着他缓缓前行，犹如驾着一艘大船，在风平浪静的水面行驶。诗人将骑牛比作驾驶载着沉重货物的大船，形象地展现了田野的平与牛背的稳，"岸自移""牛不知"则表现出牛与骑牛人的自由自在、怡然自得。中间八句写牧羊人对放牧的精通和技术高超：他赶着羊群犹如指挥千军万马，鞭声响亮如战鼓，鞭不妄发专打落后的羊；他悉知泽中的水草不利牛羊生长，就赶着牛羊爬山跨谷，使牛羊长得健壮。诗人巧用比喻，将放牧写得生动有趣，寥寥几笔就勾勒出一幅充满诗意的田园放牧图。末四句感慨颇深，"老""空""悔"是对他现实状态与内心感受的写照，流露出对官场生活的厌倦和渴望归隐田园的情怀。

苏轼此时正处于党争的漩涡，屡受攻击心生疲惫，然而作者丝毫未提及现实烦扰，而是将深沉的情感寓于生动描述，使安逸闲适的田园牧野生活与他当前的处境形成了鲜明的对比,加深了悲凉之感。全诗语言浅近却意味深长,多用散文句式,是苏轼以文为诗的代表作。

表弟程德孺生日[1]

仗[2]下千官散紫庭[3],微闻偶语[4]说苏、程。长身自昔传甥舅,寿骨[5]遥知是弟兄。予与君皆寿骨贯耳。班列中多指予二人,不问而知其为中表也。曾活万人宁望报[6],君在楚州,予在杭州,皆遇饥岁,活数万人。只求五亩却归耕[7]。四朝[8]遗老[9]凋零[10]尽,鹤发[11]他年几个迎。

◎ 注释

[1] 元祐八年(1093)六月作于汴京。程德孺:见《送表弟程六知楚州》注[1]。[2] 仗:仪仗,仪卫。[3] 紫庭:帝王宫廷。[4] 微闻偶语:隐约听到同僚相对私语。[5] 寿骨:耳后头骨部分。[6] 宁望报:难道希望得到报答。[7] 归耕:辞官还乡。[8] 四朝:指宋仁宗、英宗、神宗、哲宗四朝。[9] 遗老:前朝旧臣。[10] 凋零:比喻人死亡。[11] 鹤发:白发。

◎ 简评

元祐七年(1092)六月,程之元(德孺)从岭南持节而归,以右朝奉郎为主客郎中,进金部。苏轼亦在本年八月以兵部尚书自扬州召还,十二月迁端明殿学士兼翰林侍读学士,守礼部尚书。元祐八年(1093)六月,适逢程之元生日,苏轼为之作此诗。

诗首句点出二人同朝共事,并引出下文。中间四句写苏、程二人的相似之处。其一,皆身材修长。俗话说"外甥似母舅",苏轼也遗传了程父"长身"的特点。其二,"皆寿骨贯耳"。苏轼《传神记》云:"吾尝于灯下顾自见颊影,使人就壁模之,不作眉目,见者皆失笑,知其为吾也。"米芾曾在《苏东坡挽诗五首》其一中用"方瞳正碧貌如圭"形容苏轼的面容,圭是一种上尖下方、形状为长条形的古代玉制礼器,可见苏轼面长而颧骨高。其三,皆仁爱为民,不求回报。元祐年间程之元知楚州,苏轼知杭州都遇到饥荒,他们竭尽所能救活数万人却不求回报。其四,都想早日功成身退,归耕田园。末二句感慨,和他们一样历经宋仁宗、英宗、神宗、哲宗四朝的老臣已纷纷离世,二人也已白发苍苍,不知他年还有谁能来迎接。

全诗真情流露,表达了深厚的兄弟之情和归耕田园的愿望,以及对旧友凋零、年华逝去的伤感。

正辅既见和,复次前韵,慰鼓盆,劝学佛[1]

稚川真长生,少从郑公游[2]。孝章偶不死,免为文举忧[3]。余龄会有适,独往岂相攸[4]。由来警露鹤[5],不羡攫蚤鹠[6]。愿加视后鞭,同驾蹑空[7]辀[8]。宁餐堕齿堇[9],勿忆齐眉羞[10]。何时遂纵壑[11],归路同首丘[12]。东冈[13]松柏老,西岭[14]橘柚秋。着意寻弥明,长颈高结喉[15]。无心逐定远,燕颔飞虎头[16]。君方卒功名,一泛范蠡舟[17]。我亦沾濡渥[18],渐解钟仪囚[19]。宁须张子房,万户自择留[20]。犹胜嵇叔夜,孤愤甘长幽[21]。南窗可寄傲,北山早归耰[22]。此语君勿疑,老彭[23]跨商周。

注释

[1] 绍圣二年(1095)十月作于惠州。正辅:程之才,字正辅,参见《送表弟程六知楚州》注[1]。鼓盆:指程之才妻子去世之事。《庄子·至乐》:"庄子妻死,惠子吊之。庄子则方箕踞鼓盆而歌。"劝学佛:《与程正

辅七十一首》五十七:"尊嫂忽罹此祸……然万般追悼,于亡者了无丝毫之益……惟有速作佛事,升济幽明,此不可不信也,惟速为妙。"[2]"稚川"两句:葛洪,字稚川,自号抱朴子,东晋道士、炼丹家,世称小仙翁。郑公,指郑隐,精于炼丹。葛洪曾向郑隐学习炼丹术。[3]"孝章"两句:孝章,盛宪字孝章,汉末名士。文举,指孔融。《三国志·吴书·孙韶传》裴松之注引虞预《会稽典录》:"(盛)宪素有高名,(孙)策深忌之。初,宪与少府孔融善,融忧其不免祸,乃与曹公书……由是征为骑都尉。制命未至,果为(孙)权所害。"[4]岂相攸:指岂更察看、选择处所。[5]警露鹤:农历八月白露降时,鹤闻露滴而警。[6]撮蚤鹠:《庄子·秋水》:"鸱鸺(chīxiū)夜撮蚤,察毫末。"鹠即鸱鸺,猫头鹰一类的鸟。[7]蹋空:踏空。[8]辀(zhōu):车辕,借指车。[9]堕齿堇:堇,乌头,有毒。《旧唐书·张果传》:张果饮堇三卮后,"取镜视齿,则尽焦且黧。命左右取铁如意击齿堕,藏于带。乃怀中出神仙药,微红,傅堕齿之断。复寐良久,齿皆出矣,粲然洁白"。[10]勿忆齐眉羞:不要怀念与妻子举案齐眉的时光,此句宽慰程正辅丧妻之痛。[11]纵壑:形容鱼自由地游于大壑。[12]首丘:比喻归葬故乡,或指故乡。[13]东冈:指东茔。参见《伯父〈送先人下第归蜀〉诗云……》注[4]。[14]西岭:指眉山城西的醴泉山,参见《自昌化双溪馆下步寻溪源,至治平寺,二首》(其一)注[4]。[15]"着意"两句:韩愈《石鼎联句》序:道士轩辕弥明与刘师服为旧识。侯喜夜与刘说诗,"弥明在其侧,貌极丑,白须黑面,长颈而高结,喉中又作楚语,喜视之若无人。……刘与侯皆已赋十余韵,弥明应之如响,皆脱颖含讥讽。夜尽三更,二子思竭,不能续。……遂坐睡。及觉,日已上,惊顾觅道士,不见"。[16]"无心"两句:《东观汉记·班超传》:班超去见看相的人,相者对他说:"生燕颔虎颈,飞而食肉。此万里侯相也。"后来班超随窦固出击北匈奴,又奉命出使西域,封定远侯。[17]范蠡舟:范蠡助越王勾践称霸后,认为盛名之下难以久居,于是乘舟浮海不返。[18]沾霈渥:这里指受到恩惠。[19]钟仪囚:形容处境困窘。《左传·成公九年》:"晋侯观于军府,见钟仪,问之曰:'南冠而絷者,谁也?'有司对曰:'郑人所献楚囚也。'"[20]"宁须"两句:《史记·留侯世家》:刘邦封功臣,说:"运筹策帷帐中,决胜千里外,子房功也。自择齐三万户。"张良回答:"陛下用臣计,幸而时中,臣愿封留足矣,不敢当三万户。"于是封张良为留侯。[21]"犹胜"两句:嵇叔夜,指嵇康。《晋书·嵇康传》:嵇康与吕安为至交,吕安"每一相思,辄千里命驾,康友而善之。后安为兄所枉诉,以事系狱,辞相证引,遂复收康。康性慎言行,一旦缧绁,乃作《幽愤诗》"。[22] 稷:指耕种。[23] 老彭:彭祖。

简评

程之才,字正辅,苏轼表兄、姐夫。苏轼姐姐八娘嫁与程之才受虐待而死后,苏程两家断交四十二年。绍圣元年(1094),苏轼贬惠州,宰相章惇命程之才为广南东路提点刑狱,试图利用旧怨,借程之才加害苏轼,不想二人冰释前嫌。绍圣二年(1095),苏轼作《闻正辅表兄将至,以诗迎之》,程正辅和之,当年八月,程正辅第二任妻子卒,苏轼作此诗劝慰,所以诗题有"慰鼓盆,劝学佛"语,希望他学庄子齐生死,学佛法勘破生死,尽快以佛事处理,让亡魂早日往生净土。

前十二句劝程正辅与自己一起修习道家功法。冯应榴评曰:"稚川、孝章,自喻;郑公、文举,喻正辅也。"程正辅学道多年,苏轼希望兄弟二人一起修习道家功法。程正辅学道多年,苏轼佛道兼修,因此苏轼希望程正辅能与自己一起潜心修习道家功法,忘却丧偶之愁。此后四句感慨自己不知何时才能像鱼一样纵游大川,和老兄同回故乡,表达思乡盼归之愁。接下来十二句隐晦地点出自己的处境,表达自己一心求道,无心追逐功名。苏轼至惠州后颇受州守詹范礼遇,后遭检举,朝廷下令对其严加看管,仅在官舍合江楼居住十几日就被赶出,寄居于残破的嘉祐寺。苏轼不得不"杜门自屏""省躬念咎",程正辅来后,他的境遇才有好转,再次迁入合江楼,直到绍圣三年(1096)正辅离任才再迁嘉祐寺。因此文中有"我亦沾霈渥,渐解钟仪囚"之语。结尾再次表明心迹:愿二人学陶渊明早日归耕田园,享山野之乐,继续修习道术和道家养生法,求长生之道。

此诗用典信手拈来,用典多而不烦琐,可见苏轼之博学。查慎行《苏诗补注》曰:"此诗填写故实,多用隔句对法,两两排比,不觉其板重。惟先生为之则可,他人不能学,也不可学也。"

夜梦并引[1]

七月十三日,至儋州十余日矣,澹然无一事。学道未至,静极生愁。夜梦如此,不免以书自怡。

夜梦嬉游童子如,父师检责[2]惊走书[3]。计功当毕《春秋》余,今乃粗及桓、庄初[4]。怛然[5]悸[6]寤心不舒,起坐有如挂钩鱼。我生纷纷婴百

三苏祠·苏宅古井、黄荆树

缘，气固多习独此偏[7]。弃书事君四十年[8]，仕不顾留书绕缠。自视汝与丘孰贤，《易》韦三绝丘犹然，如我当以犀革编[9]。

注释

[1] 绍圣四年（1097）作于昌化军。[2] 检责：检查。[3] 走书：急忙趋向书本。[4] "计功"两句：按照计划应当读完《春秋》，可现在才刚读到桓公、庄公部分。[5] 怛然：惊吓的样子。[6] 悸：惊吓。[7] "我生"两句：我在世间被百事缠绕，染上很多习气，但尤好书本。婴，缠绕。[8] 四十年：苏轼从嘉祐二年（1057）进士及第，到绍圣四年贬谪惠州，恰好四十年。[9] "《易》韦"两句：《易》韦三绝，《史记·孔子世家》云："孔子晚而喜《易》……读《易》，韦编三绝。"句意为孔子读《易》，因反复阅读，编联竹简的皮绳断了多次仍不停止，我当用犀牛皮编联竹简，使之更不易断。

简评

绍圣四年，苏轼惠州白鹤峰筑成，与家人团聚不久后，再次被贬，责授琼州别驾昌化军安置。这年四月，苏轼置家于惠州，与子孙痛哭死别，独与小儿子苏过负担过海，七月二日到达，七月十三日作此诗。

苏轼在诗引中交代了作诗的缘起：已到儋州十余天，恬淡无一事，学道没有达到理想的状态，不由在安静中生出惆怅。俗话说：日有所思，夜有所梦。这种未完成目标而生出的忐忑让他梦见了小时候读书的情景：自己正玩耍嬉戏的时候，父亲突然要检查功课，于是急忙拿起书本。按照计划应当读完《春秋》，可现在才读到桓公、庄公部分，心里不禁忐忑难安，犹如挂在鱼钩上的鱼。"惊走书""挂钩鱼"形象地展现了苏轼当时惊慌失措、紧张难安的样子和心情，同时也侧面反映了苏洵教子之严格。

苏轼兄弟自幼受父亲教导，要求虽严，但感受更多的是读书之乐。他在诗中说自己一生忙忙碌碌为百事缠绕，兴趣广泛，但对书情有独钟，为官四十年，仕宦如过眼烟云，唯有书本始终相随。苏轼开玩笑说，孔子反复读《易》，编联竹简的牛皮绳断了多次仍不停止，因此我要用更结实的犀牛皮做带子，这样不至于那么快就把书翻坏了吧。

此诗语言生动幽默，表达了苏轼对父亲、对故乡的怀念，对读书的喜爱，于冲和淡然之中独见超然洒脱之感。

和陶郭主簿二首 并引[1]

清明日闻过[2]诵书，声节闲美。感念少时，怅焉追怀先君宫师[3]之遗意，且念淮、德二幼孙[4]。无以自遣，乃和渊明二篇。随意所寓，无复伦次[5]也。

其 一

今日复何日，高槐布初阴。良辰非虚名，清和[6]盈我襟。孺子[7]卷书坐，诵诗如鼓琴。却[8]去四十年，玉颜如汝今。闭户未尝出，出为邻里钦。家世事酌古，百史手自斟。当年二老人，喜我作此音。淮、德入我梦，角羁[9]未胜簪。孺子笑问我，公何念之深。

其 二

雀鷇[10]含淳音，竹萌[11]抱静节。此两句，先君少时诗，失其全首。诵我先君诗，肝肺为澄澈。犹如鸣鹤和，未作获麟绝[12]。愿因骑鲸李[13]，追此御风列[14]。丈夫贵出世，功名岂人杰。家书三万卷，独取《服食诀》[15]。地行[16]即空飞，何必挟日月[17]。

注释

[1] 元符三年（1100）二月作于昌化军。[2] 过：苏过（1072—1123），

字叔党,苏轼第三子,人称小东坡。元祐六年(1091)应礼部试未及第。轼谪惠州、儋州,苏过皆随行。苏轼死后,随苏辙居颍昌(今河南许昌),号斜川居士。[3]先君宫师:苏洵元祐年间赠太子太师,所以称其为宫师。[4]淮、德二幼孙:苏轼孙子,舒大刚《三苏后代研究》:"公所见六孙……箪、符、篑三孙之外,其箕、筌、筹三孙,又名普儿、淮、德,不可辨也。"[5]伦次:条理次序。[6]清和:天气清明和暖,清静平和。[7]孺子:指苏过。[8]却:后退,倒退。[9]角觿:指古代儿童头顶的束髻。[10]雀鷇:幼雀。[11]竹萌:竹笋。[12]获麟绝:指鲁哀公十四年(前481)猎获麒麟之事,相传孔子正在编《春秋》闻此事后搁笔。[13]骑鲸李:指李白。[14]御风列:指列子,名御寇,战国前期道家代表人物。《庄子·逍遥游》:"夫列子御风而行,泠然善也。"[15]《服食诀》:道教之书,道家有《服饵要诀》《太清神仙服食经》等书。[16]地行:指地行仙,佛典中的一种神仙,比喻高寿或隐逸闲适的人。[17]挟日月:指飞身成仙。

简评

此诗作于苏轼贬谪儋州的第四个年头。清明日,苏轼听到小儿子苏过诵读诗书,声音琅琅动听,节奏娴雅美好,他不由想起自己年少时和弟弟苏辙在父亲苏洵的指导下读书的情景,又思念隔海相望的幼孙淮、德,一时间感叹怅惘无法排遣,于是和陶渊明《和郭主簿二首》,既表达对往事的怀念,亦寄托思亲之情。

高槐荣发,天气清和,年轻的苏过读书琅琅,声如鼓琴。苏轼回想四十年前自己也曾满头黑发、面庞年轻,与弟弟以父亲苏洵为师,在眉山苏家老宅闭户读书,"著书不复窥园葵",为乡人邻里敬仰、钦佩。好史乃苏家家风,雷简夫称赞苏洵"真良史才""得迁史笔",苏轼曾抄录《汉书》三遍,他告诫侄儿:"可读史书,为益不少也。"苏轼念幼孙淮、德,除表达思念之意外,亦希望他们将苏家良好家风传承下去。

"雀鷇含淳音,竹萌抱静节"是苏洵年轻时候的诗作,再次朗诵这首诗作,苏洵已仙逝数十年,苏轼也已白发苍苍,身处天涯海角。苏轼不由想起父亲对自己的谆谆教诲，想起他才华横溢却壮志难酬，想起他独立不惧的高尚品格，想起父子三人对道家的崇尚，一时思绪万千。诗中表达了对父亲的赞美、敬佩和怀念，结尾流露出对隐逸闲适生活的向往。

狄韶州煮蔓菁芦菔羹[1]

我昔在田间，寒庖[2]有珍烹。常支折脚鼎[3]，自煮花蔓菁。中年失此味，想像如隔生。谁知南岳老[4]，解作东坡羹。中有芦菔根，尚含晓露清。勿语贵公子，从渠醉膻腥[5]。

注释

[1] 元符三年（1100）十二月作于韶州。韶州：治所在今广东韶关市西。狄韶州：指韶州知州狄咸，衡州（治所在今湖南衡阳市）人。蔓菁，见《春菜》注[2]。[2] 寒庖：贫寒人家的厨房。[3] 折脚鼎：断脚锅。[4] 南岳老：衡州地处南岳衡山之南，所以称狄咸为南岳老。[5] "勿语"两句：从，任。渠，他。膻腥，牛、羊、鱼等肉食。句意为切勿将"东坡羹"的配方和做法告诉贵公子们，让他们仍然吃牛、羊、鱼等荤腥吧！

简评

苏轼北归至广东韶州，知州狄咸煮蔓菁芦菔羹来款待，苏轼忆起当年在家乡用断脚锅煮菜羹时的情景，虽然用的是断脚锅，煮的也不过是蔓菁等寻常蔬菜，可苏轼却称之为"珍烹"。离乡三十多年，竟在距故乡千里的韶州吃到久违的家乡味，苏轼怎能不感慨"想像如隔生"！

东坡羹大约来源于苏轼家乡，苏轼对它有着极深的感情，曾为之作《菜羹赋并叙》《东坡羹颂并引》等。黄州时期苏轼生活艰难，适逢友人应纯道人将往庐山，求取东坡羹的做法，苏轼倾囊相授："其法以菘若蔓菁、若芦菔、若荠，皆揉洗数过，去辛苦汁。先以生油少许涂釜缘及一瓷碗，下菜沸汤中。入生米为糁，及少生姜，以油碗覆之，不得触，触则生油气，至熟不除。其上置甑，炊饭如常法。"东坡羹的材料简单而随意，可用蔓菁、芦菔、荠菜、瓜、茄、生米、赤豆等随意搭配，烹调方法也很独特：以油碗覆上食材，上面放甑蒸饭。作者娓娓道来，字里行间充满了怀念之情。

结尾"勿语贵公子，从渠醉膻腥"，幽默诙谐，充满了自豪与赞美之意。在中国的饮食文化中，文人名士的影响很大，从"东坡肉""东坡羹"可见一斑。北宋，内丹功盛行，道家清静无为的思想深入士大夫中，在饮食上讲求以蔬菜为主，这一风气扭转了传统饮食，特别是做羹偏肉食的习惯，从东坡羹一直流传至今，可见东坡功不可没。

词

苏轼眉山诗文注评

江城子 乙卯正月二十日夜记梦[1]

十年[2]生死两茫茫。不思量[3]，自难忘。千里孤坟，无处话凄凉。纵使[4]相逢应不识，尘满面，鬓如霜[5]。　夜来幽梦[6]忽还乡。小轩[7]窗，正梳妆。相顾[8]无言，惟有泪千行。料得[9]年年肠断处，明月夜，短松冈[10]。

注释

[1] 熙宁八年（1075）正月二十日作于密州。苏轼发妻王弗于治平二年（1065）五月在汴京去世，年仅27岁，葬于眉州彭山县安镇乡可龙里（今眉山市东坡区富牛镇永光村），苏洵、程夫人墓的西北八步。[2] 十年：苏轼作词时离王弗去世已十年。[3] 思量：想念。[4] 纵使：即使。[5] 尘满面，鬓如霜：形容饱经沧桑，面容憔悴。[6] 幽梦：梦境隐约。[7] 轩：有窗的小屋。[8] 顾：看。[9] 料得：料想，想来。[10] 短松冈：苏洵、程夫人、王弗墓地所在的小山冈，苏轼曾在这里"手植青松三万栽"。

简评

乙卯即熙宁八年，苏轼在密州任知州，因思念发妻王弗而作此词。

上片写实。开头真情直语，感人至深。"十年"突出分别时间之长，"生死两茫茫"强调阴阳两隔，永远不能再见之悲；"千里"突出相隔之远，"孤坟""凄凉"述说孤独、寂寞、凄楚之苦。王弗16岁嫁给19岁的苏轼，二人琴瑟和鸣，不想王弗竟在27岁骤然西去，此后十年，苏轼因反对新法而饱受压制，知密州后又遇凶年，生活和仕途的困苦怎能不让他风霜满面？

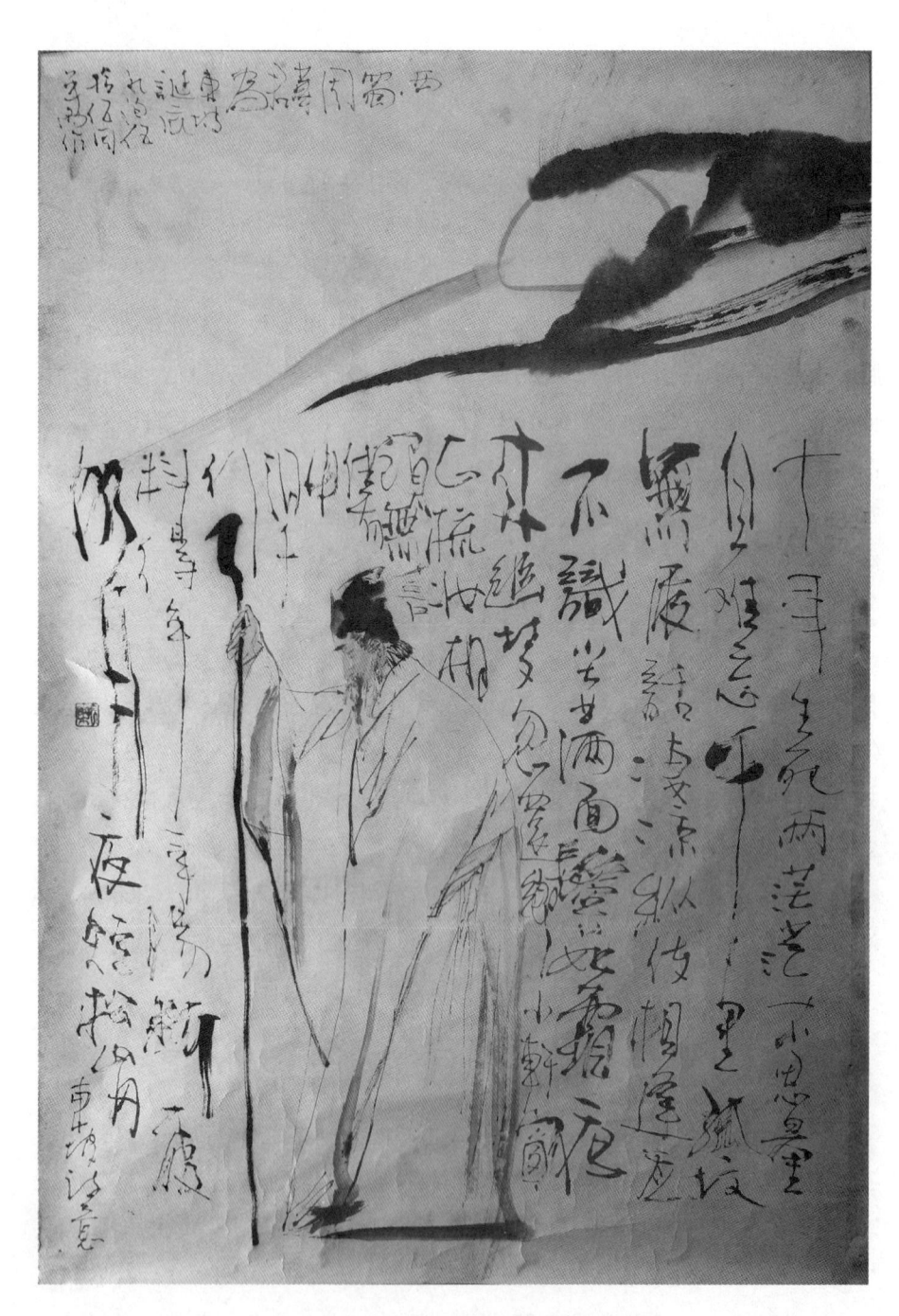

十年生死两茫茫图条幅（现代周华君）

诗人设想，即使二人相见，大约也不相识了吧，前文至此层层递进，将感情的喷发推向高潮，抒发了强烈的哀痛和悲楚。

下片记梦。诗人梦回故乡，看到王弗青春年少、楚楚动人，正对窗梳妆。然而夫妻相见，没有久别重逢的亲昵，却"相顾无言，惟有泪千行"。此时"无声胜有声"，正因别后太多的思念、悲苦与相见的喜悦交织，一时无从说起才会"无言"，只能任凭泪水横流。面对梦中的美好和醒后的残酷，巨大的反差使诗人痛苦，他已料到苍凉的未来，发出"料得年年肠断处，明月夜，短松冈"的意深、痛巨之语，再一次将情感推向高潮，余音袅袅、撼人心扉。

用词悼念亡妻，此为首创。全词虚实结合、情意缠绵、字字血泪、感人至深。唐圭璋《唐宋词简释》赞叹："真情郁勃，句句沉痛，而音响凄厉，诚后山（陈师道）所谓'有声当彻天，有泪当彻泉'也。"

洞仙歌[1]

余七岁时，见眉山老尼，姓朱，忘其名，年九十岁，自言尝随其师入蜀主孟昶[2]宫中。一日大热，蜀主与花蕊夫人[3]夜纳凉摩诃池[4]上，作一词。朱具[5]能记之。今四十年，朱已死久矣，人无知此词者。但记其首两句，暇日寻味，岂《洞仙歌令》乎，乃为足之云。

冰肌玉骨[6]，自清凉无汗。水殿风来暗香满。绣帘开、一点明月窥人；人未寝、欹[7]枕钗横鬓乱。　　起来携素手[8]，庭户无声，时见疏星渡河汉[9]。试问夜如何，夜已三更，金波[10]淡，玉绳[11]低转。但屈指、西风几时来，又不道[12]流年暗中偷换。

❀ 注释 ❀

[1]元丰五年（1082）作于黄州。[2]孟昶（919—965）：字保元，五

代时后蜀最后一位皇帝。知音律，善填词，在位32年后国亡降宋。[3] 花蕊夫人：孟昶的妃子，别号花蕊夫人。吴曾《能改斋漫录》称她姓徐，北宋陈师道《后山诗话》称她姓费，"蜀之青城人，以才色入蜀宫"。花蕊夫人才貌俱佳，有宫词传世，苏轼曾刻之并跋，又手书其诗。[4] 摩诃池：建于隋代，五代时曾改为龙跃池、宣华池，故址在今成都市区中心。[5] 具：同"俱"。[6] 冰肌玉骨：肌肤洁白如冰雪，骨骼莹润如白玉，赞扬花蕊夫人冰清高洁的神貌与资质。[7] 欹：斜靠。[8] 素手：女子洁白如玉的手。[9] 河汉：银河。[10] 金波：指月光。[11] 玉绳：星名，常泛指群星。[12] 不道：不知不觉。

简评

词的小序交代了写作缘由：苏轼七岁时曾听眉山一位朱姓老尼讲述蜀主孟昶和花蕊夫人在摩诃池夜间纳凉的故事。四十年后，他只能隐约记住孟昶《洞仙歌令》首两句，于是发挥想象将它补足。

上片写花蕊夫人帘内欹枕。词人用池水、夜风、暗香、明月等清新美好的景物烘托花蕊夫人的丽质天生、冰清玉洁和风姿绰约，创造出人境双绝的意境之美。其后，用拟人的手法借月之眼窥人，展现出帘内美人欹枕"钗横鬓乱"的闲适与娇慵，带给人宽广的遐想空间。

下片描写孟昶和花蕊夫人的恩爱生活。二人携手踏着清凉的月光，在摩诃池漫步徐行，静夜望星，时见流星划过，天地间一片宁静、温馨。他们月下徘徊，情意绵绵，一句"试问夜如何"，展现出二人之间的温存细语。月光渐淡、群星低垂，不知不觉"夜已三更"，时光已在不知不觉中悄然离去。结尾暗含深意，传神地道出时光流逝之迅速，流露出对时光易逝的伤感。

全词语意高妙、想象丰富、清空灵隽、意境深远。明沈际飞《草堂诗余正集》赞此词"清越之音，解烦涤苛"，清郑文焯《手批东坡乐府》赞曰"坡老添改此词数字，诚觉意象万千，其声亦如空山鸣泉，琴筑竞奏"，实为中肯之语。

满庭芳[1]

余年十七，始与刘仲达[2]往来于眉山。今年四十九，相逢于泗上。淮水[3]浅冻，久留郡中。晦日[4]同游南山，话旧感叹，因作《满庭芳》云。

三十三年[5]，飘流江海，万里烟浪云帆[6]。故人惊怪，憔悴老青衫[7]。我自疏狂异趣[8]，君何事奔走尘凡。流年尽，穷途[9]坐守[10]，船尾冻相衔。

巉巉[11]，淮浦[12]外，层楼翠壁，古寺空岩。步携手林间，笑挽纤纤[13]。莫上孤峰尽处，萦望眼云海相搀[14]。家何在，因君问我，归梦绕松杉[15]。

注释

[1] 元丰七年（1084）十二月三十日作于离黄赴汝途中。[2] 刘仲达：苏轼在眉山结识的朋友。[3] 淮水：淮河。[4] 晦日：农历每月最后一日。[5] 三十三年：苏轼时年四十九，十七岁与刘仲达相识相交已经有三十三年。[6] 万里烟浪云帆：浪如烟波，云如船帆，形容历经无数的磨难与风波。[7] 青衫：见《送任伋通判黄州兼寄其兄孜》注[4]。[8] 疏狂异趣：狂放不受拘束，有与世不同的志趣。[9] 穷途：见《伯父〈送先人下第归蜀〉诗云……》注[9]。[10] 坐守：比喻无所建树，坐视时光流逝。[11] 巉（chán）巉：形容山势峭拔险峻。[12] 淮浦：淮河边。[13] 纤（xiān）纤：手纤细美丽的样子。[14] 萦望眼云海相搀：登上高山眺望家乡，只看到远处茫茫云海与天相接。[15] 松杉：这里指眉山。古人常在坟旁植松杉，因此代指故乡。

简评

元丰七年十二月，苏轼去黄赴汝途中滞留泗州，竟碰到眉山老友刘仲达。异乡重逢，二人欣喜异常，携手话旧、感念平生、共怀故土，苏轼作词抒怀。

上片叙事抒情，寄慨良深。开头三句以"飘流江海"和"烟浪云帆"八字总结二人分别后宦海浮沉。接下来的词句如话家常，面对困窘潦倒的苏轼，刘仲达既惊奇又疑惑：你当年名动京师、平步青云，为何会落得如此？苏轼答：我疏懒狂放、与世不同才如此，你又为何同我一样？"惊怪"一词突出苏轼憔悴落魄之甚，境遇落差之大，"憔悴老青衫"则形象展示了他的现实处境。"乌台诗案"后，苏轼被贬黄州四年多，生活困顿、仕途黑暗、精神压抑，如何不憔悴衰老。最后一句点出时间和所处环境，展现二人漂泊无依的孤独和对前途茫茫的无奈，烘托穷途末路的羁旅之愁。

下片融情于景、融情于叙与直抒胸臆结合，感情浓烈而节制。首句写淮水边开阔空静之景，高大的南山、寂静的古寺、空旷的岩壁烘托出沧桑孤独的氛围。下一句叙事，展现二人携手漫步南山的愉快情形，接着笔锋一转，转入抒情。"莫上"二句语婉意深，诗人告诫朋友不要上"孤峰尽处"眺望故乡，因为那里即使极目远眺也只能看到茫茫云海，表达出游子思归不得的无奈与悲哀。结尾三句一问一答情愈转深，措辞回环曲折，抒发了深沉而浓烈的归隐之思和思乡之愁。

文

苏轼眉山诗文注评

却鼠刀铭

野人有刀,不爱遗余。长不满尺,剑铗之余。文如连环,上下相缪。错之则见,或漫如无。昔所从得,戒以自随。畜之无害,暴鼠是除。有穴于垣,侵堂及室。跳床撼幕,终夕窣窣[1]。叱诃不去,唊唊枣栗。掀杯舐缶,去不遗粒。不择道路,仰行蹠壁。家为两门,窘则旁出。轻趫[2]捷猾,忽不可执。吾刀入门,是去无迹。又有甚者,聚为怪妖。昼出群斗,相视睢盱[3]。舞于端门[4],与主杂居。猫见不噬,又乳于家。狃于永氏[5],谓世皆然。亟磨吾刀,槃水[6]致前。炊未及熟,肃然无踪。物岂有是?以为不诚。试之弥旬,凛然以惊。夫猫鸷禽,昼巡夜伺。拳腰弭耳[7],目不及顾。须摇乎穴,走赴如雾。碎首屠肠,终不能去。是独何为?宛然尺刀。匣而不用,无有爪牙。彼孰为畏?相率以逃。呜呼嗟夫,吾苟有之。不言而谕,是亦何劳。

注释

[1] 窣窣:形容轻微、细小的摩擦声。[2] 轻趫(qiáo):轻捷矫健。[3] 睢盱(huīxū):横暴、跋扈的样子。[4] 端门:宫殿的正门。[5] 永氏:永州,治所在今湖南永州市。永氏指柳宗元《永某氏之鼠》中的那家人。[6] 槃水:以槃在下面接着磨刀的水。[7] 弭耳:耷拉着耳朵,驯服的样子。

简评

约庆历、皇祐年间作于眉山。苏籀《栾城遗言》云:"东坡幼年作《却鼠刀铭》，公（苏辙）作《缸砚赋》，曾祖（苏洵）称之，命佳纸誊写装饰，钉于所居壁上。"据此，本文作于苏轼十五岁之前，约皇祐三年（1051）以前。以佳纸誊写，钉在墙壁上，可见父亲苏洵的赞赏。

首先写却鼠刀的来历、材质、长度、外形和功用。来历是"野人有刀，不爱遗余"，即野人赠送的。古诗文中的野人，有别于现代汉语，是指居住在国城郊野的人，与"国人"相对，泛指村野之人，农夫、庶人、平民，如"雨洗东坡月色清，市人行尽野人行"。材质是"剑铩之余"，即铸造剑、铩所剩下的钢材。长度"长不满尺"，即不满一尺。外表"文如连环，上下相缪。错之则见，或漫如无"，即有左右上下串联在一起的连环纹饰，生锈了看不见，但磨一磨就看得很清晰。至于功用，文中说"昔所从得，戒以自随。畜之无害，暴鼠是除"，即可用来防身，主要用来退却、驱除老鼠。以刀驱鼠，似乎荒诞。

接着，描写老鼠活动的情状："有穴于垣，侵堂及室。跳床撼幕，终夕窣窣。叱诃不去，啖啮枣栗。掀杯舐缶，去不遗粒。不择道路，仰行蹠壁。家为两门，窘则旁出。轻趫捷猾，忽不可执。"老鼠在墙壁上挖出洞穴，入侵外堂和内室。跳到床上，摇动帘幕，整个夜晚弄出淅淅索索的声音。呵斥它们也不离去，又吃枣儿又吃栗。掀动杯盘舔食瓦罐，吃得精光，不留一粒。没有固定的行走路线，爬高蹿低，飞檐走壁。它的洞穴有两个出口，一旦落入险境就从另一个洞口逃走。行动轻快，性情狡猾，忽东忽西很难抓住。让人不胜其烦！如何驱除老鼠呢？"吾刀入门，是去无迹"，自从把这把刀拿回家，老鼠就销声匿迹了。

接着描写出现了更加厉害的老鼠，居然不惧人、不怕猫。你看，它们多么猖狂："又有甚者，聚为怪妖。昼出群斗，相视睢盱。舞于端门，与主杂居。猫见不噬，又乳于家。狃于永氏，谓世皆然。"这些更厉害的老鼠，就像妖怪一样聚集成群兴风作浪。大白天跑出洞来群殴，互相之间怒目而视。在大门口欣然起舞，在主人家里跑来跑去。猫见到它们不敢捕食，让它们在主人家中肆意妄为。它们习惯了在永州某氏家中的逍遥自在，以为世间到处都是这样。"夫猫鸷禽，昼巡夜伺。拳腰弭耳，目不及顾。须摇乎穴，走赴如雾。碎首屠肠，终不能去。"猫也算是很凶猛的了，白天寻找，夜间等候。

弯着腰，竖着耳，睁大眼睛，四顾不暇。长须在老鼠洞口摇动，跑起来如云雾一般。咬碎鼠头，撕烂鼠肠，却仍不能把老鼠驱除干净。

但是却鼠刀一出，这些所谓的永州某氏之鼠，就吓跑了。"亟磨吾刀，槃水致前。炊未及熟，肃然无踪。物岂有是？以为不诚。试之弥旬，凛然以惊。"我立即磨快我的刀，端来一盆清水放在面前。不到一顿饭的工夫，它们就跑得无影无踪。难道会这样灵验吗？我以为这是假象。连着试了十多天，我的威慑震惊了它们。"是独何为？宛然尺刀。匣而不用，无有爪牙。彼孰为畏？相率以逃。呜呼嗟夫，吾苟有之。不言而谕，是亦何劳。"我做了什么呢？仅有一尺之刀罢了。刀装在匣中没有作用，可拿出来也没有尖爪利齿啊。老鼠为什么惧怕它，争先恐后地逃跑了呢？谢天谢地，我幸亏有了这样一把刀。不用多说，老鼠就吓跑了，哪里还用什么辛劳？彭乘云《续墨客挥犀》卷五云："苏子瞻有却鼠刀，云得之于野老。尝匣藏之。用时但焚香置净几上，即一室之内无鼠。"

作者以浪漫之笔，描写荒诞不经的故事，给人身临其境之感，让人不得不信服。苏轼《黠鼠赋》叙说一只老鼠以装死麻痹人，然后乘机逃脱的故事，绘声绘色，幽默诙谐，亦值得一读。

谢范舍人书

轼闻之古人，民无常性，虽土地风气之所禀，而其好恶则存乎其上之人。文章之风，惟汉为盛。而贵显暴著者，蜀人为多。盖相如[1]唱其前，而王褒[2]继其后。峨冠曳佩，大车驷马，徜徉乎乡间之中，而蜀人始有好文之意。弦歌之声，与邹、鲁[3]比。然而二子者，不闻其能有所荐达。岂其身之富贵而遂忘其徒耶？尝闻之老人，自孟氏[4]入朝，民始息肩[5]，救死扶伤不暇，故数十年间，学校衰息。天圣中，伯父解褐[6]西归，乡人叹嗟，观者塞途。其后执事与诸公相继登于朝，以文章功业闻于天下。于是释耒耜而执笔砚者，十室而九。比之西刘[7]，又以远过。且蜀之郡数十，轼不敢远引其他，盖通义蜀之小州，而眉山又其一县，去岁举于礼部者，凡四五十人，而执事与梅公[8]亲执权衡而较之，得者十有三人焉。则其他可知矣。夫君子之用心，于天下固无所私爱，而于其父母之邦，苟有得之者，其与之喜乐，岂如行道之人漠然而已哉！执事与梅公之于蜀人，其始风动诱掖[9]，使闻先王之道，其终度量裁置，使观天子之光，与相如、王褒，又甚远矣。轼也在十三人之中，谨因阍吏[10]进拜于庭，以谢万一。又以贺执事之乡人得者之多也。

注释

[1] 相如：司马相如（前179年—前118年），字长卿，西汉成都人，以献赋被任命为郎。著名汉赋代表作家，有《子虚赋》《上林赋》等。[2] 王褒（前90年—前51年）：字子渊，西汉蜀郡资中（今四川资阳市）人，著名汉赋作家，有《洞箫赋》等。[3] 邹、鲁：邹，孟子故乡。鲁，孔子故乡。比喻文化昌盛之地。[4] 孟氏：后蜀皇帝孟昶。[5] 息肩：放下担子休息，比喻卸除负担。[6] 伯父解褐：苏轼伯父苏涣，脱去布衣，担任官职。[7] 西刘：刘氏建立的西汉王朝。[8] 梅公：梅挚。[9] 风动诱掖：如风鼓动，引导扶植。[10] 阍（hūn）吏：守门的小吏。

简评

嘉祐二年（1057）三月作于开封。二月礼部试，三月殿试，苏轼中进士乙科，此书作于殿试之后。范舍人，即范镇，字景仁，成都华阳人。举进士，历任仁宗、英宗、神宗、哲宗四朝，嘉祐二年贡举，以起居舍人为副主考官。从"谢……书"可知，为谢启体裁。此文在表达谢意上，可谓别具匠心。

"轼闻之古人，民无常性，虽土地风气之所禀，而其好恶则存乎其上之人"，开门见山提出论点：虽然一方土地养一方人，但民俗、民风的形成，有赖于执政者的倡导、教化。

接着以西汉"相如唱其前,而王褒继其后"为例,论证西蜀"文章之风""好文之意"的形成。司马相如以献赋得官,王褒以诗赋得官,乃皇帝倡导;相如、王褒显贵之后,"峨冠曳佩,大车驷马,徜徉乎乡间之中",戴高冠挂佩饰,乘大车驾驷马,在家乡招摇过市,乃榜样教化。自此"弦歌之声,与邹、鲁比",以至于诗书弦歌之声,可与孟子故乡、孔子故乡比美。

朝廷以功名利诱士人,"朝为田舍郎,暮登天子堂",苏涣、范镇等便是榜样。"伯父解褐西归,乡人叹嗟,观者塞途",伯父苏涣为官,西归故里,让家乡人感叹不已,围观者充塞道路。"其后执事与诸公相继登于朝,以文章功业闻于天下",后来范镇和诸位大人相继入朝为官,以文章功业闻名天下。榜样教化之下,"释耒耜而执笔砚者,十室而九。比之西刘,又以远过"。丢下农具拿起笔砚者,十家之中就有九家。比起西汉时,已经远远超过了。

"且蜀之郡数十,轼不敢远引其他,盖通义蜀之小州,而眉山又其一县,去岁举于礼部者,凡四五十人,而执事与梅公亲执权衡而较之,得者十有三人焉。"蜀地州郡有数十个,我不敢多引证别的地方,通义郡(后改名眉州)不过是蜀地的一个小州,而眉山又只是其中一个县,去年在礼部应试的共有四五十人,而大人和梅公亲自掌管考务,将考生进行比较,就录取了十三人。那一榜进士共录取三百八十八人,眉山县有十三人,占百分之三点四。难怪仁宗皇帝感叹:"天下好学之士皆出眉山!"据民国《眉山县志》载,两宋眉山县共有进士八百八十六名。然后从"风动诱掖"的角度,拿范镇与相如、王褒对比,说范镇比相如、王褒强多了。

最后说,我就在这十三人中,谨请门卫通报,特意到您庭中叩拜,以表示我谢意的万分之一,也以此庆贺大人的同乡考中者有如此之多。

总而言之,此文表面在论证自己的观点,实际在表达自己的谢意。布局巧妙,语带双关。

与杨济甫十首（选八）

一[1]

　　为别忽已半岁，倾想之怀，远而益甚。即日起居何如，贵眷各安吉。自离家至荆南[2]，数次奉书，计并闻达。前月半已至京，一行无恙。得腊月中所惠[3]书，甚慰远意[4]。见[5]在西冈赁一宅子居住，恐要知悉。春暄[6]，未缘会见，千万珍重！珍重！

二[7]

　　奉别三更岁律[8]，思渴日深。即日履此新春，起居多胜。贵聚各嘉安。某前月十四日到凤翔，十五日已交割[9]讫。人事纷纷，久稽[10]裁问，想自尊君襄事[11]，后来渐获闲静，营干诸事，必且济办。某比与贱累[12]如常。今因范元[13]归，奉书露闻。气候渐和，更希珍重。

三[14]

　　冬寒，远想起居佳胜。此去替[15]不两月，更不能归乡，且入京去。逾远，依黯[16]。近得王道矩[17]书云，朝夕一来此，相看告便。如递中[18]惠一书，贵知道矩几日起发，此干告早及，某只十二月十七八间离岐下[19]也。

四[20]

　　某近领腊下教墨[21]，感服眷厚[22]，兼审[23]起居佳胜。某此与贱累如常。舍弟差入贡院[24]，更半月可出。都下春色已盛，但块然独处[25]，无与为乐。所居厅前有小花圃，课童种菜[26]，亦有少佳趣。傍宜秋门[27]，皆高槐古柳，一似山居，颇便野性也。渐暖，惟千万珍重。

苏洵程夫人墓

七[28]

久不奉书,亦少领来信,思念不去心。不审即日起居佳否?眷爱各无恙?某此安健。官满本欲还乡,又为舍弟在京东,不忍连年与之远别,已乞得密州。风土事体皆佳,又得与齐州[29]相近,可以时得沿牒相见[30],私愿甚便之。但归期又须更数年。瞻望坟墓,怀想亲旧,不觉潸然[31]。未缘会面,惟冀[32]顺时自重。

八[33]

久以私挠[34]不作书,累蒙惠问,且审起居佳胜,为慰。衰年责咎,移殃家室[35]。此月一日以疾不起[36],痛悼之深,非老人所堪,奈何!奈何!又以受命出帅定武[37],累辞不获,须至勉强北行。家事寥落[38],怀抱可知。因见青神王十六秀才[39],亦为道此。会合何时,临书凄断。惟千万顺时自爱。

九[40]

宝月师孙[41]来，得所惠书，喜知尊体佳胜，眷聚各清安。至慰！至慰！某凡百粗遣[42]，北归未有期，信命且过[43]，不烦念及。惟闻坟墓安靖[44]，非济甫风义之笃[45]，何以得此，感荷[46]不可言。舟师云当一到眉。此中诸事，可问其详也。远祝，惟若时珍重而已。

十[47]

远蒙厚惠蜀纸药物等，一一如数领讫，感怍[48]之至。人行速[49]，无佳物充信，谩[50]寄腰带一条。俗物增愧，不罪！不罪！

注释

[1] 嘉祐五年（1060）三月作于开封。杨济甫：眉山人，苏轼兄弟离开故乡之后，将苏家祖坟东茔、西茔坟墓委托杨济甫照管。[2] 荆南：唐、五代方镇名，治所在荆州（后升为江陵府，今荆州市荆州区），辖境相当于今湖北石首、荆州市西，重庆垫江、丰都以东的长江流域及湖南澧、沅水下游一带。[3] 惠：敬辞，用于对方对待自己的行动。[4] 远意：我心里。远，远方者，远方的我，指苏轼。意，心意，心里。[5] 见：同"现"，现在。[6] 春暄：春天暖和。暄，（太阳）温暖。[7] 嘉祐七年（1062）作于凤翔。[8] 三更岁律：三易寒暑，即过去三年。岁律，即节令。[9] 交割：移交工作。[10] 稽：稽延，拖延。[11] 襄事：（丧事）完成。[12] 某比与贱累：近来，我和家眷。比，近来。贱累，谦称自己的妻子儿女。[13] 范元：生平不详。[14] 治平元年（1064）十月作于凤翔。[15] 替：接替别人任职。[16] 黯：黯然神伤。[17] 王道矩：青神县（治所在今眉山市青神县）人，怀疑为苏轼妻王弗之兄王愿，苏轼有《渝州寄王道矩》诗。[18] 递中：邮递员。[19] 离岐下：岐下，凤翔。苏轼治平元年十二月十七日罢凤翔府签判任。[20] 熙宁三年（1070）二月作于开封。[21] 腊下教墨：腊月下旬书信。[22] 感服眷厚：感谢厚爱。[23] 审：知道。[24] 贡院：科举时考试的场所，类似于现在的考场。[25] 块然独处：一个人独

居。[26]课童种菜：教儿童种蔬菜。[27]宜秋门：《历代宅京记》卷一六《开封》：宋京城"西二门：南曰宜秋，北曰阊阖"。[28]熙宁七年（1074）九月作于杭州。[29]齐州：治所在今济南市，宋属京东东路，距密州不远。[30]沿牒相见：借出差的机会，顺道见面。[31]潸然：流泪的样子。[32]冀：希望。[33]元祐八年（1093）八月作于开封。[34]私挠：私事阻挠。[35]"衰年责咎"两句：老年获罪，连累家小。责咎，获罪。[36]此月一日以疾不起：元祐八年八月一日王闰之病逝。[37]出帅定武：元祐八年八月，苏轼出知定州军州事。[38]寥落：冷落，冷清，衰落。[39]王十六秀才：即王箴，参见《仲天贶、王元直自眉山来……》注[1]。这里是托杨济甫将此信内容转告王箴。[40]绍圣三年（1096）正月作于惠州。[41]宝月师孙：宝月，即惟简（1012—1095），字宗可，一字宗古，号宝月大师，成都中和胜相院住持。俗姓苏，眉山人，苏轼族兄。九岁事慧悟大师，十九岁得度，二十九岁赐紫，三十六岁赐号，绍圣二年（1095）六月二十二日去世。博学通古今，善作诗。师孙，指宝月大师曾孙法舟。[42]凡百粗遣：指所有的事情都很顺利，还是老样子，一切如旧，一切尚好。凡百，凡事，百事。粗遣，粗略打发，引申为顺利。[43]信命且过：相信命运，得过且过，即随遇而安。[44]安靖：指平安无事。靖，没有变故或动乱，平安。[45]风义之笃：指情谊深厚，情义甚笃。风义，情谊，情义。笃，忠实，一心一意。[46]感荷（hè）：感激，感谢之意。感，对别人的好意怀着谢意。荷，承受恩惠（多用在书信里表示客气）。[47]疑作于绍圣三年（1096）。[48]感怍（zuò）：感，感激。怍，惭愧。[49]人行速：来人很快就要走了。杨济甫派人来，由惠返蜀之事。[50]谩：轻慢，没有礼貌，引申为随意。

简评

这些书简的主要内容有两个方面。一是相与问候，表达思念之情；二是传递信息，包括自己及家眷的一些信息，增进相互了解。

"惟闻坟墓安靖，非济甫风义之笃，何以得此，感荷不可言。"听说祖坟平安无事,若无济甫情谊深厚、悉心照看,怎能如此?感激之情无以言表。可知,苏、杨两家关系亲密,苏轼兄弟离开眉山之前,将祖坟委托给杨济甫照管。

第一首"前月半已至京,一行无恙""见在西冈赁一宅子居住",半月前,已顺利到达京师,租赁西冈的一个宅子居住。第二首"某前月十四日到凤翔,十五日已交割讫""今因范元归,奉书露闻",三年之后,苏轼首次踏上仕途,签判凤翔,因范元回眉,托他带书信。第三首"近得王道矩书云,朝夕一来此,相看告便。如递中惠一书,贵知道矩几日起发,此干告早及,某只十二月十七八间离岐下也",王道矩捎信说来访,但不知何时,自己将于十二月十七八日离开凤翔,托杨济甫打听王道矩来访时间。第四首"舍弟差入贡院,更半月可出。都下春色已盛,但块然独处,无与为乐。所居厅前有小花圃,课童种菜,亦有少佳趣",讲述了苏辙入贡院,和自己在春天块然独处,无以为乐,教幼童种菜的事。第七首"官满本欲还乡,又为舍弟在京东,不忍连年与之远别,已乞得密州",自己为了弟弟,将知密州。第八首"此月一日以疾不起""又以受命出帅定武,累辞不获,须至勉强北行""因见青神王十六秀才,亦为道此",妻子王闰之病逝,自己出帅定武,请杨济甫转告王箴。第九首"某凡百粗遣,北归未有期,信命且过""舟师云当一到眉。此中诸事,可问其详也",一切尚好,北归无期,只有随遇而安,法舟回眉山可以告诉你具体情况。第十首"人行速,无佳物充信,谩寄腰带一条",收到对方礼物,顺便给对方带了一条腰带。

以上列举了苏轼书信中,自己漂泊在外的一些基本信息,包括自己的行踪、居住地、为官、来访者等情况,以告知对方。

祭伯父提刑文[1]

呜呼。昔我先祖之后,诸父、诸姑,森如雁行[2]。三十年间,死生契阔[3]，惟编礼[4]与伯父，千里相望。宦游东西，奔走四海，去家如忘。至有生子成童而不识者，兹言可伤。方约退居卜筑[5]，相与终老，逍遥翱翔。呜呼伯父，一旦舍去，有志弗偿。辛丑之秋，送伯西郊[6]。淫雨萧萧，河水滔滔。言别于槁[7]，屡顾以招。孰知此行，乃隔幽明[8]。呜呼伯父，生竟何为。勤苦食辛，以律厥身。知以为民，不知子孙。今其云亡，室如悬筐。布衣练裙，冬月负薪。谁为优孟，悲歌叔孙[9]。惟有斯文，以告不泯。

注释

[1] 嘉祐七年（1062）作于凤翔。[2] 森如雁行：（诸父、诸姑）众多，似飞雁的行列。[3] 契阔：离合，聚散。[4] 编礼：指苏洵，奉敕编礼书，以此称之。[5] 卜筑：选择（处所）、建造住所。[6]"辛丑之秋"两句：嘉祐六年（1061），苏轼在西郊送别伯父苏涣赴利州刑狱任。[7] 槁：枯木也，借指木船。[8] 幽明：阴间和阳间。[9] "谁为优孟"两句：谁作为优孟一样的人，为孙叔敖一样的伯父唱一曲悲歌。参见《亡伯提刑郎中挽词二首》注[5]。

简评

首先交代祖父之后子嗣情况。兄弟姊妹众多，好比成行的大雁。三十年间，相继亡去，只有伯父与我们一家，千里相隔，互通音信。大家各地为官，长途奔走，风尘仆仆，离开家乡，无法顾及。以至于有生下儿女，长成少年还没有见过，说到此处，十分伤感。

接着回忆伯父的三件事情。第一件，约定归乡。与伯父约定，退居回乡，建造居室，一同在故乡颐养天年，逍遥于山水之间。然后直抒胸臆："呜呼伯父，一旦舍去，有志弗偿。"第二件，西郊送别。嘉祐六年（1061）秋，伯父赴任利州刑狱时，在京城西郊与伯父送行，"淫雨萧萧，河水滔滔"，你坐在船上，离开时频频与我们挥手告别。然后直抒胸臆："孰知此行，乃隔幽明。呜呼伯父，生竟何为。"第三件，一生清廉。伯父勤勤恳恳，含辛茹苦，谨慎地约束着自身。一心为民，没有为自己的子孙着想。如今你突然病逝，你的家如同悬挂在梁间的竹筐飘摇无依。家属穿着粗布衣裙，冬天还要自己去砍柴取暖。然后直抒胸臆："谁为优孟，悲歌叔孙。"

末句"惟有斯文，以告不泯"，只有用我这一篇祭文，来告慰伯父的英灵，你将永不泯灭。

亡妻王氏墓志铭

治平二年五月丁亥[1]，赵郡[2]苏轼之妻王氏卒于京师。六月甲午[3]，殡[4]于京城之西。其明年六月壬午，葬于眉之东北彭山县安镇乡可龙里先君先夫人墓之西北八步。轼铭其墓曰：

君讳弗，眉[5]之青神人。乡贡进士[6]方之女。生十有六年，而归于轼。有子迈[7]。君之未嫁，事父母；既嫁，事吾先[8]君、先夫人。皆以谨肃闻。其始，未尝自言其知书也。见轼读书，则终日不去，亦不知其能通也。其后轼有所忘，君辄能记之。问其他书，则皆略知之。由是始知其敏而静也。从轼官于凤翔。轼有所为于外，君未尝不问知其详。曰："子去亲远，不可以不慎。"日以先君之所以戒轼者相语也。轼与客言于外，君立屏间听之，退必反覆其言曰："某人也，言辄持两端，惟子意之所向，子何用与是人言？"有来求与轼亲厚甚者，君曰："恐不能久。其与人锐，其去人必速。"已而果然。将死之岁，其言多可听，类有识者。其死也，盖年二十有七而已。始死，先君命轼曰："妇从汝于艰难，不可忘也。他日汝必葬诸其姑之侧。"未期年[9]而先君没。轼谨以遗令葬之。铭曰：

君得从先夫人于九原[10]，余不能。呜呼哀哉！余永无所依怙。君虽没，其有与为妇何伤乎？呜呼哀哉！

王弗告诫苏轼图条幅（现代刘家树）

注释

[1] 治平二年五月丁亥：1065年5月28日。[2] 赵郡：指苏轼祖居地，西晋末改赵国置，北魏后治所在今河北赵县。[3] 六月甲午：1065年6月6日。[4] 殡：入殓，还没有下葬。[5] 眉：眉州，当时辖眉山、彭山、丹棱、青神四县。[6] 乡贡进士：地方州县通过考试选拔，举荐参加礼部考试，未及第的士子。[7] 迈：苏迈，字伯达，苏轼长子。[8] 先：用于称呼死去的人。[9] 未期（jī）年：未满一周年。[10] 九原：泛指墓地。

简评

此文作于治平三年（1066）五月开封。仁宗至和元年（1054），苏轼十九岁、王弗十六岁，他们喜结连理。英宗治平二年（1065），苏轼还朝，得直史馆，不料王弗却因病早逝。苏轼痛失爱妻，备受打击，即使十年之后，仍然难以释怀，梦醒之后作《江城子》记梦，"十年生死两茫茫，不思量，自难忘"，催人泪下。

第一段，交代了亡妻王弗病逝的时间、地点，以及殡、葬的情况。把她安葬在"先君先夫人墓之西北八步"，可见她在苏家的崇高地位。

第二段，首先交代了她是眉州青神县乡贡进士王方之女，十六岁嫁给苏轼。然后回忆亡妻王弗的日常生活琐事。以她出嫁前后，侍奉父母、公婆的事，表现她的谨慎、恭肃；以她陪伴读书，始知她知书、通书的事，表现她的聪敏、文静；以她从轼于凤翔，劝诫丈夫谨慎交往的事，表现她的贤惠、见识。最后交代她二十七岁病逝，父亲苏洵遗愿，要把她葬在母亲程夫人墓侧。亡妻知书达理、贤良敏锐、卓有见识的形象跃然纸上，作者对亡妻的一往情深，以及抱憾终身的伤感，充溢于字里行间。

末尾，《铭》曰："君得从先夫人于九原，余不能。呜呼哀哉！余永无所依怙。君虽没，其有与为妇何伤乎？呜呼哀哉！"意思是她得以在九泉之下跟随先母，可我却不能。呜呼哀哉！我永远没有了依靠。她尽管已经去世,又怎能使我对她的感情有所减弱?呜呼哀哉!

苏廷评[1]行状

公讳序,字仲先,眉州眉山人。其先盖赵郡栾城[2]人也。曾祖讳釿,祖讳祜,父讳杲,三世不仕,皆有隐德。自皇考行义好施,始有闻于乡里。至公而益著,然皆自以为不及其父祖矣。皇祖生于唐末,而卒于周显德。是时王氏、孟氏相继王蜀[3],皇祖终不肯仕。尝以事游成都,有道士见之,屏语曰:"少年有纯德,非我莫知子。我能以药变化百物。世方乱,可以此自全。"因以面为蜡[4]。皇祖笑曰:"吾不愿学也。"道士曰:"吾行天下,未尝以此语人,自以为至矣。子又能不学,其过我远甚。"遂去,不复见。

公幼疏达不羁,读书,略知其大义,即弃去。谦而好施,急人患难,甚于为己。衣食稍有余,辄费用[5],或以予人,立尽。以此穷困厄于饥寒者数矣,然终不悔。旋复有余,则曰:"吾固知此不能果困人也。"盖不复爱惜。凶年鬻其田以济饥者。既丰,人将偿之。公曰:"吾固自有以鬻之,非尔故也[6]。"人不问知与不知,径与欢笑造极,输发府藏[7]。小人或侮欺之,公卒不惩,人亦莫能测也。

李顺反[8],攻围眉州。公年二十有二,日操兵乘城。会皇考病没,而贼围愈急,居人相视涕泣,无复生意。而公独治丧执礼,尽哀如平日。太夫人忧甚,公强施施[9]解之曰:"朝廷终不弃,蜀贼行破矣[10]。"

庆历中,始有诏州郡立学[11]。士欢言,朝廷且以此取人,争愿效职学中。公笑曰:"此好事卿相以为美观耳[12]。"戒子孙,无与人争入学。郡吏素暴苛,缘是大扰,公作诗并讥之。以子涣登朝[13],授大理评事。

庆历七年五月十一日终于家,享年七十有五。以八年二月某日葬于眉山县修文乡安道里先茔之侧。累赠职方员外郎。娶史氏夫人,先公十五年而卒,追封蓬莱县太君。生三子。长曰澹,不仕,亦先公卒。次曰涣,以进士得官，所至有美称。及去，人常思之，或以比汉循吏。终于都官郎中利州路提点刑狱。季则轼之先人讳洵，终于霸州文安县主簿[14]。涣尝为阆州[15]。公往视其规画措置良善，为留数日[16]。见其父老贤士大夫，阆人亦喜之。晚好为诗，能自道，敏捷立成，不求甚工。有所欲言，一发于诗。比没，得数千首。女二人。长适杜垂裕，幼适石扬言。孙七人：位、伯、不欺、不疑、不危、轼、辙。

闻之自五代崩乱，蜀之学者衰少，又皆怀慕亲戚乡党，不肯出仕。公始命其子涣就学，所以劝导成就者，无所不至。及涣以进士得官西归，父老纵观以为荣，教其子孙者，皆法苏氏。自是眉之学者日益，至千余人。然轼之先人少时独不学，已壮，犹不知书。公未尝问。或以为言，公不答。久之，曰："吾儿当忧其不学耶？"既而，果自愤发力学，卒显于世。

公之精识远量，施于家、闻于乡闾者如此。使少获从事于世者，其功名岂少哉？不幸汩没，老死无闻于时。然古之贤人君子，亦有无功名而传者，特以世有知之者耳。公之无传，非独其僻远自放终身，亦其子孙不以告人之过也。故条录其始终行事大略，以告当世之君子。谨状。

注释

[1]苏廷评：苏轼以朝廷所赠官职廷评称呼其祖父苏序。[2]赵郡栾城：赵郡，参见《亡妻王氏墓志铭》注[2]。栾城，栾城县，宋属真定府，治所在今河北赵县。[3]王蜀：统治（称王）蜀地。[4]以面为蜡：将普通面粉变成蜡。[5]费用：浪费，不知节俭。[6]"吾固自有以鬻之"两句：那原本是我自己想要卖的，和你们没有关系。[7]输发府藏：肝胆相照，毫无保留。府藏，即腑脏、胸中。[8]李顺反：指王小波、李顺起义。[9]施施：徐行的样子。[10]"朝廷终不弃"两句：指朝廷不会弃蜀地于不顾，贼人即将被剿灭。[11]诏州郡立学：诏令州县开办学校。[12]此好事卿相以为美观耳：设立郡县之学，无非是好事之徒粉饰太平，作为盛世的点缀，是不切实际的举动。[13]子涣登朝：儿子苏涣考中进士为官。[14]主簿：参见《庆源宣义王丈……》注[4]。[15]为阆州：作为阆州

通判，代理知州。[16]"公往视"两句：指苏涣在阆州做官时，苏序曾到阆州探亲，在那里逗留数日。

◈ 简评 ◈

作于治平四年（1067）四月，苏轼在眉州眉山县（今四川眉山市东坡区）故居守丧之时。

廷评乃大理寺评事的俗称，汉为廷尉属官，称廷尉评或廷评，隋以后为大理评事，而诗文中仍常常称为廷评，掌平决诏狱事。苏序因儿子苏涣考中进士为官，获赠官职大理寺评事，故苏轼称祖父苏序为苏廷评。

行状是一个人的德行状貌。古代一些有名望的人死后，他的家属、门生、故旧等为了替他向朝廷请求谥号，或请求"史馆"为他立传，便将死者的名字、爵里、生平事迹、享年等写下来送呈上去，作为这一用途而写下的文字，即称为行状。

这是苏轼向朝廷请求祖父谥号或请求"史馆"立传而作的传记。叙述祖父苏序不肯接受秘方、卖田接济灾民、李顺攻城不慌乱、州郡立学不盲从、晚好诗作数千首、教导子孙有方法等事迹，表现了祖父不贪钱财、乐善好施、临危不乱、远见卓识、喜好作诗、教子有方等高尚品德。

中和胜相院记[1]

佛之道难成，言之使人悲酸愁苦。其始学之，皆入山林，践荆棘蛇虺，袒裸雪霜。或刳割屠脍，燔烧烹煮，以肉饲虎豹鸟乌蚊蚋，无所不至[2]。茹苦含辛，更百千万亿年而后成。其不能此者，犹弃绝骨肉，衣麻布，食草木之实，昼日力作，以给薪水粪除，暮夜持膏火薰香，事其师如生。务苦瘠其身，自身口意莫不有禁，其略十，其详无数[3]。终身念之，寝食见之，如是，仅可以称沙门比丘[4]。虽名为不耕而食，然其劳苦卑辱，则过于农工远矣。计其利害，非侥幸小民之所乐，今何其弃家毁服坏毛发者之多也？意亦有所便软？

寒耕暑耘，官又召而役作之，凡民之所患苦者，我皆免焉。吾师之所谓戒者，为愚夫未达者设也，若我，何用是为？剟[5]其患，专取其利，不如是而已，又爱其名。治其荒唐之说，摄衣升坐，问答自若，谓之长老。吾尝究其语矣，大抵务为不可知。设械以应敌，匿形以备败，窘则推堕溷漾中，不可捕捉。如是而已矣。吾游四方，见辄反覆折困之，度其所从遁，而逆闭其涂，往往面颈发赤。然业已为是道，势不得以恶声相反，则笑曰："是外道魔人也。"吾之于僧，慢侮不信如此。今宝月大师惟简[6]，乃以其所居院之本末，求吾文为记，岂不谬哉？

然吾昔者始游成都，见文雅大师惟度[7]，器宇落落可爱，浑厚人也。能言唐末、五代事传记所不载者，因是与之游甚熟。惟简则其同门友也。其为人，精敏过人，事佛齐众，谨严如官府。二僧皆吾之所爱，而此院又有唐僖宗皇帝[8]像及其从官文武七十五人。其奔走失国与其所以将亡而不遂灭者，既足以感概太息[9]，而画又皆精妙冠世，有足称者，故强为记之。

始居此者，京兆[10]人广寂大师希让[11]，传六世至度与简。简姓苏氏，眉山人。吾远宗子也。今主是院，而度亡矣。

注释

[1] 中和胜相院：在成都大慈寺。苏轼《胜相院经藏记》云："在蜀成都，大圣慈寺，故中和院，赐名胜相。"[2] "其始学之"八句：列举学佛的劳苦或困难。虺（huǐ），古书上说的一种毒蛇。刲（kuī），割取。[3] "务苦瘠其身"四句：为防止僧徒身心的过失，有名目繁多的戒律，如十戒、二十四戒、二百五十戒等。[4] 沙门比丘：少年出家之初，受十戒者为沙门，或称沙弥；至二十岁复受二百五十戒者为比丘。[5] 剟（duō）：删削，删去。[6] 宝月大师惟简：参见《与杨济甫十首》注[41]。[7] 文雅大师

惟度：《宝月大师塔铭》中作惟庆，其生平参见此文。[8]唐僖宗皇帝：李儇（862—888），本名李俨，咸通十四年（873）至文德元年（888）在位。[9]"其奔走失国"两句：唐僖宗广明元年（880），黄巢起义军攻陷长安，僖宗赴凤翔，幸兴元，复幸成都，改元中和。至四年，李克用等收复长安，车驾乃还。[10]京兆：今陕西西安市以东。[11]广寂大师希让：生平事迹不详。

简评

治平四年（1067）九月作于眉山，时丁父忧。此文乃台阁名胜记，可见行文的波澜起伏。

清代姚鼐在《古文辞类纂序》中说"杂记类者，亦碑文之属"。应该承认，杂记文中的这类台阁名胜记，是与古代的碑文有渊源关系的，但碑文的重点在纪事和纪德颂功，而台阁名胜记纪事颂功不是重点。苏轼此文非但不纪事颂功，反而极尽讥讽、贬低之能事。

先说作为僧人的劳苦。刚开始学习佛法时，都要进入深山密林，脚踏着荆棘榛莽，任凭毒蛇爬行，赤身裸体站立在冰霜雨雪之中，有的甚至剜下身上的肉，或把肉烧焦煮烂，用来畏食虎豹、飞鸟和蚊虫，无所不用其极。就这样含辛茹苦，磨炼千万亿年后才能成就佛果。做不到这一步的，也要抛离骨肉之亲，穿着粗麻衣服，吃着野菜野果，没日没夜地勤苦劳作，打柴扫地。到了夜晚，则手举油灯点燃蜡烛，像对待活人一样敬事佛祖。但求使自己受尽苦难和磨炼，从身体到嘴巴、心意没有一处没有禁戒，大的禁戒有十个方面，小的禁戒就多得数不清了。一生都要念诵戒条，吃斋就寝都要用戒条来约束自己，即便这样，也只能叫作沙门比丘。因此"虽名为不耕而食，然其劳苦卑辱，则过于农工远矣"。

计其利害，僧人的劳苦远甚农工，就应少有出家的吧，可事实并非如此，可见僧人有便利之处，这是第二层的重点。首先百姓的劳苦都可免除，其次戒条对"达者"形同虚设，再次比农工更有声誉、地位。苏轼说那些僧人"治其荒唐之说，摄衣升坐，问答自若，谓之长老。吾尝究其语矣，大抵务为不可知。设械以应敌，匿形以备败，窘则推堕滉漾中，不可捕捉。如是而已矣"。意思是编造一些荒唐不经的言词，提着衣襟坐在榻上，应对自如地回答弟子的问话，这就是所谓的长老。我曾经细细推究他们的话，大都是一些不可能弄明白的玄言，设置一些结扣来应对诘问，说得空虚玄远以防止败露。一旦处在困窘的境地，就把话头引到扑朔迷离之中，让人摸不着头脑。长老的伎俩，不过如此而矣。对此，苏轼常常"反覆折困之"，弄得他们面红耳赤下不了台。

苏轼对僧人"慢侮不信如此"，而宝月大师惟简却"求吾文为记，岂不谬哉"。接下来，苏轼叙说勉强作记的原因。首先，是惟度、惟简的原因："（惟度）器宇落落可爱，浑厚人也。能言唐末、五代事传记所不载者，因是与之游甚熟……（惟简）其为人，精敏过人，事佛齐众，谨严如官府。二僧皆吾之所爱。"其次，是寺庙的原因："此院又有唐僖宗皇帝像及其从官文武七十五人。其奔走失国与其所以将亡而不遂灭者，既足以感概太息，而画又皆精妙冠世，有足称者。"

第四层，住持传承的状况。最早是广寂大师希让，传了六世至文雅大师惟度、宝月大师惟简，而惟简俗姓苏，眉山县人，是苏氏远房后代。

四个层次，转折波澜，引人入胜。

书温公志文异圹之语[1]

《诗》云："穀则异室，死则同穴[2]。"古今之葬皆为一室。独蜀人为一坟而异藏，其间为通道，高不及肩，广不容人。生者之室，谓之寿堂，以偶人被甲执戈，谓之寿神以守之，而以石瓮塞其通道。既死而葬则去之。轼先夫人之葬也，先君为寿室。其后先君之葬，欧阳公志其墓[3]，而司马君实追为先夫人墓志[4]，故其文曰："蜀人之祔[5]也，同垅[6]而异圹。"君实性谦，以为己之文不敢与欧阳公之文同藏也。东汉寿张侯樊宏，遗令棺柩一藏，不宜复见，如有腐败，伤子孙之心，使与夫人同坟异藏。光武善之，以书示百官。盖古亦有是也，然不为通道，又非诗人同穴之义，故蜀人之葬最为得礼也。

注释

［1］大约作于治平四年（1067）葬父之后。"温公"二字系后来编文者所加。圹（kuàng），墓穴。［2］语出《诗经·王风·大车》，穀，生，活着。［3］欧阳公志其墓：欧阳修作《故霸州文安县主簿苏君墓志铭》。［4］司马君实追为先夫人墓志：程夫人卒于嘉祐二年（1057），安葬时没有墓志铭，治平三年（1066）苏洵逝世后，苏轼将扶丧归蜀合葬，请司马光追铭其母。［5］祔（fù）：合葬。［6］垅：坟墓。

简评

首先介绍蜀人的丧葬风俗。《诗经·王风·大车》写一位姑娘热恋着一位小伙，想和他私奔，却又迫于世俗压力，于是发出爱的誓言。"穀则异室，死则同穴"，意思是活着不能居住在一起，死了要合葬在一个墓穴。由此引出"古今之葬皆为一室"，"独蜀人为一坟而异藏"，这是怎么回事呢？原来蜀人夫妻合葬，修建了两个墓穴，中间有一个通道"高不及肩，广不容人"，这个通道以石瓮塞之。活着的人的墓穴，不叫墓穴而叫寿堂。寿堂中放置一个"被甲执戈"的偶人叫寿神。生者逝世之后，才去掉石瓮，葬入其中。

然后写请司马光作《武阳县君程氏墓志铭》的原因。治平三年苏洵病逝于京城，苏轼兄弟请欧阳修作墓志铭，将扶丧归蜀与母亲合葬。于是，又请司马光追铭其母，作《武阳县君程氏墓志铭》，因为嘉祐二年程夫人病逝于眉山，安葬时没有墓志铭。在本层末尾，苏轼说"故其文曰：'蜀人之祔也，同垅而异圹。'"以呼应第一层次。

最后说"蜀人之葬最为得礼"。以《后汉书·樊宏传》中记载的事例来论说。樊宏在东汉光武帝建武十五年（39）封为寿张侯，"遗敕薄葬，一无所用，以为棺柩一臧，不宜复见，如有腐败，伤孝子之心，使与夫人同坟异臧"。光武帝深表赞同，书示百官，给以提倡。苏轼认为，同坟异藏，古亦有之，只是没有通道，没有夫妻同穴的诗人之义，"故蜀人之葬最为得礼也"。

四菩萨阁记

始吾先君于物无所好，燕居如斋[1]，言笑有时。顾尝嗜画，弟子门人无以悦之，则争致其所嗜，庶几一解其颜。故虽为布衣，而致画与公卿等。

长安有故藏经龛，唐明皇帝[2]所建。其门四达，八板皆吴道子[3]画，阳为菩萨，阴为天王[4]，凡十有六躯。广明之乱[5]，为贼所焚。有僧忘其名，于兵火中拔其四板以逃，既重不可负，又迫于贼，恐不能皆全，遂竆其两板以受荷，西奔于岐[6]，而寄死于乌牙[7]之僧舍，板留于是百八十年矣[8]。客有以钱十万得之以示轼者，轼归其直，而取之以献诸先君。先君之所嗜，百有余品，一旦以是四板为甲。

治平四年，先君没于京师。轼自汴入淮，溯于江，载是四板以归。既免丧，所尝与往来浮屠人惟简[9]，诵其师之言，教轼为先君舍施必所甚爱与所不忍舍者。轼用其说，思先君之所甚爱、轼之所不忍舍者，莫若是板，故遂以与之。且告之曰："此明皇帝之所不能守，而焚于贼者也，而况于余乎？余视天下之蓄此者多矣，有能及三世者乎？其始求之若不及，既得，惟恐失之，而其子孙不以易衣食者，鲜矣。余惟自度不能长守此也，是以与子。子将何以守之？"简曰："吾以身守之。吾眼可霍[10]，吾足可斮[11]，吾画不可夺。若是，足以守之欤？"轼曰："未也。足以终子之世而已。"简曰："吾又盟于佛，而以鬼守之。凡取是者与凡以是予人者，其罪如律。若是，足以守之欤？"轼曰："未也。世有无佛而蔑鬼者。""然则何以守之？"曰："轼之以是予子者，凡以为先君舍也。天下岂有无父之人欤？其谁忍取之？若其闻是而不悛，不惟一观而已，将必取之然后为快，则其人之贤愚，与广明之焚此者一也。全其子孙难矣，而况能久有此乎？且夫不可取者存乎子，取不取者存乎人。子勉之矣，为子之不可取者而已，又何知焉？"

既以予简，简以钱百万度为大阁以藏之，且画先君像其上。轼助钱二十之一，期以明年冬阁成。熙宁元年十月二十六日记。

注释

[1] 燕居如斋：在家中闲适地度过时光，却如斋戒般严肃谨慎。[2] 唐明皇帝：唐玄宗李隆基。[3] 吴道子：名道玄，唐代画家。开元中奉诏入宫，为内教博士，擅长画佛道人物及山水，有"画圣"之称。[4] 天王：佛教四大天王，又称护世四天王，是佛教的护法神，俗称"四大金刚"。[5] 广明之乱：唐僖宗广明元年（880）十一月黄巢起义军攻陷洛阳，十二月攻陷长安，天下大乱。[6] 岐：岐州，治所在今陕西宝鸡市凤翔区。[7] 乌牙：岐州乡镇的名称。[8] 板留于是百八十年矣：黄巢攻陷长安，广明二年（881）和尚担着门板去岐州，至嘉祐七年（1062）苏轼签判凤翔得此板。前后相距一百八十二年。[9] 浮屠人惟简：浮屠，僧的别称。惟简，号宝月大师，参见《与杨济甫十首》注[41]。[10] 瞿：通"瞳"，使眼睛失明。[11] 斲（zhuó）：斩断。

简评

熙宁元年（1068）十月，苏轼服丧期满，携家经成都赴京，在成都中和胜相院施舍吴道子画四菩萨，并作此文以记。《苏诗总案》卷五系此文作于眉山。

此文开头写父亲苏洵"于物无所好"，但却"嗜画"，藏画之多，可"与公卿等"。

接着写苏洵藏画中的极品四菩萨像的来历。唐明皇时（712—756），在长安建造了一个"藏经龛"，此龛共开东、南、西、北之门，八扇门板上都是吴道子的画，阳面画的是菩萨，阴面画的是天王，一共十六幅人物像。此为画之源头。唐僖宗广明元年（880），黄巢起义军攻陷长安，一个僧人"于兵火中拔其四板以逃""西奔于岐"，后来死在凤翔府乌牙僧舍，画板留在这里一百八十多年了。此为画之变故。"客有以钱十万得之以示轼者，轼归其直，而取之以献诸先君"，有位客商花了十万钱买下了画板拿给我看，我如数把钱交给他，转购下这几块画板献给先父。此为画之归宿。

　　然后写苏轼施舍吴道子画为苏洵祈福。"治平四年，先君没于京师"，苏轼具舟载其丧归蜀，这四块画板也载回了故乡眉山。服丧期满，苏轼打算在佛寺为父亲祈福。惟简转达他师傅的话，让苏轼替先父将他生前十分珍爱，而他自己也不忍释手之物施给寺院。此"甚爱"与"所不忍舍者"非四菩萨像莫属，于是把它施给了惟简。紧接着用较长的篇幅，讨论如何保全这四块门板，舍与不舍的矛盾心态，可知他沉溺其中的痴态。由此联想到他的《宝绘堂记》所说，苏轼年轻时酷爱书画，家中收藏的，唯恐失去；别人拥有的，唯恐得不到。后来幡然醒悟："吾薄富贵而厚于书，轻死生而重于画，岂不颠倒错缪失其本心也哉？"因而有"君子可以寓意于物，而不可以留意于物"的慨叹。对此文中苏轼"留意于物"，刘将孙在《养吾斋集》卷一六《盱赵氏三庵记》中云："东坡为老泉舍吴道子画板，以追福其言。虑佛者之不能保，以力守、以世守、以鬼守，皆不可，则慨然曰：'凡吾所以舍者，为先君舍也。其谁非人子？其谁忍取之？'夫区区之画板而其辞若此，不自知其过也。"吴子良在《荆溪林下偶谈》卷二《二公不免于痴》亦云，欧阳修、苏轼二公在取舍上不免于痴也。

　　最后，卒章显志，点明惟简将建四菩萨阁以藏之，"期以明年冬阁成"。阁未成，而文成。此文记叙修筑阁楼的缘由，乃是借题发挥落脚于舍与不舍的议论，发人深省。

答杨君素三首

一[1]

久不奉书，递中[2]领来教，欣承起居佳胜，眷爱各无恙。奉别忽四年，薄廪[3]维绊，归计未成，怀想亲旧，可胜惋叹，吾丈[4]优游自得，心恬体舒，必享龟鹤之寿。劣侄与时龃龉[5]，终当舍去，相从林下也。

二[6]

奉别忽二十年，思仰日深，书问不继，每以为愧。比日动止何似[7]？子侄十九兄弟远来，得闻尊体康健异常，不胜庆慰。知骑驴出入，步履如飞，能登木自采荔枝，此希世奇事也。虽寿考自天，亦是身心空闲，自然得道也。某衰倦早白，日夜怀归，会见之期，想亦不远。更望顺时自重，少慰区区。因孙宣德[8]归，附手启上问。

三[9]

某去乡二十一年，里中尊宿[10]，零落殆尽，惟公龟鹤不老，松柏益茂，此大庆也。无以表意，辄送暖脚铜缶一枚。每夜热汤注满，密塞其口，仍以布单裹之，可以达旦不冷也。道气想不假此，聊致区区之意而已。令子三七秀才及外甥十一郎，各计安。

注释

[1] 熙宁元年（1068）十二月，苏轼服父丧期满还朝，杨宗文等送别，从"奉别忽四年"可知，当作于熙宁五年（1072）通判杭州时。杨君素：

杨宗文,字君素,眉州眉山人,苏轼表叔,隐居不仕。与元丰六年(1083)代徐君猷知黄州的杨君素不是同一个人。[2] 递中:信使,邮递员。[3] 薄廪(lǐn):微薄的俸禄。廪,粮食,借指俸禄。[4] 吾丈:我的表叔,您老。[5] 与时龃龉(jǔyǔ):不合时宜。龃龉,上下牙齿不相对应,比喻意见不合,相抵触。[6] 从"奉别忽二十年"可知,当为元祐二年(1087)作于开封,苏轼在朝廷任翰林学士、知制诰兼侍读。以"子侄十九兄弟远来",与约作于同时的《送千乘、千能两侄还乡》诗可以互相佐证。[7] 比日动止何似:近日行动(身体)怎样。[8] 孙宣德:是以官职"宣德"称之,孙敏行,字子发,眉州人。与《与王庆源十三首》(十二)云:"写作《黄素经》一卷,并托孙子发宣德寄上"约作于同时。[9] 熙宁元年(1068)十二月,苏轼最后出川,从"某去乡二十一年"可知,当为元祐三年(1088)作于开封。[10] 里中尊宿:乡里德高望重的前辈。

简评

这三首写给表叔杨君素的书简,分别作于不同时期的杭州和开封。

作者的思乡之情溢于言表。第一首云"奉别忽四年,薄廪维绊,归计未成,怀想亲旧,可胜惋叹",转眼之间一别四年,只因俸禄微薄的羁绊,回家的打算终未成行,每每怀想起亲戚朋友,都禁不住怅然叹息。"劣侄与时龃龉,终当舍去,相从林下也",拙侄我不合时宜,终究要弃世而去,和您一起归隐山林。第二首云"奉别忽二十年,思仰日深,书问不继,每以为愧",分别一晃就是二十年,我对您的思念、仰慕之情日渐加深,却很少给您写信,每每令我惭愧。"某衰倦早白,日夜怀归,会见之期,想亦不远",我衰老困倦,两鬓早已斑白,日夜想念归去,与您相见的日子,大概不会太远了。

表叔杨君素的形象惟妙惟肖。譬如"优游自得,心恬体舒",悠然自得,内心恬静,身体安适。"骑驴出入,步履如飞,能登木自采荔枝",骑驴出入,健步如飞,并且能够爬到树上采摘荔枝。

除了问候之语,还谈及乡里情况,如好多老人都已经仙逝了,谈及送给表叔的暖脚铜缶以及如何使用。书信娓娓道来,给人亲切之感。

与王庆源十三首

一[1]

陵州[2]递中辱[3]书及诗，如接风[4]论，忽不知万里之远也。即日履兹[5]秋暑，尊候[6]何似。某此粗遣[7]，虽有江山风物之美，而新法严密，风波险恶，况味[8]殊不佳。退之所谓"居闲食不足，从官力难任。两事皆害性，一生常苦心"，正此谓矣。知叔丈年来颇窘，此事有定分。但只以安健无事多子孙为荣，亦可自遣[9]。何时归休，得相从田里，但言此，心已驰于瑞草桥[10]之西南矣。秋暑，更冀以时珍重。

二[11]

高密[12]风土食物稍佳。但省租[13]公库减削，索然贫俭。始至，值岁饥，人豪剽劫无虚日。凡督捕奸凶五七十人，近始肃然。斗讼颇简，稍葺治园亭[14]，居之，亦粗可乐。但时登高，西南引领，即怅然终日。近稍能饮酒，终日可饮十五银盏。他日粗可奉陪于瑞草桥路上，放歌倒载[15]也。

三[16]

久以官冗，不暇奉问。忽辱手讯，喜知车从已达辇下，起居佳胜，即日南宫必榜出[17]矣。沦屈已久，必遂了当，欣贺良深。来书谦抑过当。四方赴者甚众，岂独吾叔。元昆劝驾，良合事宜。恨此拘系[18]，无缘于东华门[19]外奉接。

京师一别二十余年[20]，岂惟吾侪[21]衰老可叹，至于都城风物事体，索然无复往时矣。东南守官极可乐，而民间蹙迫不聊生，怀抱殊不佳。深愿庆源了当后，千万一来，相从数月，少慰平生，幸勿以他事为辞。至恳！

至恳!

四[22]

穷僻少便,久不上状。窃[23]惟退居以来,尊体胜常。黑头谢事[24],古今所共贤。二疏师傅[25],渊明县令[26],均为高退,昔人初不为优劣也。谨以此为贺。二子[27]学术成就,瑞草桥果木成阴,卧想数年出仕,无一可愧者,此又有余味矣。除却虚名外物,不知文太师[28]何以加此,想当一笑也。某蒙恩量移汝州[29],回念坟墓,心目断绝。方作舟行,何时得到汝,到后又须营办生事。此身漂然,奉羡何及。乍热,惟万万顺候自重。

五[30]

窜逐以来,日欲作书为问。旧既懒惰,加以闲废,百事不举,但惭怍[31]而已。即日体中何如,眷爱各佳。某幼累[32]并安。但初到此,丧一老乳母[33],七十二矣,悼念久之,近亦不复置怀。寓居官亭[34],俯迫大江,几席之下,云涛接天,扁舟草履,放浪山水间。客至,多辞以不在,往来书疏如山,不复答也。此味甚佳,生来未尝有此适。知之,免忧。近文郎[35]行,寄纸笔与丛郎[36],到甚迟也。未缘面会,惟万万自爱。

六[37]

近辱书,并寄新诗,伏读感慰不已。属多事,未及继和。不审比来[38]尊体何如,贵眷各均安?某凡百如昨[39]。梦想归路,如痿人之不忘起[40]也。溽暑向隆[41],万乞以时保啬。

七[42]

令[43]子两先辈,必大富学术,非久腾踔[44]矣。五五哥、五七哥[45]及十六郎[46],临行冗迫,不果拜书,因见,道意。登州下临涨海[47],枕簟之下,天水相连,蓬莱三山[48],仿佛可见。春夏间常见海市,状如烟云,为楼观人物之象。数日前偶见之,有一诗录呈为笑也。史三儒长老[49]近蒙惠书,

114

冗中未及答，因见，乞道区区。《海市》诗可转呈也。京师有干，乞示下。

八[50]

久不奉状，愧仰增积。即日，远想起居佳胜。叔丈脱屣缙绅[51]，放怀田里，绝人远矣。某罪废流落，今复强颜周行[52]，有愧而已。若圣恩怜其老钝，年岁间，乞与一乡郡，归陪杖屦[53]，复讲昔日江上携壶藉草之乐，只是不得拽脚[54]相送，先发遣酒壶归瑞草桥，于义俭矣。记得否？呵呵。何幸如之。未间，惟望厚自颐养，以享无疆之寿。

九[55]

远沐寄示，老手高风，咏叹不已。甚欲和谢，公私纷纷，少暇，竟未果，悚悚[56]。七八两秀才各计安。为学想日益，早奋场屋[57]，慰亲意也。知宅酝[58]甚奇，日与蔡子华[59]、杨君素聚会，每念此，即致仕之兴愈浓也。示谕要画，酒后信手，岂能复佳。寄一扇一小轴去，作笑耳。

十[60]

久不奉状，愧仰增积。即日退居多暇，尊体胜常。某进职北扉[61]，皆出奖庇[62]。自顷流落江湖，日欲还乡，追陪杖屦，为江路藉草之游，梦想见之。今日国恩深重，忧责殊大，报塞愈难，退归何日，西望惋怅，殆不胜怀。想叔丈与丈人及诸侄，岁时相遇，乐不可名。虽清贫难堪，然熬波[63]之余，必及鸰原[64]，应不甚寂寞也。岁晚苦寒，伏乞保重。

十一[65]

近奉慰疏[66]，必达。比日尊体何如？某与幼弱，凡百粗遣[67]。人生悲乐，过眼如梦幻，不足追，惟以时自娱为上策也。某名位过分，日负忧责，惟得幅巾还乡，平生之愿足矣。幸公千万保爱，得为江边携壶藉草[68]之游，乐如之何。

十二[69]

向要红带[70]，今寄一条去。却是小儿子辈，闻翁要此，颇尽功勾当[71]钉造，不知称尊意否？拙诗一首，并黄、秦[72]二君，皆当今以诗文名世者，各赋一首。写作《黄素经》[73]一卷，并托孙子发宣德[74]寄上。京师有所须，但请示及。

十三[75]

久不奉书，愧仰兼极[76]。令侄元直[77]远访，首出教字，感慰之怀，未易尽陈。比日履兹春和，尊体何如？某为郡粗遣，衰病怀归，日欲致仕[78]。既忝侍从[79]，理难骤去，须自藩镇乞小郡，自小郡乞宫观[80]，然后可得也。自数年日夜营此，近已乞越，虽未可知，而经营不已，会当得之。致仕有期，则拜见不远矣。惟望倍加保啬[81]，庶归乡日犹能陪侍杖屦上下山谷间也。楮冠[82]、玳簪[83]，聊表远意。玳簪已七八十年物，阅数名公矣，幸服用之。

注释

[1] 熙宁五年（1072）七月作于杭州。王庆源：参见《庆源宣义王丈……》注[1]。[2] 陵州：治所在今四川仁寿县东，宋时属成都府路，熙宁五年后改为陵井监。[3] 辱：谦辞，表示承蒙。[4] 接风：请刚从远道来的人吃饭，引申为见面。[5] 履兹：到此之意。履，踩，走。兹，这个。[6] 尊候：尊长的情况，您的身体，贵体。尊，地位或辈分高，尊长。候，情况。[7] 粗遣：不经意间时间就过去了，引申为（度日）还好。粗，疏忽。遣，消遣，消闲。[8] 况味：境况和情味。[9] 自遣：发抒排遣自己的感情。[10] 瑞草桥：参见《庆源宣义王丈……》注[8]。[11] 熙宁八年（1075）十一月作于密州。[12] 高密：郡名，宋时属密州。[13] 省租：减免租税。[14] 稍葺治园亭：指熙宁八年修葺的超然台。[15] 倒载：即倒栽葱，比喻摔倒时头先着地。[16] 约元丰二年（1079）三月作于徐州。[17] 南宫必榜出：指进士考试放榜。南宫，即礼部，宋代举子考试，

由礼部主持。[18] 拘系：拘束，捆绑，琐事困扰。[19] 东华门：《历代宅京记》卷一六《开封》："宫城周回五里。南三门：中曰乾元，东曰左掖，西曰右掖。东西两门曰东华、西华。"宋代京中考试，举子皆由东华门入。故四方举子来京应试，多住东华门外。[20] 京师一别二十余年：嘉祐二年（1057）在京参加考试，至元丰二年（1079）已二十三年。[21] 吾侪（chái）：我们，我等。侪，同辈，同类的人。[22] 元丰七年（1084）四月作于黄州。[23] 窃：谦指自己。[24] 黑头谢事：指王庆源年龄不大就辞官回家。[25] 二疏师傅：《汉书·疏广传》云，疏广、疏受为太子太傅、少傅，因惧怕满盈，同时辞官，公卿大夫在东都门外送行。[26] 渊明县令：《晋书·陶潜传》云，义熙元年（405）八月，陶渊明为彭泽令，在官八十余日，因憎恶官场污浊，便辞官回家。[27] 二子：即七八两秀才，王庆源的两个儿子。[28] 文太师：文彦博。[29] 量移汝州：元丰七年三月，苏轼由黄州平调汝州。[30] 约元丰三年（1080）十一月作于黄州。[31] 惭怍（zuò）：惭愧。[32] 幼累：小孩和妻子。[33] 老乳母：苏轼乳母任采莲。[34] 寓居官亭：指居住于临皋亭，迁居约在四五月间。[35] 文郎：指文与可之子文务光，字逸民。文务光扶父丧回蜀，路过黄州在元丰三年四月底左右。[36] 丛郎：指王庆源之子王丛。[37] 约元祐元年（1086）六月作于开封。[38] 审：知道。比来：近来。[39] 凡百如昨：一切如旧。[40] 如痿人之不忘起：痿痹之人不忘起行，比喻归乡情切。《史记·韩王信传》："（韩王信报柴将军书）仆之思归，如痿人不忘起，盲者不忘视也，势不可耳。"[41] 溽（rù）暑向隆：天气更加湿热。溽，湿润。向，表示动作的方向。[42] 元丰八年（1085）十月二十日略后作于登州。[43] 令：敬辞，用于对方的亲属或有关系的人。[44] 腾踔（chuō）：飞黄腾达，宦途得意。[45] 五五哥、五七哥：疑皆为苏轼妻王弗、王闰之的兄弟。[46] 十六郎：指王庆源之侄王箴，参见《仲天贶、王元直自眉山来……》注[1]。[47] 涨海：本为南海古称，此指登州之海。[48] 蓬莱三山：古代传说中神山名。《史记·封禅书》："自威、宣、燕昭使人入海求蓬莱、方丈、瀛洲。此三神山者，其传在渤海中。"[49] 史三儒长老：未详。当为苏轼姻亲。[50] 约元祐元年九月前作于开封。[51] 脱屣（xǐ）：此指王庆源离开官场。缙绅：古代称有官职的或做过官的人。[52]周行：周官之行列，此言自己勉强为官。[53]杖屦：对老者、尊者的敬称，此指王庆源。[54]拽脚：形容脚碰脚的样子。[55]约元祐元年（1086）九月前作于开封。[56]悚悚：害怕的样子。[57]场屋：又称科场，科举考试的地方。[58]酤：指酒。[59]蔡子华：名褒，眉山人。苏轼《书寄蔡子华诗后》："王十六秀才将归蜀，云：'子华宣德蔡丈，见托求诗。'梦中为作四句，觉而成之，以寄子华，仍请以示杨君素、王庆源二老人。"[60]元祐元年十二月作于开封。[61]北扉：本指北向之门，后代指学士院。[62]奖庇：奖掖，庇护。[63]熬波：指用海水煮盐。[64]鸰原：指兄弟友爱。[65]约元祐二年（1087）冬作于开封。[66]近奉慰疏：近来，去信问候。奉，给。疏，封建时代臣下向君主分条陈述事情的文字，引申为书信。[67]某与幼弱，凡百粗遣：我与家眷，一切尚好。[68]携壶藉草：拿着酒壶，坐在草地上喝酒、唱歌。[69]元祐三年（1088）七八月作于开封。[70]向要红带：苏轼《庆源宣义王丈……有书来求红带，既以遗之，具作诗为戏，请黄鲁直、秦少游各为赋一首，为老人光华》。[71]勾当：料理。[72]黄、秦：黄庭坚、秦观。[73]《黄素经》：当指道经。[74]孙子发宣德：参见《答杨君素三首》注[8]。宣德，官名，即宣德郎。[75]元祐五年（1090）二月作于杭州。[76]愧仰兼极：惭愧、仰慕交集，都到了极点。[77]令侄元直：王箴字元直，参见《仲天贶、王元直自眉山来……》注[1]。[78]致仕：交还官职，即辞官、退休。[79]忝：谦辞，表示辱没他人，自己有愧。侍从：即翰林学士，皇帝的文学侍从。[80]宫观：《文献通考·职官十四》云，宫观为宫观使的简称。宋代宫观本为崇奉道教而设，大中祥符五年（1012）玉清昭应宫建成，始置宫观使，由前任宰相或现任宰相充任。此外还有提点、主管、判官、都监等官，皆为安排闲散官员而设，无实职。[81]保啬（sè）：吃得饱，睡得足。[82]楮（chǔ）冠：以楮树皮所制之冠。多为贫士、隐士所用。[83]玳簪：用玳瑁制作的发簪。

简评

此为苏轼写给叔丈,即王弗、王闰之叔叔的十三封书信。叔丈,初名群字子众,后改名淮奇字庆源。叔丈到了晚年,才以累举得官,即所谓特奏名也。宋代科举制度有一种特殊规定,考进士多次不中者,另造册上奏,经许可附试,特赐本科出身,叫"特奏名",与"正奏名"相区别。他曾担任洪雅主簿、雅州户掾,后辞官还乡,其四云"窃惟退居以来,尊体胜常。黑头谢事,古今所共贤",我认为您退居以来,身体比以前更加健康。年轻时便退隐,从古至今都是贤人义举。

这十三封书信中,特别值得一提的是,苏轼的思乡之情。

其一云"何时归休,得相从田里,但言此,心已驰于瑞草桥之西南矣",我何时才能回归故里,跟随您在田间行走、玩耍,只要说起这些,心便飞向了瑞草桥的西南。瑞草即灵芝,桥为木桥,上面长了灵芝,故名瑞草桥。桥搭建在什么地方呢?可能在无名小溪上,也可能在思濛河上。思濛河在青神县瑞丰镇中岩寺对面,汇入岷江。

其二云"但时登高,西南引领,即怅然终日。近稍能饮酒,终日可饮十五银盏。他日粗可奉陪于瑞草桥路上,放歌倒载也",只是有时登高,遥望西南,便会怅惘一整天。近来我略能饮酒,每天可以饮用十五银盏。他日尚可奉陪您于瑞草桥畔喝酒,一路放歌,踉踉跄跄,甚至摔倒在地。

其三云"京师一别二十余年",一别二十多年不相见,这是怎样的思念啊!

其四云"二子学术成就,瑞草桥果木成阴",以瑞草桥畔果木成荫,来赞誉叔丈两个儿子的为学,成就斐然。

其六云"梦想归路,如痿人之不忘起也",在梦里回到故乡眉山,如同残疾人不忘健康一样。痿痹之人不忘起行,比喻归乡情切。

其八云"若圣恩怜其老钝,年岁间,乞与一乡郡,归陪杖屦,复讲昔日江上携壶藉草之乐只是不得拽脚相送,先发遣酒壶归瑞草桥,于义俭矣",若圣上怜我年迈昏聩,年头岁尾,派我回乡任职,我便可以陪伴在您的左右,再叙昔日在江边拿着酒壶,坐在草地喝得醉醺醺的,只是不能脚碰脚相送,先将一酒壶送回瑞草桥,不拘礼仪了。

其九云"知宅酝甚奇,日与蔡子华、杨君素聚会,每念此,即致仕之兴愈浓也",知道您家里有好酒,我每天与蔡子华、杨君素聚会,每每想到这些,归隐之心便愈加浓重。

其十云"自顷流落江湖,日欲还乡,追陪杖屦,为江路藉草之游,梦想见之",自从流落江湖,我日日都想回归故乡,陪伴您的左右,共作江边路旁草地上席地而坐的游伴,梦里是这些。"退归何日,西望惋怅,殆不胜怀",何时才能退隐故乡,向西眺望,惋惜怅然,几乎无法想象。

其十一云"某名位过分,日负忧责,惟得幅巾还乡,平生之愿足矣。幸公千万保爱,得为江边携壶藉草之游,乐如之何",我名位过分,天天担心自己是否胜任,只要能布衣还乡,毕生的愿望也就满足了。

其十三云"致仕有期,则拜见不远矣。惟望倍加保啬,庶归乡日犹能陪侍杖屦上下山谷间也",等到我退职有望时,拜访之日也就不远了。只希望您吃得饱,睡得足,我布衣还乡之后,能陪伴您一起寄情山水。

除此之外,"寓居官亭,俯迫大江,几席之下,云涛接天,扁舟草履,放浪山水间"(其五),"登州下临涨海,枕簟之下,天水相连,蓬莱三山,仿佛可见"(其七),这些描写,亦颇精彩。

眉州远景楼记

吾州之俗[1],有近古者三:其士大夫贵经术而重氏族,其民尊吏而畏法,其农夫合耦[2]以相助。盖有三代、汉、唐之遗风,而他郡之所莫及也。始朝廷以声律取士[3],而天圣以前,学者犹袭五代之弊。独吾州之士,通经学古[4],以西汉文词为宗师。方是时,四方指以为迂阔[5]。至于郡县胥史[6]，皆挟经载笔，应对进退，有足观者。而大家显人，以门族相上，推次甲乙，皆有定品，谓之江乡[7]。非此族也，虽贵且富，不通婚姻。其民事太守县令，如古君臣，既去，辄画像事之。而其贤者，则记录其行事以为口实，至四五十年不忘。商贾小民，常储善物而别异之，以待官吏之求。家藏律令，往往通念而不以为非，虽薄刑小罪，终身有不敢犯者。岁二月，农事始作。四月初吉[8]，谷稚而草壮，耘者毕出。数十百人为曹，立表下漏[9]，鸣鼓以致众。择其徒为众所畏信者二人，一人掌鼓，一人掌漏，进退作止，惟二人之听。鼓之而不至，至而不力，皆有罚。量田计功，终事而会之。田多而丁少，则出钱以偿众。七月既望，谷艾而草衰，则仆鼓决漏，取罚金与偿众之钱，买羊豕酒醴[10]，以祀田祖，作乐饮食，醉饱而去，岁以为常。其风俗盖如此。

故其民皆聪明才智，务本而力作，易治而难服。守令始至，视其言语动作，辄了其为人。其明且能者，不复以事试，终日寂然。苟不以其道，则陈义秉法以讥切之，故不知者以为难治。

今太守黎侯希声，轼先君子之友人也。简而文，刚而仁，明而不苟，众以为易事。既满将代，不忍其去，相率而留之，上不夺其请。既留三年，民益信。遂以无事，因守居之北墉[11]而增筑之，作远景楼，日与宾客僚吏游处其上。轼方为徐州。吾州之人以书相往来，未尝不道黎侯之善，而求文以为记。

嗟夫！轼之去乡久矣。所谓远景楼者，虽想见其处，而不能道其详矣。然州人之所以乐斯楼之成而欲记焉者，岂非上有易事之长，而下有易治之俗也哉？孔子曰："吾犹及史之阙[12]文也。有马者借人乘之。今亡矣夫！"是二者，于道未有大损益也，然且录之。今吾州近古之俗，独能累世而不迁，盖耆老[13]昔人岂弟[14]之泽，而贤守令抚循教诲不倦之力也。可不录乎？若夫登临览观之乐，山川风物之美，轼将归老于故丘，布衣幅巾，从邦君于其上，酒酣乐作，援笔而赋之，以颂黎侯之遗爱，尚未晚也。元丰元年七月十五日记。

注释

[1] 俗：风气，民风。[2] 合耦：二人合耕，泛指互助耕作。[3] 以声律取士：指以诗赋为主要内容的科举考试。[4] 通经学古：通晓经书，学习古文。[5] 迂阔：迂腐守旧而不通时变。[6] 胥史：郡县中办理具体事务的吏人。[7] 江乡：宋时蜀方言，即名门望族。[8] 初吉：指阴历每月初一。[9] 下漏：用漏壶滴水来计时刻。[10] 酒醴：甜酒。[11] 墉：城墙，高墙。[12] 阙：同"缺"。[13] 耆老：老人。[14] 岂弟：和乐平易。

简评

元丰元年（1078）七月十五日作于徐州。

首先，叙述家乡的淳朴民风。"吾州之俗，有近古者三：其士大夫贵经术而重氏族，其民尊吏而畏法，其农夫合耦以相助。盖有三代、汉、唐之遗风，而他郡之所莫及也。"士大夫看重学习经术并重视宗族亲戚、民众尊重官府而惧怕犯法、农夫合作耕种以互相帮助，这些都是三代、汉、唐时的朴厚遗风，其他州郡都比不上。这一部分还具体描述了崇尚礼仪、遵纪守法、互助友善的风土民情。

其次，知州黎锌"简而文，刚而仁，明而不苛"。黎锌（1015—1093），字希声，广安人，庆历六年（1046）进士，熙宁八年（1075）以尚书屯田员外郎知眉州。苏辙《次韵子瞻寄眉守黎希声》诗，自注说"辙昔侍先人于京师，与希声邻居太学前"，故为"先君子之友人也"。以州人"既满将代，不忍其去，相率而留之"，表现了一个尽忠职守、深受百姓爱戴的官吏形象。

唐顺之云："此文造意亦奇，更不在作楼与远景上说。"作者没有直接评判黎锌的政绩、描绘远景楼的形貌，但我们却看到了一个心系百姓、宽以御民的知州，看到了一座形神俱备、雄伟壮观的远景楼。茅坤说："迁客思故乡，风致婉然。"作者爱乡、思乡，希望归隐故乡之心于字里行间可见。

乳母任氏墓志铭[1]

赵郡苏轼子瞻之乳母任氏,名采莲,眉之眉山[2]人。父遂,母李氏。事先夫人三十有五年[3],工巧勤俭,至老不衰。乳亡姊八娘[4]与轼,养视轼之子迈、迨、过,皆有恩劳。从轼官于杭、密、徐、湖,谪于黄。元丰三年八月壬寅,卒于黄之临皋亭[5],享年七十有二。十月壬午,葬于黄之东阜黄冈县之北。铭曰:生有以养之,不必其子也。死有以葬之,不必其里也。我祭其从与享之,其魂气无不之[6]也。

注释

[1] 元丰三年(1080)十月二十四日,苏轼葬乳母任采莲于黄冈县北(今黄冈市城区北郊),作此文,并书于石。[2] 眉之眉山:北宋眉州眉山县,即今眉山市东坡区。[3] 事先夫人三十有五年:苏轼母亲程氏卒于嘉祐二年(1057)四月七日,由此可知,则任采莲来侍奉程夫人,始于乾兴元年(1022),当时程夫人十四岁,任采莲十五岁。[4] 乳亡姊八娘:乳,指作乳母。八娘,苏轼姐姐。皇祐四年(1052)八娘与舅父程浚之子程之才(字正辅)结婚,次年因被夫家虐待,忧愤至死,两家就此绝交。四十二年后,至绍圣二年(1095)苏轼谪居惠州时,程正辅任广南东路提点刑狱,始一笑泯恩仇。[5] 临皋亭:在黄州城南,本江边驿站。苏轼初到黄州,住定惠院,元丰三年五月苏辙送其家属到黄州,之后迁居临皋亭。[6] 魂气无不之:灵魂什么地方都可以去。

简评

任采莲不是苏家人,胜似苏家人。

首先，是同乡。皆为"眉之眉山人"。其次，时间长。"事先夫人三十有五年"，她十五岁进入程家，作程夫人丫鬟。后随程夫人一同进入苏家，到程夫人病逝，有三十五年之久。程夫人逝世之后，便跟随苏轼迁徙京师，宦游各地，"从轼官于杭、密、徐、湖，谪于黄"。"元丰三年八月壬寅，卒于黄之临皋亭，享年七十有二"，融入苏家五十七年。再次，功劳大。"乳亡姊八娘与轼，养视轼之子迈、迨、过，皆有恩劳"，她不仅是苏八娘、苏轼的乳母，还带大了苏迈、苏迨、苏过三人，有恩于苏家。"工巧勤俭，至老不衰"，心灵手巧，勤劳节俭，年纪大了，仍然如此。

她一辈子，离开家人，离开家乡，逝世异地，葬在他乡，是否值得？苏轼认为："生有以养之，不必其子也。死有以葬之，不必其里也。我祭其从与享之，其魂气无不之也。"在世得到赡养，不必非要自己的儿子。死后得到安葬，不必非要自己的故乡。我给她作祭文，并且祭奠她，使她的灵魂可以无所不往。这就是苏轼的丧葬观，值得今人借鉴与学习。

石氏画苑记[1]

石康伯，字幼安，蜀之眉山人，故紫微舍人昌言[2]之幼子也。举进士不第，即弃去；当以荫得官，亦不就。读书作诗以自娱而已，不求人知。独好法书、名画、古器、异物，遇有所见，脱衣辍食求之，不问有无。居京师四十年，出入闾巷，未尝骑马。在稠人中，耳目谡谡[3]然，专求其所好。长七尺，黑而髯[4]，如世所画道人剑客。而徒步尘埃中，若有所营，不知者以为异人也。又善滑稽，巧发微中[5]，旁人抵掌绝倒，而幼安淡然不变色。与人游，知其急难，甚于为己。有客于京师而病者，辄舁置其家[6]，亲饮食之；死则棺敛之，无难色。凡识幼安者，皆知其如此。而余独深知之。幼安识虑甚远，独口不言耳。今年六十二，状貌如四十许人，须三尺，郁然无一茎白者,此岂徒然者哉?为亳州职官与富郑公[7]俱得罪者,其子夷庚[8]也。

其家书画数百轴,取其毫末杂碎者,以册编之,谓之《石氏画苑》。幼安与文与可游,如兄弟,故得其画为多。而余亦善画古木丛竹,因以遗之,使置之苑中。子由尝言:"所贵于画者,为其似也。似犹可贵,况其真者?吾行都邑田野所见人物,皆吾画笥[9]也。所不见者,独鬼神耳,当赖画而识。然人亦何用见鬼?"此言真有理。今幼安好画,乃其一病,无足录者,独著其为人之大略云尔。元丰三年十二月二十日赵郡苏轼书。

注释

[1] 元丰三年(1080)十二月二十日作于黄州。[2] 紫微舍人:即中书舍人,唐开元元年(713)改为紫微舍人,五年改回,宋人亦习用此称。宋代主管中书六房,承办各项文书,起草有关政令。昌言:石扬休(995—1057),字昌言,眉州眉山人,十八岁中进士,与司马光同年。少孤力学,善为诗,与苏轼常有唱和。累官刑部员外郎、知制诰。仁宗朝上疏力请广言路,尊儒术,防壅蔽,禁奢侈。其言有益于国,时人称之。《宋史》有传。[3] 谡(sù)谡:形容挺劲有力,这里形容专注、敏锐的样子。[4] 黑而髯:皮肤黝黑而多胡须。[5] 巧发微中:形容善于伺机发言,每每能猜中。[6] 辄舁(yú)置其家:总是抬着病人安置在自己家中。舁,抬。[7] 亳州:宋时属淮南东路,治所在今安徽亳州市谯城区。富郑公:即富弼,宋神宗即位,封郑国公。[8] 夷庚:石幼安之子。[9] 画笥(sì):本指装画的方形竹器,这里指可作绘画题材的事物。

简评

第一部分是重点,介绍石幼安的为人。

首先介绍他的姓字、籍贯、父亲等基本情况,然后介绍他的志趣。他对功名没有兴趣,"举进士不第,即弃去;当以荫得官,亦不就。读书作诗以自娱而已,不求人知"。他的兴趣在什么地方呢?在收藏书画、古董、异物等方面,"遇有所见,脱衣辍食求之",遇到这些东西,他甚至用身上的衣服、口中的食物来交换。"居京师四十年,出入闾巷,未尝骑马。在稠人中,耳目谡谡然,专求其所好",在京城居住了四十年,出入街巷,从不骑马,在熙熙攘攘的人群中,他耳目敏锐,仿佛在专门搜求自己喜欢的东西。

他肖像怎样?"长七尺,黑而髯",身高七尺,容貌黧黑,胡须很长,就像画中的道人、剑客。"今年六十二,状貌如四十许人,须三尺,郁然无一茎白者",胡须三尺多长,颜色乌黑,没有一根白发,六十二岁就像四十多岁的样子。

他诙谐幽默。"又善滑稽,巧发微中,旁人抵掌绝倒,而幼安淡然不变色",巧妙的言词,往往一语中的,让人拍着手笑弯了腰,而他却表情淡然,若无其事。

他急人患难,甚于为己。"有客于京师而病者,辄舁置其家,亲饮食之;死则棺敛之,无难色。凡识幼安者,皆知其如此。而余独深知之",评价甚高。

最后一个部分,《石氏画苑》是什么呢?就是一本自己装订的画册。这些都是他收藏的画,主要是文同和苏轼的画。苏辙的话值得玩味,画得逼真,便为人看重,若是真的岂非更加珍贵?我行走在都市乡野所看到的人物,不都是我的画箱吗?所谓《石氏画苑》,不过是石幼安用收藏画作,装订而成的画册而已,以苏辙之言观之,其实自然万物亦是画作,而天地便是画笥、画苑啊!

祭任师中文[1]

年月日,眉阳陈恺、苏轼,犍为王齐愈、弟齐万,黄州进士潘丙[2]、古耕道[3]致祭于故泸州太守任大夫师中之灵曰:允义大夫,维蜀之珍。《诗》

之老成[4]，《易》之丈人[5]。去我十年，其德日新。庶一见之，遽没元身。惟慆与轼，匪友则亲。自丙以降，昔惟州民[6]。旅哭于庭，恻焉酸辛。祸福之来，孰知其因。自寿自夭，自屈自信。天莫为之，矧[7]凡鬼神。生荣死哀，自昔所难。持此令名[8]，归于九原[9]。

注释

[1] 元丰四年（1081）四月作于黄州。据秦观《泸州使君任公墓表》："公（任伋）以元丰四年三月二十四日卒于遂州西禅佛舍，享年六十有四。六年五月二十二日葬于光山县淮信乡午步原。"元丰四年，苏轼谪居黄州，闻噩耗约在四月内，此文当作于苏轼闻讣之后。任师中：参见《送任伋通判黄州兼寄其兄孜》注[1]。[2] 潘丙：字彦明，黄州人。[3] 古耕道：黄州人，家住南陂之下，有修竹十亩。[4] 老成：称呼成熟稳重之大臣。[5] 丈人：称呼年老庄重之男性。[6] "自丙以降"两句：任伋曾通判黄州，潘丙、古耕道皆为黄州人，故云。[7] 矧（shěn）：况且。[8] 令名：美好声誉。[9] 九原：墓地。

简评

首先作个交代：什么时间，什么人——"眉阳陈慥、苏轼，犍为王齐愈、弟齐万，黄州进士潘丙、古耕道"，什么事——祭奠任师中之灵位。

然后称赞死者：淳美之性格，蜀中之珍宝，就像《诗经》中的老成之臣、《周易》中的庄重之人。我们分别的十年间，你的品德每天进步。即将与你见面之际，你竟然永离人间。

最后抒发感情：你的亲朋好友、治下州民来到你的灵前祭奠你，心中悲戚酸楚。祸福无常，谁知道其中的原因呢？自己的寿命长短、仕途得失，连上天都无法改变，更何况世间的鬼神了？"生荣死哀，自昔所难。持此令名，归于九原"，生前享受荣华，死后得到哀悼，自古以来并非易事，但是你得到了。你可以带着在世的美名，安眠于九泉之下。

题子明诗后 并鲁直跋[1]

吾兄子明,旧能饮酒,至二十蕉叶[2],乃稍醉。与之同游者,眉之蟆颐山[3]观侯老道士,歌讴而饮。方是时,其豪气逸韵,岂知天地之大秋毫之小[4]耶?不见十五年[5],乃以刑名政事著闻于蜀,非复昔日之子明也。侄安节自蜀来,云子明饮酒不过三蕉叶。吾少年望见酒盏而醉,今亦能三蕉叶矣。然旧学消亡,夙心扫地,枵然[6]为世之废物矣。乃知二者有得必有丧,未有两获者也。

老道士,盖子瞻之从叔苏慎言也。今年有孙汝楫,登进士第。东坡自云饮三蕉叶,亦是醉中语。余往与东坡饮一人家,不能一大觥,醉眠矣。鲁直题。

注释

[1] 元丰四年(1081)十一月作于黄州。子明:苏不疑字子明,苏轼二伯父苏涣之次子。[2] 蕉叶:一种形似蕉叶的浅底小杯,一杯约五钱酒。苏轼《书东皋子传后》说:"予饮酒终日,不过五合,天下之不能饮,无在予下者。"罗竹风主编《汉语大词典·中国历代量制演变测算简表》中说,宋代一合等于六十七毫升。五合就是三百三十五毫升,约等于六两。一天不超过六两,一次不超过二两。结合短文来看,一蕉叶约五钱酒。[3] 蟆颐山:参见《送贾讷倅眉二首》注[6]。[4] 天地之大秋毫之小:《庄子·齐物论》:"天下莫大于秋毫之末,而泰山为小。"[5] 不见十五年:由元丰四年上推十五年,乃治平四年(1067)苏轼返乡守丧与子明相会。[6] 枵(xiāo)然:虚大、空虚的样子。

简评

苏轼《记与安节饮》云:"元丰辛酉冬至,仆在黄州,侄安节不远千里来省,饮酒乐甚。使作黄钟《梁州》,仍令小童快舞一曲,醉后书此,以识一时之事。"本文中亦有"侄安节自蜀来",安节为苏子明之子。辛酉为元丰四年(1081),冬至在十一月,据此,本文当是元丰四年十一月作于黄州。

首先来看子明、子瞻酒量的对比。苏轼开篇写道"吾兄子明,旧能饮酒,至二十蕉叶,乃稍醉"。当年,与蟆颐山的侯老道士"歌讴而饮","其豪气逸韵,岂知天地之大秋毫之小耶"。可谓豪气干云!可是,分别十五年之后,"子明饮酒不过三蕉叶"。就是说,子明的酒量仅仅是当年的十分之一多。苏轼说自己"吾少年望见酒盏而醉,今亦能三蕉叶矣"。黄庭坚跋曰:"东坡自云饮三蕉叶,亦是醉中语。余往与东坡饮一人家,不能一大觥,醉眠矣。"意思是苏轼吃不了三蕉叶,有吹牛之嫌。

其次来看子明、子瞻声誉的对比。"以刑名政事著闻于蜀,非复昔日之子明也",而子瞻呢?"旧学消亡,凤心扫地,枵然为世之废物矣",所学废弃,初心搁置,沦为酒囊饭袋也。此消彼长,让人感慨"乃知二者有得必有丧,未有两获者也"。鱼与熊掌不可兼得,牢骚之言满纸。

陈公弼传(节选)

公于轼之先君子[1],为丈人行[2]。而轼官于凤翔,实从公二年[3]。方是时,年少气盛,愚不更事,屡与公争议,至形于言色,已而悔之。窃尝以为古之遗直[4],而恨其不甚用,无大功名,独当时士大夫能言其所为。公没十有四年,故人长老日以衰少。恐遂就湮没,欲私记其行事,而恨不能详。得范景仁[5]所为公墓志，又以所闻见补之，为公传。轼平生不为行状墓碑，而独为此文。后有君子得以考览焉。

◆ 注释 ◆

[1] 先君子：称亡父苏洵。[2] 丈人行：即父辈、长辈。丈人，对年长者的尊称。行，行辈。[3] "官于凤翔"两句：苏轼在凤翔首尾五年，其间陈希亮为知府前后二年。[4] 古之遗直：直道而行，有古人遗风的人。[5] 范景仁：范镇，华阳人。

◆ 简评 ◆

元丰四年（1081）作于黄州。

节选部分主要写作者为陈公弼作传的原因，一是自己刚刚踏入仕途之时与陈公弼共事，"年少气盛""屡与公争议，至形于言色，已而悔之"。教育子女不可年少气盛，要有错就改。二是"窃尝以为古之遗直"，称赞他直道而行，有古人遗风，遗憾的是他没有受到重用，建立更大的功业，逝世十四年，"恐遂就湮没，欲私记其行事"。

祭堂兄子正文[1]

维元丰五年，岁次壬戌，正月癸未朔，三日乙酉，弟责授黄州团练副使轼谨以家馔酒果之奠，昭告于故子正中舍大兄之灵。昔我先伯父，内行饬修[2]，闾里之师[3]。不刚不柔，允武且文，喜愠莫窥。历官十一[4]，民到于今，涕泣怀思。遇其所立，仁者之勇，雷霆不移。笃生我兄，和抚而毅[5]，甚似不衰。与人之周，肃雍谨絜[6]，喜见于眉。人各有心，酸咸异嗜，丹素相訾[7]。穆穆我兄，尊贤容众，无适不宜。天若不僁[8]，富贵寿考，舍兄畀[9]谁。云何不淑，而止于是，命也可疑。我迁于南[10]，老与病会，归耕无期。敛不抚棺，葬不执绋[11]，永恨何追。寘寂东山[12]，两茔相望，拱木参差。诸父父子，平生之好，相从岁时。兄死而同，我生而异，斯言孔悲[13]。千里一樽，兄实临我，尚醮[14]勿辞。呜呼哀哉。

注释

[1] 元丰五年（1082）正月三日作于黄州。子正：苏涣长子苏不欺，字子正，官太子中舍，监成都粮料。元丰三年（1080）九月卒于任上。[2] 内行：平日家居的操行。饬（chì）修：思想言行谨严合礼。[3] 闾里之师：乡里的师表。[4] 历官十一：据苏辙《伯父墓表》，曾做过凤翔宝鸡主簿、选开宝监、凤州司法、永康录事参军、开封士曹、知鄢陵、通判阆州、监裁造务、知祥符、知涟水军、提点利州刑狱。[5] 和扰而毅：既和顺，又刚毅。[6] 肃雍：庄严雍容，整齐和谐。谨絜（jié，同"洁"）：谨慎、廉洁。[7] 丹素相訾（zǐ）：红色、白色互相指责。訾，说人坏话。[8] 僁（tiè）：奸诈狡猾。[9] 畀（bì）：给予。[10] 我迁于南：指苏轼贬谪黄州。[11] 葬不执绋（fú）：此指苏轼在黄州，不能参加葬礼。绋，指下葬时引柩入穴的绳索。执绋，指送殡。[12] 东山：苏氏墓地有东、西茔。此指东茔，参见《伯父〈送先人下第归蜀〉诗云……》注[4]。[13] 孔悲：极大的悲伤、悲痛。[14] 醮（jiào）：粗酒。

简评

首先写时间、人物、事件——祭奠堂兄子正之灵。

接着写伯父。伯父努力修养品性，成为乡里师表，不刚猛也不柔弱，既英武果敢又文质彬彬，喜怒不形于色。前后担任十一个官职，直到今天，百姓一提到他，还禁不住怀念而落泪。遇到要坚持的事，显出仁者的勇气，雷霆不移。

　　然后写堂兄。堂兄性情温和而又刚毅，与伯父十分相似。与他人交往，庄严雍容，谨慎廉洁，表现于眉宇间。人们各有打算，就像有人喜欢酸的，有人喜欢咸的，有人喜欢红的，有人喜欢白的。堂兄大度，兼容并蓄，各得其宜。上天若不变心，富贵寿考，除了给予堂兄还能给予谁呢？为什么你的寿命不永，刚到中年就亡故了，说是天命也委实可疑。

　　最后写哀悼。我贬谪黄州，老病交缠，归耕无期，不能参加你的葬礼，为你入殓、抬棺、下葬，这样的遗憾一辈子都不能忘怀。你安眠于东山之下，与伯父的坟茔相邻而望，墓前的松柏参差耸立。各位叔父和他们的儿子，以及平生交好的朋友，一同度过今后的岁月。堂兄死去与大家团聚，而我活着却不得与大家相聚，"斯言孔悲"，说到这里，我心中十分悲伤。弟在千里之外，奉上清酒一樽，请兄笑纳，勿要推辞。呜呼哀哉！

与子安兄七首[1]

一

　　近于城中得荒地十数亩，躬耕其中，作草屋数间，谓之东坡雪堂，种蔬接果[2]，聊以忘老。有一大曲[3]寄呈，为一笑。为书角[4]大，远路恐被拆，更不作四小哥、二哥[5]及诸亲知书，各为致下恳。

　　巢三[6]见在东坡安下，依旧似虎[7]，风节愈坚，师授某两小儿极严，常亲自煮猪头，灌血𦡳[8]，作姜豉菜羹，宛有太安[9]滋味。

　　此书到日，相次岁猪鸣矣。老兄嫂团坐火炉头，环列儿女，坟墓咫尺，亲眷满目，便是人间第一等好事，更何所羡？可转此纸呈子明[10]也。

　　近购获先伯父亲写《谢蒋希鲁及第启》一通，躬亲褾背题跋，寄与念二[11]，令寄还二哥，因书问取。

二[12]

拜违十八年[13]，终未有省侍之期。岁行尽，但有怀仰。即日履兹寒凝，尊体康胜，侄男女各长成。东茔每烦照管，感涕不可言。

某到不旬日，又有起居舍人[14]之命，方力辞免。年岁间，当请一乡郡归去，渐谋退省耳。未即瞻奉，万乞以时自重。

三[15]

子由亦有司谏[16]之命，想不久到京。

东茔芟[17]松，甚烦照管。如更合芟，间告兄与杨五哥[18]略往觑，当分明点数根槎，交付佃户，免致接便偷砍也。不然，与出榜立赏，召人告偷斫者，亦佳。一切告留意相度。

阿胶半斤，真阿井水煮者。青州贡枣五斤，充信而已。京师有干，乞示及。

四[19]

十九郎兄弟[20]远至，特蒙手诲，恭审比来尊体佳胜，甚慰系望。骨肉久别乍聚，问讯亲旧，但有感叹。

知兄杜门守道，为乡里推爱。弟久客倦游，情怀常不佳，日望归扫坟墓，陪侍左右耳。方暑，敢冀以时自重。

五[21]

往蒙示先伯父[22]事迹，但有感涕，专在卑怀。重承诲谕，惶悚之至。

正冗迫[23]中，不敢久留来使，未暇写诸亲知书，乞为致意，非久遍发也。

六[24]

墓表[25]又于行状外，寻访得好事，皆参验的实。石上除字外，幸不用花草及栏界之类。才著栏界，便不古，花草尤俗状也。唐以前碑文皆无。告照管模刻仔细为佳。不罪！不罪！

七[26]

每闻乡人言，四九、五九[27]两侄，为学勤谨，事举业尤有功，审如此，吾兄不亡[28]矣。惟深念负荷之重，益自修饬，乃是颜、闵[29]之孝，贤于毁顿远矣。此间五郎、六郎[30]乍失母，毁痛难堪，亦以此戒之矣。

吾兄清贫，遭此固不易处。某亦为一年两丧[31]，困于医药殡敛，未有以相助，且只令杨济甫送二千为一奠，余俟少暇也。

注释

[1] 元丰五年（1082）六月作于黄州。子安：苏涣第三子苏不危，字子安。见苏辙《伯父墓表》。[2] 种蔬接果：种植蔬菜，嫁接果树。苏轼《与李公择》（其九）云："某见在东坡，作陂种稻，劳苦之中，亦自有乐事。有屋五间，果菜十数畦，桑百余本，身耕妻蚕，聊以卒岁也。"[3] 大曲：指元丰五年春于黄州所填《哨遍》词，写躬耕东坡的情怀。[4] 书角：书函。[5] 四小哥：待考。二哥：指苏子明。[6] 巢三：指巢谷。[7] 依旧似虎：（身体）依旧健壮。苏辙《巢谷传》："谷幼传父学，虽朴而博。举进士京师，见举武艺者，心好之。谷素多力，遂弃其旧学，畜弓箭，习骑射。"[8] 灌血䏢（jīng）：䏢，精肉。今四川风俗，尚存杀年猪、灌香肠之俗。[9] 太安：眉州附近地名。太安疑为"南安"之讹（"太"为"南"之草书形误）。秦置南安县，属蜀郡，治所在今四川乐山市，南齐后废。又，梁有南安县，属齐通郡（治所在今眉山市东坡区太和镇），治所在今四川夹江县南安乡。北周属平羌郡。后废。[10] 子明：苏涣次子苏子明。[11] 念二：指千乘侄。[12] 元丰八年（1085）十二月作于开封。[13] 拜违十八年：苏轼于熙宁元年（1068）第二次离开故乡，至元丰八年十二月为起居舍人时，恰十八年。[14] 起居舍人：掌记皇帝言行的官员。唐、宋于门下省置起居郎，中书省置起居舍人。[15] 元丰八年十二月作于开封。[16] 司谏：宋太宗端拱元年（988）改右补阙置，掌规谏讽喻。元丰改制后专任谏诤，七品官。[17] 芟（shān）：砍伐。[18] 杨五哥：指杨济甫。[19] 元祐三年（1088）五月作于开封。[20] 十九郎兄弟：指千乘、千能，参见

苏轼《送千乘、千能两侄还乡》。［21］元祐三年（1088）五月作于开封。［22］先伯父：指苏涣（1001—1062），参见《亡伯提刑郎中挽词二首》注［1］。［23］冗迫：繁忙，匆忙。［24］约元祐三年十二月至元祐四年（1089）初作于开封。［25］墓表：即苏辙撰《伯父墓表》。［26］元祐八年（1093）八月作于开封。［27］四九、五九：苏轼堂兄子明之子。［28］吾兄不亡：苏辙《伯父墓表》："不欺，太子中舍，监成都粮料；不疑，承议郎，通判嘉州，公既殁，相继而亡。"苏轼《伯父〈送先人下第归蜀〉诗云："人稀野店休安枕，路人灵关稳跨驴。"安节将去，为诵此句，因以为韵，作小诗十四首送之》之五："诸兄无可寄。"王文诰案：谓子明、子安，时子正已下世矣。故此"吾兄"，当为元丰中尚存之子明。［29］颜、闵：孔子弟子颜渊、闵损。《论语·先进》："德行，颜渊、闵子骞。"《史记·仲尼弟子列传》："孔子曰：'孝哉闵子骞！人不间于其父母昆弟之言。'不仕大夫，不食污君之禄。"［30］五郎、六郎：苏迨、苏过。其母王闰之卒于元祐八年（1093）八月一日。［31］某亦为一年两丧：一为苏轼妻王闰之于元祐八年八月一日卒于京师；另一为苏迨之妻欧阳氏，产后遇疾而卒，时间略早于王氏。

简评

书简一至三，除问候之外，主要有三个方面的内容：

一是自己的近况。贬谪黄州，躬耕东坡，"作草屋数间，谓之东坡雪堂，种蔬接果，聊以忘老"。以追随自己的巢谷，做儿子的老师，"煮猪头，灌血臢，作姜豉菜羹，宛有太安滋味"。登州还朝，朝廷委以重任，"又有起居舍人之命"，"子由亦有司谏之命"等。

二是对子安的感激。"东茔每烦照管，感涕不可言""东茔芟松，甚烦照管"，东茔松树砍伐，叮嘱甚为详细。"京师有干，乞示及"。并寄礼物感谢"有一大曲寄呈，为一笑""阿胶半斤，真阿井水煮者。青州贡枣五斤，充信而已""近购获先伯父亲写《谢蒋希鲁及第启》一通，躬亲褾背题跋，寄与念二，令寄还二哥，因书问取"。

三是想象子明的近况。想象"老兄嫂团坐火炉头,环列儿女,坟墓咫尺,亲眷满目,便是人间第一等好事,更何所羡?"自己回乡的愿望"年岁间,当请一乡郡归去,渐谋退省耳"。

书简四有"弟久客倦游,情怀常不佳",说自己久客他乡,宦游四方,心情常常不好。这与我们对苏轼旷达的认知不同。书信透露出来的信息,似乎才是苏轼真实的心理状态。苏轼诗词文赋中的那个旷达的苏轼,在潜意识深处,常常心绪不佳、心情不好,与俗人无异。仕途坎坷,情怀不佳,才有"日望归扫坟墓,陪侍左右耳"的愿望。

书简五六,说一件事情,即伯父苏涣墓表的事。子安写信告诉苏轼先伯父的事迹,希望他撰写墓表,从现存文献可知,不是苏轼而是苏辙,撰写了《伯父墓表》。"石上除字外,幸不用花草及栏界之类。才著栏界,便不古,花草尤俗状也。唐以前碑文皆无。告照管模刻仔细为佳。"苏轼建议,不用花草、栏界之类装饰,如果一用栏界,便显得没有古味,以花草作装饰就更俗气。唐朝以前的碑文都没有这些。

书简七,谈及两家丧事。"吾兄清贫,遭此固不易处",兄长清贫,遭此不幸(妻子逝世),固然不好料理。"此间五郎、六郎乍失母,毁痛难堪",苏迨、苏过失去了母亲,痛不欲生。尽管一年遭此两丧,但苏轼亦让杨济甫送去两千钱,以作祭奠。

与王元直二首[1]

一

黄州真在井底,杳不闻乡国信息,不审比日[2]起居何如?郎娘[3]各安否?此中凡百粗遣[4],江边弄水挑菜,便过一日。每见一邸报,须数人下狱得罪。方朝廷综核名实,虽才者犹不堪其任,况仆顽钝如此,其废弃固宜。

但犹有少望，或圣恩许归田里，得款段[5]一，仆与子众丈[6]、杨宗文之流，往来瑞草桥，夜还何村，与君对坐庄门吃瓜子炒豆，不知当复有此日否？存道[7]奄忽[8]，使我至今酸辛，其家亦安在？人还，详示数字[9]。余惟万万保爱。

二 [10]

别久思咏[11]。春深，不审起居佳否？眷爱各康胜。某与二十七娘[12]甚安。小添、寄叔[13]并无恙。新珠必甚长成，诸亲各安。旅宦寡惊[14]，思归未由，岂胜恨恨。某为权倖[15]所疾久矣，然捃摭[16]无获，徒劳掀搅[17]，取笑四方耳。不烦远忧。未缘会聚，惟冀以时珍卫。

注释

[1] 元丰年间作于黄州。王元直：王箴字元直，参见《仲天贶、王元直自眉山来……》注[1]。[2] 比日：近日。[3] 郎娘：儿子女儿，泛指儿女。[4] 凡百粗遣：什么事都还凑合。[5] 款段：马行迟缓的样子。[6] 子众丈：即王庆源。参见《庆源宣义王丈……》注[1]。[7] 存道：即杨从，字存道，江阳人，治平四年（1067）进士。[8] 奄忽：忽然，突然，引申为去世。[9] 数字：指书简。[10] 元祐七年（1092）春作。[11] 思咏：思慕咏叹。[12] 二十七娘：即王闰之，在王家排行二十七，故称。[13] 小添、寄叔：指苏迨、苏过。[14] 寡惊：寡欢，极少欢乐。[15] 权倖：皇帝宠幸的权臣。[16] 捃摭（jùnzhí）：拾取，摘取，意为搜罗苏轼的罪证。[17] 掀搅：掀起，搅动，意为折腾。

简评

有问候："不审比日起居何如？郎娘各安否""别久思咏。春深，不审起居佳否？眷爱各康胜""新珠必甚长成，诸亲各安"。有通报："此中凡百粗遣，江边弄水挑菜，便过一日""某与二十七娘甚安。小添、寄叔并无恙"。有叮嘱："余惟万万保爱""不烦远忧。未缘会聚，惟冀以时珍卫"。

第一首作于贬谪黄州时期，苏轼谈及政坛形势，"每见一邸报，须数人下狱得罪"，每次看到一份邸报，总有几个人获罪下狱。以及自己的不合时宜，朝廷用人考核严格，即使有才干的人，都难以胜任工作，何况像我这样顽劣愚钝的人呢？因此"废弃固宜"。表达了归耕故里的强烈愿望。或许皇上开恩准许我回家乡，我便可以骑着一匹瘦马，慢悠悠地来找你们，往来瑞草桥、何村，与你们一同坐在庄门吃瓜子、炒豆了。最后因蜀中江阳人杨存道去世，希望小舅子千万保重身体。

第二首作于元祐时期，主要谈及厌倦仕宦之情。四处为官缺少快乐，归耕故里却没有机会，难免心生怅惘之情。还因为一些得势小人一直嫉妒自己，他们到处搜罗自己的罪证却一无所获，只是白白折腾，让天下人笑话而已。

与《书赠王元直三首》相比，少了一份人间温情，多了一些世道险恶。

天石砚铭 并叙[1]

轼年十二时，于所居纱縠行宅隙地中，与群儿凿地为戏，得异石如鱼，肤温莹[2]，作浅碧色，表里皆细银星[3]，扣之铿然。试以为砚，甚发墨[4]，顾无贮水处。先君曰："是天砚也。有砚之德，而不足于形[5]耳。"因以赐轼，曰："是文字之祥[6]也。"轼宝而用之，且为铭曰：

一受其成，而不可更。或主于德，或全于形。均是二者，顾予安取。仰唇俯足[7]，世固多有。

元丰二年秋七月，予得罪下狱[8]，家属流离，书籍散乱。明年至黄州，求砚不复得，以为失之矣。七年七月，舟行至当涂，发书笥[9]，忽复见之。

甚喜,以付迨、过[10]。其匣虽不工,乃先君手刻其受砚处,而使工人就成之者,不可易也。

苏氏三君子图(现代袁生中)

注释

[1] 天石砚：天然形成的石砚。是苏轼儿时在纱縠行故居，玩掘石的游戏发现的。[2] 肤温莹：天石砚的外表温润晶莹。[3] 表里皆细银星：天石砚的外表和内里有星星一样的银色斑点。[4] 发墨：墨锭好研磨，又不会很快干燥。[5]"有砚之德"两句：具有砚的品德，即能发墨，却没有具备砚的形态。[6] 是文字之祥：这是你长大之后擅长写文章的祥瑞征兆。[7] 仰唇俯足：仰人鼻息，跪人脚下。[8] 得罪下狱：指遭受小人弹劾，被捕下狱，即"乌台诗案"。[9] 书笥：装书的箱子。[10] 迨、过：苏轼次子苏迨和幼子苏过。

简评

元丰七年（1084）七月作于当涂（今安徽当涂县）。苏洵借发现天石砚激励苏轼的写作兴趣，说这是你长大之后擅长写文章的祥瑞征兆。苏轼曾说，某平生无快意事，惟作文章，意之所到，则笔力曲折，无不尽意，自谓世间乐事，无逾此者。这与父亲的写作引导应该有莫大的关系。苏轼十分珍惜地使用这一方砚台，后来还送给儿子使用。

叙文交代了在纱縠行故居发现天石砚的经过，跋文叙述了丢失和复得天石砚的经过，铭文揭示了事物的德与形往往不可兼得。由此我们自然会联想到《孟子·告子上》"生亦我所欲也，义亦我所欲也，二者不可得兼，舍生而取义也"。虽然天石砚"有砚之德，而不足于形"，但是这既然是上天的造就，就永远不改初心，便舍形而取德者也。铭文以天石砚的品德自况，象征不失本心、不改初心的赋性和人格。

保母杨氏墓志铭[1]

先夫人之妾[2]杨氏，名金蝉，眉山人。年三十，始隶[3]苏氏，颓然顺善[4]也。为弟辙子由保母。年六十八，熙宁十年六月己丑，卒于徐州，属纩不乱[5]。子由官于宋[6]，载其柩殡于开元寺[7]。后八年，轼自黄迁汝，过宋，葬之于宋东南三里广寿院之西。实元丰八年二月壬午[8]也。铭曰：

百世之后，陵谷易位[9]。知其为苏子之保母，尚勿毁也。

注释

[1] 元丰八年（1085）二月十九日作于南京应天府（治所在今河南商丘市南）。当时苏轼由黄州团练副使迁汝州团练副使时途经南京。[2] 妾：侍女，婢女，丫鬟。[3] 隶：附属，隶属。[4] 颓然顺善：形容恭敬、顺从、和善的样子。[5] 属纩不乱：指神智没有丝毫昏乱。属纩，人将死，在口鼻上放丝绵，以观察有无呼吸，指代重病将死。[6] 子由官于宋：苏辙于熙宁十年（1068）八月赴南京留守签判任。宋，即南京应天府，唐时为宋州。[7] 开元寺：在商丘县城南，唐时建，宋更名为宝融寺，又名兴隆寺。[8] 元丰八年二月壬午：1085年2月19日。[9] 陵谷易位：山陵、河谷地势改变。《诗经·小雅·十月之交》云："高岸为谷，深谷为陵。"

简评

首先，交代了杨金蝉的基本情况。如姓名、籍贯、性格，从"颓然顺善"可见其低调、谦恭、温顺、和善。从"年三十，始隶苏氏"可知，她三十岁才来到苏家，是程夫人的婢女、苏辙的保姆。

其次，交代了杨金蝉的逝世、殡葬。"年六十八，熙宁十年六月己丑，卒于徐州，属纩不乱"，熙宁十年六月卒于徐州，逝世之时，神智清醒，享年六十八岁。"子由官于宋，载其柩殡于开元寺"，之后殡于宋之开元寺，八年后"葬之于宋东南三里广寿院之西"，当时苏轼由黄州团练副使量移汝州，经过商丘，受弟弟委托，作此墓志铭。

百世之后，沧海桑田，陵谷易位，由此可见，人是何其的渺小？但是活着的人应该尊重死者，不要毁坏他们的坟墓。这是苏轼铭文对后人的告诫，也是它的价值所在。看见这个墓志铭，知道是苏子保姆的坟墓，请不要毁坏了啊！情义拳拳，让人感叹！

祭石幼安文[1]

嗟我去蜀，十有八年[2]。梦还故乡，亲爱满前。觉而无有，泪下迸泉。窜流江湖，只影自怜[3]。闻人蜀音，回首粲然。矧如夫子，又戚且贤[4]。忧乐同之，义不我捐。我行过宿[5]，子病已缠。顾我而笑，自云少痊。念子仁人，寿骨隐颧[6]。携手同归，相视华颠。孰云此来，拊膺号天。同驱并驰，俯仰而迁。行即此路，皇分后先。哀哉若人，令德世传。才子文孙[7]，森然比肩。天不吾欺，后将蝉联。永归无憾，举我一卮[8]。呜呼哀哉。

注释

[1]约元丰八年（1085）四月作于宿州。石幼安：石康伯，字幼安，眉州眉山人，故紫薇舍人石昌言的幼子。举进士不第，即弃去，当以荫得官，亦不就，读书作诗以自娱而已，不求人知。独好法书、名画、古器、异物，遇有所见，脱衣辍食求之。[2]"嗟我去蜀"两句：苏轼于熙宁元年（1068）离眉赴京，至元丰八年，正好十八年。[3]"窜流江湖"两句：苏

轼元丰二年（1079）贬谪黄州，元丰七年（1084）三月由黄州量移汝州，至元丰八年（1085）四月，尚在旅途中，故云。[4]"矧如夫子"两句：夫子，指石幼安。戚，指苏、石两家为姻亲。据《苏符行状》："先公姓苏氏，字仲虎，讳符，世家眉山。曾王父讳洵，王父讳轼，父讳迈，母石氏，故中书舍人昌言之孙。"据此，石幼安乃苏迈的岳父。[5]我行过宿：指元丰八年二月由黄赴南都，拜谒张方平时经过宿州。宿州，宋属淮南东路，治符离县。[6]颧：颧骨。[7]文孙：本指周文王之孙，泛指他人之孙的美称。[8]笾（biān）：古代祭祀或宴会时盛果脯、干肉等的竹器，形状像木制之豆。

简评

首先写自己的思乡之情。离开蜀地十八年了，多少次在梦里回到故乡，看到亲戚朋友环绕左右，但是醒来之后却什么也没有，只有泪流满面。如今远谪流放，形单影只，顾影自怜。一听到蜀中的口音，就会回头去看且对着他笑。

然后写与石幼安的一次会面。况且见到像夫子你这样既是亲戚又很贤能的人。你与我同忧同乐，并不因我获罪而避开。我刚经过宿州时，你已疾病缠身。你望着我亲切地微笑，说病情已经减轻了。看你的面部，寿骨隐没在颧骨之下。我们携手来到你家，看着对方的白发相顾失笑。

最后抒发自己的哀悼。谁知道这次再来，你已经不在了，我只有捶胸顿足大呼苍天。你与我并驾齐驱，俯仰仕途同遭贬谪。既然最终是同一条路，何必再分谁先谁后。我为你感到深深的哀痛，你的美德将永世流传。你有德才兼备的子孙，他们难以分出高下。上天不会欺骗我们，你的子孙将个个成才。"永归无憾，举我一笾"，你没有遗憾地安然逝去，请接受我一笾果脯、干肉的祭奠。呜呼哀哉！

跋送石昌言引[1]

　　右嘉祐元年九月十九日先君《送石昌言北使》文一首。其字则轼年二十一时所书与昌言本也。今蓄于陈履常氏[2]。昌言名扬休，善为诗，有名当时，终于知制诰[3]。彭任[4]字有道，亦蜀人，从富彦国使虏[5]还，得灵河县[6]主簿以死。石守道[7]尝称之，曰："有道长七尺，而胆过其身。一日坐酒肆，与其徒饮且酣，闻彦国当使不测之虏，愤愤推酒床，拳皮裂，遂自请行，盖欲以死扞彦国者也。"其为人大略如此，然亦任侠好杀云。元祐三年九月初一日题。

注释

　　[1]元祐三年（1088）九月一日作于开封。石昌言，参见《石氏画苑记》注[2]。[2]陈履常氏：陈师道，字履常，又字无己，号后山居士。"苏门四学士"之一，《宋史》有传。[3]知制诰：唐代设置，掌草起诏令。本以中书舍人选充，后参用翰林学士及其他文官。宋代沿置，掌撰述诰、诏令。[4]彭任：岳池人。苏洵《送石昌言使北引》云，庆历初，富弼使辽，彭任与之偕行。[5]富彦国使虏：富弼字彦国。宋仁宗庆历二年（1042），契丹聚重兵边境，宰相吕夷简举富弼出使契丹。富弼力拒契丹主割地之要求，不辱使命。事见《宋史·富弼传》。[6]灵河县：宋熙宁三年（1070）废灵河县，隶百马县。今属河南。[7]石守道：石介（1005—1045），字守道。学者称徂徕先生。《宋史》有传。

简评

　　宋仁宗景祐元年（1034）八月，刑部员外郎知制诰石扬休，为契丹国母生辰出使契丹，苏洵作文赠之。契丹是北宋王朝北方的敌国，屡次侵犯北宋，北宋朝廷屈辱求和，割地赔款。在这种形势下，作为外交使节，任务是艰巨的，苏洵赠以孟子的话："说大人者，藐之。"

苏洵《送石昌言北使引》前一部分叙说旧事，后一部分列举史实。因石昌言出使虏，苏洵列举了当代彭任跟从富弼出使契丹、汉代奉春君刘敬出使冒顿的史实，委婉表达了大义凛然、不辱使命的期望，以及朋友之间的深厚情谊。

苏轼的跋文，前一部分介绍纸本。苏洵《送石昌言北使》书写于嘉祐元年（1056），收藏者为陈师道，石扬休有诗名，终于知制诰。后一部分简要介绍彭任的名字、籍贯之后，着重介绍他胆识过人，酣饮酒肆，闻富弼将出使契丹，"愤愤推酒床，拳皮裂，遂自请行"的壮举，可谓形神毕现。

书正信和尚塔铭后[1]

太安[2]杨氏，世出名僧。正信表公兄弟三人，其一曰仁庆，故眉僧正[3]。其一曰元俊，故极乐院主，今太安治平院也。皆有高行。而表公行解[4]超然，晚以静觉。三人皆与吾先大父职方公、吾先君中大夫[5]游，相善也。熙宁初，轼以服除[6]，将入朝，表公适卧病，入室告别。霜发寸余，目光了然，骨尽出，如画须菩提像[7]，可畏也。轼盘桓不忍去。表曰："行矣，何处不相见。"轼曰："公能不远千里相从乎？"表笑曰："佛言生正信家，千里从公，无不可者，然吾盖未也。"已而果无恙，至六年乃寂[8]。是岁，轼在钱塘，梦表若告别者。又十五年[9]，其徒法用[10]以其所作偈、颂及塔记相示，乃书其末。

注释

[1] 元祐三年（1088）作于开封。正信和尚（？—1073）：事迹未详。

[2] 太安：参见《与子安兄七首》注[9]。[3] 僧正：管理佛教事务的官员。十六国后秦以道䂮法师为僧正，秩同侍中，为僧人立官之始。[4] 行解：佛教术语，心所取之境相。[5] 先大父职方公：指其祖父苏序，以苏涣登朝，授大理评事，卒后累赠职方员外郎。先君中大夫：指其父苏洵，因苏辙登朝，赠中大夫。[6] 服除：治平三年（1066）苏洵卒于京师，苏轼兄弟扶丧归眉，熙宁元年（1068）除丧。[7] 须菩提：佛十大弟子之一，说法性皆空，为解空第一之人。其画像骨相奇古，形容清癯。[8] 至六年乃寂：熙宁六年（1073）正信卒。[9] 又十五年：由熙宁六年下推十五年，为元祐三年（1088）。[10] 法用：正信和尚的徒弟，事迹未详。

简评

塔铭与墓志铭，功用差不多，只不过，一用以铭和尚，一用以铭常人。此文是苏轼为正信和尚塔铭写的题跋。

首先写正信和尚兄弟三人的情况。"太安杨氏""太安治平院""太安滋味"，与苏轼《与史院主徐大师一首》的"徒弟应师仍在思蒙住院""石头桥、堋头两处坟茔，必烦照管""治平史院主"勾连猜测，"太安"疑为眉州眉山县乡镇之名。太安的杨氏一家，世代都出名僧，譬如杨正信表公兄弟三人都是。杨仁庆曾任管理眉州佛教事务的官员。杨元俊曾为极乐院，今太平院的主持。他们都有高尚的品性。杨正信更是行解超然，晚年静修觉悟。他们与苏轼的祖父、父亲都很友善，交往频繁。

其次写作者与正信和尚的一次会面。苏轼服父丧期满，入朝之前，去看望正在卧病的正信和尚。首先写他外貌"霜发寸余，目光了然，骨尽出，如画须菩提像，可畏也"，头发、目光、骨骼，如同画中的须菩提像一样，令人敬畏。然后写作者盘桓不忍离开，表公劝慰"何处不相见"，作者希望表公"千里相从"。表公说无有不可，但我的病还没有痊愈。后来果然病愈，又活了五六年。肖像、语言皆抓住特征，可谓形神毕现。

最后写题跋的缘由。表公逝世之时，苏轼在杭州做官，梦见表公来向他告别。表公逝世十五年之后，元祐三年，他的徒弟带着表公所作偈、颂及塔记,到开封来拿给苏轼看,苏轼便在他的塔铭末尾题跋。

记里舍联句[1]

幼时里人程建用[2]、杨尧咨[3]、舍弟子由会学舍中,天雨,联句六言。程云:"庭松偃仰[4]如醉。"杨即云:"夏雨凄凉似秋。"余云:"有客高吟拥鼻[5]。"子由云:"无人共吃馒头。"坐皆绝倒,今四十余年矣。

◈ 注释 ◈

[1] 大约元祐三年(1088)作于开封。[2] 程建用:字彝仲,眉州眉山人,熙宁进士,元丰间知中江,政尚清简,案无留牍。[3] 杨尧咨:眉州眉山人,事迹不详。[4] 偃仰:倾斜得厉害。[5] 拥鼻:即拥鼻吟,以手掩鼻吟诵。《世说新语·雅量》:"方作洛生咏。"注引宋明帝《文章志》:"(谢)安能作洛下书生咏,而少有鼻疾,语音浊。后名流多学其咏,弗能及,手掩鼻而吟焉。"

◈ 简评 ◈

短文写作时间,依据《苏诗总案》卷一:"庆历八年(1048)公(苏轼)与程建用、杨尧咨、子由会学舍中,作《大雨联句》。"而短文中有"今四十余年矣",由庆历八年下推四十年,乃元祐三年。当知作于元祐三年之后。

《苏诗总案》以《大雨联句》为题,而茅本原文作"大雨联句六言"之语,这里依据《诗话总龟》卷三九,将"大雨"改为"天雨",联句所写"夏雨凄凉似秋",似并非大雨。

短文回忆四十年前往事。当时，不过十二三岁。在"学舍"中避雨，暂时不能回家。这个"学舍"就是州学寿昌院吧。于是，程建用、杨尧咨、苏轼、苏辙依次以六言联句。诗云："庭松偃仰如醉，夏雨凄凉似秋。有客高吟拥鼻，无人共吃馒头。"前二人以景物为对象。分别写庭院里的松树倾斜得厉害，就像喝醉了酒似的东倒西歪；夏天的雨，和风飘落，淅淅沥沥，一派萧索，给人凄凉之感。后二人以人物为对象。有一客人来到学舍，用手掩着鼻子，以浓重的鼻音，吟诵着诗句。前三人写的是景物或别的人，而苏辙独出心裁写自己，说没有人与自己一块儿共同享受这几个馒头。因此，在座的人，为之绝倒，笑得直不起腰。避雨之际的一件趣事，可见同学少年风华正茂的雅兴。回忆少小之事，可知作者的思乡之情。

范文正公文集叙（节选）

庆历三年，轼始总角[1]入乡校[2]。士有自京师来者，以鲁人石守道[3]所作《庆历圣德诗》示乡先生[4]。轼从旁窥观，则能诵习其词。问先生以所颂十一人者何人也，先生曰："童子何用知之？"轼曰："此天人也耶？则不敢知；若亦人耳，何为其不可？"先生奇[5]轼言，尽以告之，且曰："韩、范、富、欧阳[6]，此四人者，人杰也。"时虽未尽了，则已私识[7]之矣。

注释

[1] 总角：参见《冬至日赠安节》注[7]。[2] 乡校：古代地方所办的学校，有别于国学。[3] 石守道：《宋史·石介传》云，石介（1005—1045），字守道。兖州奉符（今山东泰安市）人。仁宗时进士，曾通判濮州。后罢官，隐居徂徕山下耕田、授学，人称徂徕先生。庆历年间，范仲淹执政，政治清明，石介作《庆历圣德诗》。[4] 乡先生：道士张易简，时为苏

东坡故事册页（清邹一桂）

轼的老师。苏轼有《道士张易简》一文，记述自己幼年师从张易简的事。[5] 奇：意动用法，以……为奇。[7] 韩、范、富、欧阳：即韩琦、范仲淹、富弼、欧阳修。[8] 识（zhì）：记住。

简评

元祐四年（1089）四月十一日作于汴京。当时，苏轼自翰林学士改知杭州，即将离开都城。此文是苏轼应范仲淹之子请求为范仲淹文集作的叙。文章如叙家常一般，歌颂了范仲淹的功德，表达了自己对范仲淹的倾慕之情。

节选部分作者回忆幼年始听范仲淹之名。苏轼八岁，入天庆观上小学，师从道士张易简，偶然窥视到老师手中的《庆历圣德诗》。"从旁窥观，则能诵习其词"，问先生所歌颂的十一人是哪些人？先生认为苏轼年幼，不屑回答，苏轼说："此天人也耶？则不敢知；若亦人耳，何为其不可？"先生觉得这个小学生很奇特，便转变了态度，详细地给苏轼讲《庆历圣德颂》中人物的情况，并用"韩、范、富、欧阳，此四人者，人杰也"这样的话来激励苏轼。从这件事中，不仅看出苏轼从小就有关心国家大事的志向，而且更反映了老师张易简对有志于学、胸怀大志的学生是何等的热情。

书赠王元直三首[1]

一

王箴字元直，小名三老翁，小字惇叔。

元祐四年十月十八日夜，与王元直饮酒，掇荠菜[2]食之，甚美。颇忆蜀中巢菜[3]，怅然久之。

二[4]

王十六[5]见惠拍板两联，意谓仆有歌人，不知初无有也。然亦有用，当陪傅大士[6]唱《金刚经颂》耳。元祐四年十一月四日二鼓。

三[7]

元祐四年十一月二十八日，既雨，微雪。予以寒疾在告[8]，危坐至夜。与王元直饮姜蜜酒一杯，醺然径醉。亲执枪匕[9]作荠青虾羹，食之甚美。他日归乡，勿忘此味也。

注释

[1] 元祐四年（1089）十月十八日作于杭州。王元直：即王箴，参见《仲天贶、王元直自眉山来……》注[1]。[2] 荠菜：一年或二年生草本植物，叶有绒毛，开白花；茎叶可食用也可做药材。[3] 巢菜：参见《元修菜并叙》注[1]。[4] 元祐四年十一月四日作于杭州。《邵氏闻见后录》卷一

九引此文,并引黄庭坚跋,云:"此拍板以遗朝云,使歌公所作《满庭芳》,亦不恶也。然朝云今为惠州土矣。"[5] 王十六:即王箴,参见《仲天贶、王元直自眉山来……》注[1]。[6] 傅大士(497—569):南朝东阳人,名翕,字玄风。梁武帝甚重之。自称当来解脱善慧大士,人称傅大士。傅大士灵骨置杭州龙山龙华寺,故此文称陪傅大士唱经。[7] 元祐四年(1089)十一月二十八日作于杭州。[8] 寒疾在告:因受风寒而休假。告,古时休假曰告。[9] 枪匕:枪,鼎器,即铛。匕,食器,状如今之羹匙。

简评

这三封书简分别写苏轼与妻弟王箴之间的日常小事,其中的亲密无间、思乡之情,跃然纸上。

第一件,交代王箴的名字、小名、小字之外,主要写夜晚,兄弟俩饮酒、吃荠菜,引发对巢菜的回忆,以及怅然久之的思乡之情。陆游《剑南诗稿》卷一六《巢菜序》:"蜀蔬有两巢:大巢,豌豆之不实者;小巢,生稻畦中,东坡所赋之元修菜是也。吴中绝少,名漂摇草,一名野蚕豆,但人不知取食耳。"今川西平原称作"苕",用作饲料、绿肥。

第二件,写王箴受惠赠两联拍板,送给苏轼,还以为他有歌女,其实没有。拍板以绳索串联两片坚木,用于歌唱击节。没有歌女也有用啊,可以陪傅大士唱《金刚经颂》耳。

第三件,苏轼受风寒而休假在家。在一个雨夹雪的夜里,与王箴饮姜蜜酒一杯就醉醺醺的了。用什么下酒呢?"亲执枪匕作荠青虾羹",荠菜虾羹,太美味了!因此,作者说"他日归乡,勿忘此味也"。

苏过曾为舅舅王箴作《王元直墓碑》,其中说:"呜呼!吾母与公同气也,离蜀之年,公尚幼。先君官于南北,不得归……公方来钱塘也,先妣方食,惊喜失匕箸,起从诸甥逆公余杭门外。相持而泣,感伤行路,悲其孤而喜其至也。"这里的"公(王元直)方来钱塘也",即元祐四年也。先君,苏过父亲苏轼;先妣,苏过母亲王闰之。听说王箴来访,王闰之惊喜得把羹匙、筷子掉到地上了,而且带领几个外甥到余杭门外迎接,相持而泣。这是王闰之嫁到苏家二十年之后,第一次见到娘家人。由此可知,苏轼与王箴之间的亲密无间,并非虚假、做作之态。

梦南轩[1]

元祐八年八月十一日,将朝[2],尚早,假寐[3],梦归纱縠行宅,遍历蔬园中。已而坐于南轩,见庄客[4]数人,方运土塞小池。土中得两芦菔[5]根,客喜食之。予取笔作一篇文,有数句云:"坐于南轩,对修竹数百,野鸟数千。"既觉[6],惘然[7]怀思久之。南轩,先君[8]名之曰"来风[9]"者也。

注释

[1]元祐八年(1093)作于汴京。[2]将朝:将上早朝。[3]假寐:闭目养神,打盹儿。[4]庄客:家里请的短工。[5]芦菔(fú):萝卜。[6]觉:梦醒。[7]惘然:怅惘的样子。[8]先君:已过世的父亲,指苏洵。[9]来风:即来风轩,参见《正月十八日蔡州道上遇雪,次子由韵二首》注[3]。

简评

元祐八年八月一日,妻子王闰之病逝于京城。十日之后,苏轼写下此文,叙述了在梦中回到纱縠行故居南轩的行迹,以及见闻、感受。

首先写作者凌晨上朝之前、大殿等候之时,靠在桌几上闭目养神,竟然做了一个梦。

接着写作者在梦中回到纱縠行故居,在自家菜园里走了一圈。紧接着又坐在南轩的书桌前,看见家里请的几个短工,正在运泥土填小池。庄客在泥土中发现两根萝卜，异常高兴，便抹去泥土，水洗一下，生吃起来。苏轼取笔作文曰："坐于南轩，对修竹数百，野鸟数千。"

最后写梦醒之后的怅然若失之感与思念家乡之情。这个"南轩"就是苏轼兄弟的卧室兼书房。苏轼云"忆我故居室，浮光动南轩"，从水池返照在南轩的门窗、墙壁之上的光线晃来晃去；苏辙云"念昔各年少，松筠冈南轩"，南轩掩藏在松树、竹子的浓荫里。由此可见，南轩周围，环境优美，有水池，有松树，有修竹，还有桐树、幺凤等，这些都是作者不能忘怀的。父亲苏洵称南轩为"来风轩"，现眉山三苏祠博物馆称之为"来凤轩"，以梅尧臣诗"日月不知老，家有雏凤凰"改之。

祭亡妻同安郡君文[1]

维元祐八年，岁次癸酉，八月丙午朔，初二日丁未，具位苏轼，谨以家馔酒果，致奠于亡妻同安郡君王氏二十七娘之灵。呜呼，昔通义君[2]，没不待年。嗣为兄弟[3]，莫如君贤。妇职[4]既修，母仪甚敦[5]。三子如一，爱出于天[6]。从我南行，菽水[7]欣然。汤沐两郡[8]，喜不见颜。我曰归哉，行返丘园。曾不少须，弃我而先。孰迎我门，孰馈我田。已矣奈何，泪尽目干。旅殡国门[9]，我实少恩。惟有同穴[10]，尚蹈此言。呜呼哀哉。

注释

[1] 元祐八年（1093）八月二日作于开封。同安郡君：王闰之封为同安郡君。元祐八年八月一日卒于京师，年四十六岁。[2] 通义君：指王弗，参见《伯父〈送先人下第归蜀〉诗云……》注[6]。[3] 嗣为兄弟：兄弟引申为夫妇，言王闰之继其堂姐王弗之后，继配苏轼。[4] 妇职：家庭主妇的职责，旧时指纺织、刺绣、缝纫等事。[5] 母仪：作为母亲的仪表、风

范。敦：厚道，笃厚。［6］"三子如一"两句：三子，即苏迈（王弗生），苏迨、苏过（王闰之生）。对三个儿子的爱没有区别，是出于她的天性。［7］菽（shū）水：豆与水，指所食只有豆和水，形容生活清苦。［8］汤沐两郡：借指杭州、颍州；亦说元祐年间，苏轼封为武功县开国伯，王闰之封为同安郡君。［9］旅殡国门：王闰之卒于京师，殡于城西惠济院。［10］同穴：指死后合葬。

简评

首先是作者交代祭奠的时间为元祐八年（1093）八月二日，祭品有米饭、肉食、美酒、水果等，"致奠于亡妻同安郡君王氏二十七娘之灵"。王闰之生前封为同安郡君，在家族排行二十七。

然后是作者的回忆。通义君即王弗，她病逝之后，双方家长约定一年之后，续娶王弗叔叔王君锡幼女、王弗堂妹王闰之为妻。可是还没有迎娶，苏洵病逝了，直到父丧服除，才娶她进门。她的贤惠表现在什么地方呢？苏轼称赞她"妇职既修，母仪甚敦"，这是那个时代完美女性的表现。作为妻子应该有的纺织、刺绣、缝纫等修养她都有，作为母亲应该有的仪表、风范她都很好。虽然苏迈不是亲生的，但是她对三个儿子的爱是一样的，这是出于她的天性。跟随丈夫到密州、徐州、湖州等地做官风尘仆仆，甚至贬谪黄州过清苦的生活，她都没有怨言。跟随丈夫去杭州、颍州、扬州享福，也没有笑逐颜开。处贱不怨，处贵不炫，是非常难能可贵的，苏辙称赞她"性固有之，非学而然"。

最后是作者的怀念。本来打算早归故里的，可是还没来得及，你就病逝了。你怎么不等等我，抛下我就走了呢。今后谁来家门口迎接我，谁来照顾我的饮食起居呀？"泪尽目干"，哭干了眼泪；"旅殡国门"，迫不得已；"惟有同穴"，只有死后与妻子合葬，这样才能一直陪伴着她。

苏轼"乌台诗案"下狱，有一首绝笔诗，其中有"身后牛衣愧老妻"。牛衣是用草编成的披在牛身上御寒的东西。苏轼想到自己死了，不能为妻子遮风御寒了，妻子只能披着牛衣抵御风寒了，深感有愧于妻子。可见苏轼临死都放心不下王闰之啊！

书外曾祖程公逸事[1]

公讳仁霸，眉山人。以仁厚信于乡里。蜀平，中朝士大夫惮远宦，官阙，选土人有行义者摄。公摄录参军[2]。眉山尉有得盗芦菔[3]根者，实窃，而所持刃误中主人。尉幸赏，以劫闻。狱掾受赇，掠成之。太守将虑囚[4]，囚坐庑下泣涕，衣尽湿。公适过之，知其冤，咋谓盗曰："汝冤，盍自言，吾为汝直之。"盗果称冤，移狱。公既直其事，而尉、掾争不已，复移狱，竟杀盗。公坐逸囚[5]罢归。不及月，尉、掾皆暴卒。后三十余年，公昼日见盗拜庭下，曰："尉、掾未伏，待公而决。前此地府欲召公暂对[6]，我扣头争之，曰：'不可以我故惊公。'是以至今。公寿尽今日，我为公荷担而往。暂对，即生人天[7]，子孙寿禄，朱紫满门矣。"公具以语家人，沐浴衣冠，就寝而卒。轼幼时闻此语。已而外祖父[8]寿九十。舅氏[9]始贵显，寿八十五。曾孙皆仕有声，同时为监司[10]者三人。玄孙宦学益盛。而尉、掾之子孙微矣。或谓盗德公之深，不忍烦公，暂对可也，而狱久不决，岂主者亦因以苦尉、掾也欤？绍圣二年三月九日，轼在惠州，读陶潜所作外祖《孟嘉传》云："凯风寒泉[11]之思，实钟厥心。"意凄然悲之。乃记公之逸事以遗程氏[12]，庶几渊明之心也。是岁九月二十七日，惠州嘉祐馆思无邪斋书。

注释

[1] 程公：程仁霸，苏轼外曾祖父，眉州眉山县（治所在今眉山市东坡区）人。[2] 参军：官名。宋代诸州设户曹参军、司法参军、司理参军等职。这里指程仁霸被录用为掌管讼狱勘鞫（jú）的司理参军。[3] 芦菔（fú）：萝卜。[4] 虑囚：审讯记录囚犯的罪状。[5] 逸囚：当作"谞（xù）囚"，即利诱囚犯，程仁霸仅仅诱导囚犯诉冤而已。[6] 暂对：短暂复核，

对质。[7] 人天：佛教语，六道轮回的人道与天道。佛教以人道、天道为二善果，与地狱、饿鬼、畜生、修罗四恶道相对。[8] 外祖父：程文应，眉州眉山县程仁霸之子、程夫人之父，以其子程濬之故累封大理寺丞，赠官光禄大夫。[9] 舅氏：指程濬（1001—1082），字伯之，天圣五年（1027）赐同学究出身，后与苏涣同中进士乙科，通判彭州、嘉州、梓州，迁知归州、遂州，提点湖南路刑狱。除太常少卿，徙夔州路转运使。[10] 监司：监察州县的地方长官。宋代转运使和提点刑狱都有监察一路官吏的职责，或称监司。[11] 凯风寒泉：表示子女对母亲的深切思念。[12] 程氏：指程之才，参见《送表弟程六知楚州》注［1］。

简评

绍圣二年（1095）三月九日作于惠州。绍圣二年三月初，朝廷任命程之才为广南东路提刑前往惠州巡视。七日，程之才亲自到水东嘉祐寺探视苏轼，相得甚欢，尽释前嫌。九日，赴水西衙门拜谒，撰写此文。同年九月，程正辅再次来到惠州，苏轼又将此文书写交付他。

此文回忆往事，写眉山县衙任命外曾祖程公为代理参军。他仗义为一个屈打成招的小偷申诉，未果罢官回家。因果循环，"不及月，尉、掾皆暴卒"，"外祖父寿九十"，并福泽子孙。结尾交代写作原因"读陶潜所作外祖《孟嘉传》""乃记公之逸事以遗程氏，庶几渊明之心也"。

宋黄震《黄氏日钞》卷六二云："《外曾祖程公逸事》，直冤狱报应，可为世训。"

与程正辅七十一首（选四）

二[1]

某再启。窜逐海上[2]，诸况可知。闻老兄来，颇有佳思[3]。昔人以三十年为一世[4]，今吾老兄弟不相从四十二年矣，念此令人凄断[5]。不知兄果能为弟一来否？然亦有少拜闻[6]。某获谴至重，自到此旬日，便杜门自屏，虽本郡守亦不往拜其辱[7]，良以近臣得罪，省躬念咎[8]，不得不尔。老兄到此，恐亦不敢出迎。若以骨肉之爱，不责末礼[9]而屈临之，余生之幸，非所敢望也。其余区区，殆非纸墨所能尽。惟千万照悉而已。德孺[10]、懿叔[11]久不闻耗[12]，想频得安问。八郎、九郎亦然。令子几人侍行？若巡按[13]必同行，因得一见，又幸。舍弟近得书，云在湖口[14]见令子新妇，亦具道尊意[15]，感服不可言。

十五[16]

轼近以痔疾发歇不定[17]，亦颇无聊，故未和近诗也。郡中急足[18]有书，并顾掾[19]寄碑文，达否？成都宝月大师孙法舟[20]者远来相看，过筠，带子由一书来。他由循州[21]行，故不得面达，今附上。轼再拜。

二十[22]

某启。近因人来，附状必达。比日伏惟尊体佳胜[23]，眷聚各康宁。某凡百如昨[24]，北徙已绝望，作久计矣。宝月师孙法舟来，子由有书并刘朝奉[25]书，今附舟去。宝月已化矣。舟甚佳士，语论通贯，可喜！可喜！开岁[26]忽将一月，瞻奉无时[27]，临书惘惘。兄北归，别得近耗否？惟万万自重。冗中奉启，不宣。

苏小妹觅句图（现代白德松）

六十五[28]

近得柳仲远[29]书，报妹子小二娘[30]四月十九日有事于定州，柳见作定签[31]也。远地闻此，情怀割裂，闲报之尔。

注释

[1] 绍圣二年（1095）春作于惠州。[2] 海上：海边，这里指惠州。[3] 佳思：好心情。[4] 昔人以三十年为一世：王充《论衡·宣汉》："孔子所谓一世，三十年也。"[5] 凄断：悲伤断肠。[6] 拜闻：有话对你说。[7] 虽本郡守亦不往拜其辱：即使惠州知州光临，亦不出迎拜谢。拜辱，为宾主相见的一种礼仪，指拜谢对方的光临。[8] 省躬念咎：反省自己的罪过。[9] 末礼：细微的礼节。[10] 德孺：程之元，参见《送表弟程六知楚州》注[1]。[11] 懿叔：程之邵，参见《送表弟程六知楚州》注[1]。《宋史》有传。[12] 闻耗：听到他们的消息。[13] 巡按：以官职称程之才的儿子。[14] 湖口：县名，宋属江州，今江西湖口县。[15] 尊意：你（程之才）的意思。[16] 绍圣二年十二月作于惠州。[17] 发歇不定：时好时歹。[18] 急足：信使，急行送信之人，如今之邮递员、快递员。[19] 顾掾（yuàn）：姓顾的属员，下属官吏。[20] 宝月大师孙法舟：宝月大师，即惟简，参见《与杨济甫十首》注[41]。法舟，惟简之法曾孙。宝月于绍圣二年六月二十二日去世，法舟到惠州请求苏轼作惟简塔铭。[21] 循州：宋属广南东路，治龙川县（今广东龙川县西北）。循州在韶州之东、惠州之东北，自筠州经循州至惠州，则不经过韶州。[22] 绍圣三年（1096）正月作于惠州。[23] 尊体佳胜：身体安好。[24] 凡百如昨：一切安好。[25] 朝奉：朝奉郎，北宋前期为正六品上文散官，元丰三年（1080）废文散官，用为文臣寄禄官，正七品。[26] 开岁：新的一年开始。[27] 瞻奉无时：没有时间见面。[28] 绍圣二年八月作于惠州。[29] 柳仲远：柳子文，字仲远，柳谨之子，苏轼之堂妹夫。[30] 小二娘：苏轼堂妹，苏轼二伯父苏涣之季女，嫁给宣德郎柳子文。[31] 定签：定州签判。签判，宋朝签书判官厅公事的省称，属府州幕职官，负责审定进呈文案，协助府州主官处理政

务。见《宋史·职官志七》。

简评

苏轼《与程正辅七十一首》皆作于惠州，以上仅选择其中四封书简。

程之才，字正辅，眉州眉山人。苏轼表兄及姐夫。嘉祐年间进士。官至广南东路提点刑狱公事。苏洵妻兄程濬之子，皇祐二年（1050）娶苏洵幼女八娘，八娘在程家受到虐待，皇祐四年（1052）病逝，年仅十八岁。苏洵作《苏氏族谱亭记》，痛斥程濬"是乡之望人也，而大乱吾俗""是州里之大盗也"。此后，苏、程两家绝交四十二年，从"今吾老兄弟不相从四十二年矣，念此令人凄断"可知。

绍圣元年（1094）十月苏轼到惠州贬所，绍圣二年（1095）三月与程之才会面之前，苏轼以书简投石问路。书简二，便是断交之后最初交往的书简之一。摈弃恩怨，重新交好，固所愿也，但不知表兄态度，因此在苏轼的书简中，我们明显感到他的试探口吻，如"不知兄果能为弟一来否""老兄到此，恐亦不敢出迎。若以骨肉之爱，不责末礼而屈临之，余生之幸，非所敢望也""若巡按必同行，因得一见，又幸"，等等。

书简十五，交代不和近诗的原因，询问所寄书信、顾掾吏碑文收到没有，告诉宝月大师曾孙法舟前来，并携子由书信来的事。

书简二十，沟通近况。自己很绝望的状态，法舟来访的事，表达想念，询问近况等。

书简六十五，顺便告诉他，收到堂妹夫的来信，以及堂妹小二娘一家的情况。

思子台赋 并引[1]

予先君宫师[2]之友史君，讳经臣[3]，字彦辅，眉山人。与其弟沆子凝[4]皆奇士，博学能文，慕李文饶[5]之为人，而举其议论。彦辅举贤良[6]，不中第。子凝以进士得官，止著作佐郎。皆早死，且无子，有文数百篇，皆亡之。予少时常见彦辅所作《思子台赋》，上援秦皇[7]，下逮晋惠[8]，反复哀切，有补于世。盖记其意而亡其辞，乃命过[9]作补亡之篇，庶几[10]后之君子，犹得见斯人胸怀之仿佛也。

注释

[1] 绍圣二年（1095）十二月作于惠州。苏轼命苏过作此赋，自为之作引。思子台：汉武帝太子刘据与江充有隙，江充诬陷太子为巫蛊之事，太子恐，举兵斩充。武帝以为太子反，诛之。后武帝知太子冤，"乃作思子宫，为归来望思之台于湖"。[2] 宫师：指苏轼父亲苏洵。苏辙元祐年间官至门下侍郎，朝廷追赠苏洵太子太师，遂称"宫师"。[3] 经臣：即史经臣，参见《答任师中、家汉公》注[3]。[4] 沆（hàng）子凝：史沆字子凝，史经臣弟弟，以进士得官，才气绝人，而薄于德。平生好说人长短，包括古人，世以凶人目之。坐事赴狱，迁谪而死。[5] 李文饶：李德裕，字文饶，唐赵郡人，曾官至宰相，与牛僧孺斗争，史称"牛李党争"。[6] 举贤良：参加"贤良方正能直言极谏"科考试。[7] 上援秦皇：指秦始皇太子扶苏被杀事。[8] 下逮晋惠：指晋惠帝杀太子遹之事。[9] 过：苏过，苏轼幼子，参见《和陶郭主簿二首》注[2]。[10] 庶几：表示在上述情况下才能避免某种后果或实现某种愿望。

简评

首先介绍史经臣兄弟的人生概况。史经臣是眉山之人、先父之友，详细介绍他们兄弟俩的名字、籍贯、才学、取向、仕途、寿命、子嗣、文章等。苏轼称之为"奇士"，"奇"在何处呢？"博学能文，慕李文饶之为人，而举其议论"，博学多才，特别推崇唐代李德裕的为人处世和议论文章。可惜哥哥没有中第，弟弟"以进士得官，止著作佐郎"，兄弟俩都早逝，且没有子嗣。文章数百篇，都没有留存下来。

然后介绍自己命苏过作《思子台赋》的缘由。我小时候曾读过史经臣的《思子台赋》，作者说此赋"上援秦皇，下逮晋惠，反复哀切，有补于世"，可惜失传了。我只记得赋的大概意思，却忘了赋的铺陈文辞，于是命小儿苏过，根据大意补全失传的赋作。目的在于使后人读了《思子台赋》，能大概知道史经臣的胸怀和抱负。

此苏轼之《引》，虽无苏过之《赋》，亦可想见史经臣兄弟的风采。

宝月大师塔铭

宝月大师惟简，字宗古，姓苏氏，眉之眉山人。于余为无服[1]兄。九岁，事成都中和胜相院慧悟大师。十九得度，二十九赐紫[2]，三十六赐号[3]。其同门友文雅大师惟度为成都僧统[4]，所治万余人，鞭笞不用，中外肃伏。度博学通古今，善为诗，至于持律总众，酬酢[5]事物，则师密相之也。凡三十余年，人莫知其出于师者。

师清亮敏达，综练万事，端身以律物，劳己以裕人。人皆高其才，服其心，凡所欲为，趋成之。更新其精舍之在成都与郫者，凡一百七十三间，经藏一，卢舍那、阿弥陀、弥勒、大悲[6]像四，砖桥二十七。皆谈笑而成，其坚致可支一世。师于佛事虽若有为，譬之农夫畦而种之，待其自成，不数数然[7]也。故余尝以为修三摩钵提[8]者。蜀守与使者皆一时名公卿，人人与师善。然师常罕见寡言，务自却远，盖不可得而亲疏者。喜施药，所活不可胜数。少时，瘠黑如梵僧，既老而皙，若复少者。或曰："是有阴德发于面，寿未可涯也。"

绍圣二年六月九日，始得微疾，即以书告于往来者。敕其子孙皆佛法大事，无一语私其身。至二十二日，集其徒问日蚤暮。及辰，曰："吾行矣。"遂化，年八十四。是月二十六日，归骨[9]于城东智福院之寿塔。

弟子三人，海慧大师士瑜先亡，次士隆，次绍贤，为成都副僧统。孙十四人，悟迁、悟清、悟文、悟真、悟缘、悟深、悟微、悟开、悟通、悟诚、悟益、悟权、悟缄。曾孙三人，法舟、法荣、法原。以家法严，故多有闻者。

师少与蜀人张隐君少愚[10]善，吾先君宫师亦深知之，曰："此子才用不减澄观，若事当有立于世，为僧亦无出其右者。"已而果然。余谪居惠州，舟实来请铭。铭曰：

大师宝月，古字简名。出赵郡苏，东坡之兄。自少洁齐，老而弥刚。领袖万僧，名闻四方。寿八十四，腊[11]六十五。莹然摩尼[12]，归真[13]于土。锦城[14]之东，松柏森森。子孙如林，蔽芾[15]其阴。

注释

[1]无服：古丧制指五服之外无服丧关系的远亲，五服指自高祖以下的男系后裔及其配偶，包括高祖、曾祖、祖父、父亲、自己、儿子、孙子、曾孙、玄孙。[2]赐紫：赐紫色袈裟，为朝廷嘉奖僧人的恩典。[3]赐号：赐予惟简宝月大师的法号。[4]僧统：僧官。[5]酬酢（zuò）：宾主互相敬酒，泛指应酬。[6]卢舍那：佛名，密宗之大日如来。阿弥陀：佛名，净土宗之西方极乐世界教主。弥勒：佛名，佛教大乘菩萨之一。大悲：菩萨名，即观世音菩萨。[7]数数然：急迫的样子。[8]三摩钵提：禅定之一

种。[9] 归骨：把尸体运回故乡安葬，泛指安葬。[10] 张隐君少愚：张愚字少愚，号白云，益州郫人，《宋史》有传。[11] 腊：僧腊，受戒为僧的年岁。[12] 摩尼：梵语，即珠宝、如意等，此喻惟简。[13] 归真：与涅槃、圆寂、灭度等同义，谓释氏之死。[14] 锦城：成都的别称。[15] 蔽芾：幼小的样子。

简评

绍圣二年（1095）十二月，苏轼谪居惠州，宝月大师曾孙法舟，前来请求塔铭。苏轼《与程正辅七十一首》中三简涉及法舟："成都宝月大师孙法舟者远来相看，过筠，带子由一书来"（其十五），"宝月师孙法舟来，子由有书并刘朝奉书，今附舟去"（其二十），"近乡僧法舟行，奉状必达"（其二十一）。

第一段，首先介绍基本情况。名惟简，字宗古，姓苏氏，籍贯眉山，与我的关系"于余为无服兄"，是我五服之外的兄长。在《仪礼》中记载五种孝服制度，以亲疏为等次，分为五个层次，即所谓五服：斩衰（用粗麻布，上衣下摆不缉边，子女为父、嫡孙为祖父、妻为夫之丧服，服期三年）、齐衰（用粗麻布，丧服封边，次于斩衰）、大功（用熟麻布，开始加入人工，服期九个月）、小功（用熟麻布，制作比较精细）、缌麻（用缌布制作，用麻做经带，差不多与朝服相同）。出了五服，就没有服丧关系，属于远亲。其次介绍出家简况。"九岁，事成都中和胜相院慧悟大师。十九得度，二十九赐紫，三十六赐号"，九岁拜成都府中和胜相院的慧悟大师为师出家。十九岁剃度，二十九岁赐紫袍，三十六岁赐法号。"其同门友文雅大师惟度为成都僧统，所治万余人，鞭笞不用，中外肃伏。度博学通古今，善为诗，至于持律总众，酬酢事物，则师密相之也。凡三十余年，人莫知其出于师者"，他的同门友人文雅大师名叫惟度，是成都府高僧，其下管理着一万多僧众，从来不用刑罚治人，可寺庙内外都对他肃然敬服。惟度学识渊博，通晓古今，善于作诗。至于依法管理众僧、应酬事件人物，都是宝月大师暗中相助。三十多年来，别人从来不知道这些事是出于宝月大师。由此可见，惟度的管理才能出众。

第二段，介绍佛家功德。以身作则"师清亮敏达，综练万事，端身以律物，劳己以裕人。人皆高其才，服其心，凡所欲为，趋成之"，宝月大师机敏练达，各种事情都处理得宜。他以端正自身来要求别人，以自己的辛劳为他人造福。因此人们都赞赏他的才干，敬佩他的品德。只要是他想要做的事，人们都乐于帮助他。描写佛事功德是重点，正面和侧面相结合，侧面描写也有层次。前半部分正面描写："更新其精舍之在成都与郫者，凡一百七十三间，经藏一，卢舍那、阿弥陀、弥勒、大悲像四，砖桥二十七"，描写他重建或修缮在成都和郫县的僧房，共一百七十三间，藏经阁一间，卢舍那、阿弥陀、弥勒、大悲像四座，砖桥二十七座。后半部分侧面描写："谈笑而成"，以夸张赞其才干；"譬之农夫畦而种之，待其自成，不数数然也"，以譬喻赞其顺势而为；"余尝以为修三摩钵提者"，以评论赞其修行功德。人际交往方面，"蜀守与使者皆一时名公卿，人人与师善。然师常罕见寡言，务自却远，盖不可得而亲疏者"，成都府的官宦，与之友善，"常罕见寡言"，不常露面，也不大说话，可知很少与他人交往。治病救人"喜施药，所活不可胜数。少时，瘠黑如梵僧，既老而皙，若复少者。或曰：'是有阴德发于面，寿未可涯也'"，喜欢给别人看病，施舍药物，活人无数，"既老而皙"，若返老还童，人们说，这是他积德行善的福报。

第三段，介绍病逝情况。生病"绍圣二年六月九日，始得微疾，即以书告于往来者。敕其子孙皆佛法大事，无一语私其身"，逝世"至二十二日，集其徒问日蚤暮。及辰，曰：'吾行矣。'遂化，年八十四"，安葬"是月二十六日，归骨于城东智福院之寿塔"。

第四段，衣钵传承，即他的徒子徒孙。

第五段，交往朋友。特别提到与张俞和苏洵友善，以及先父苏洵对他的称赞，说他不比澄观差。澄观乃唐代高僧，俗姓夏侯。出家后博通华严、天台、三论、戒律、南北禅诸家典籍，而以复兴华严正统为己任。德宗赐号清凉法师，宪宗加号清凉国师。身历九朝，为七帝门师。著有《华严经注疏》《华严经纲要》《华严玄谈》诸书。苏洵把惟简与澄观相提并论，可见评价之高。

第六段，寿塔铭文，言简意赅，总括一生。

书陆道士诗[1]

江南人好作盘游饭[2]，鲊脯脍炙[3]无不有，然皆埋之饭中。故里谚云："撅得窖子。"罗浮颖老[4]取凡饮食杂烹之，名谷董羹[5]，坐客皆称善。诗人陆道士遂出一联句云："投醪谷董羹锅里，撅窖盘游饭碗中。"东坡大喜，乃为录之，以付江秀才[6]收，为异时一笑。吴子野[7]云："此羹可以浇佛。"翟夫子[8]无言，但咽唾而已。丙子十二月八日。

注释

[1] 丙子十二月八日，即绍圣三年（1096）十二月八日，此文作于惠州。陆道士：即陆惟忠（1048—1097），字子厚，眉州眉山人，家世为道士。[2] 盘游饭：埋进鲊脯脍炙等肉食的米饭。[3] 鲊脯脍炙：鲊（zhǎ），腌制的鱼。脯（fǔ），肉干。脍，切得很细的鱼或肉。炙，烤熟的肉。[4] 颖老：指昙颖，罗浮宝积寺僧。[5] 谷董羹：僧寺有食不尽物，皆投大釜中煮之，名谷董羹。或为腊八粥之始，或为火锅之始。[6] 江秀才：不详。[7] 吴子野：吴复古，字子野，潮州揭阳人。[8] 翟夫子：《苏轼诗集》卷四〇《白鹤峰新居欲成夜过西邻翟秀才二首》："翟夫子舍尚留关"句，查注引《名胜志》云："翟夫子舍，在白鹤峰侧，宋邑人翟逢亨也。天性至孝，博洽群书。东坡诗'翟夫子舍尚留关'即此。"

简评

《苏轼全集校注》中题名为《书陆道士诗》有两篇，另一则赵刻《东坡志林》题作《陆道士能诗》，文章介绍了陆道士其人、其事："好丹药，通术数,能诗,萧然有出尘之姿,久客江南,无知之者。予昔在齐安,盖相从游,因是谒子由高安,子由大赏其诗。会吴远之过彼,遂与俱来惠州,出此诗。"

作者谪居惠州,陆道士千里来访,朋友一行到罗浮宝积寺做客。昙颖和尚杂取种种食物,熬成一锅谷董羹,在座的人都说好。陆道士欣然出句赞之,东坡、吴子野、翟夫子三人的言行让人忍俊不禁,传为千古佳话。

重点说说陆道士诗,涉及两种特色食品——盘游饭、谷董羹。

什么是盘游饭呢?盘游饭是把鲊脯脍炙埋藏在米饭之中,因此,当地谚语云:"撅得窖子。"当筷子从米饭中,挖出那些肉食等美味,似乎有挖开一口窖子一样的惊喜。正如陆游在《老学庵笔记》卷二引《北户录》云:"岭南俗家富者,妇产三日或足月,洗儿,作团油饭,以煎鱼虾、鸡鹅、猪羊灌肠、蕉子、姜、桂、盐豉为之。据此,即东坡先生所记盘游饭也。二字语相近,必传者之误。"苏轼说,江南人喜欢做这样的饭,而陆游写的则是岭南。

什么是谷董羹呢?凡是手头有的,如大米、薏米、红枣、莲子、花生以及肉类、蔬菜等,都投放到锅里去煮,投进去时"咕咚"一声,故名"谷董羹"。一说为腊八粥的源头,一说为火锅源头。

陆道士联句云:"投醪谷董羹锅里,撅窖盘游饭碗中。"此联句对仗工整,且有奇巧。巧在哪里呢?谷董羹、盘游饭嵌在七言的三至五字上,一般断句,在第四字,因此将羹、饭二字前边的修饰语谷董、盘游分开了。谷董羹在锅里煮着,投入醪糟,将更加美味。盘游饭在碗里盛着,撅开窖口,会更加惊喜。

苏轼一听大喜,抄录下来,给江秀才收藏,说可以作为他日的笑料。吴子野说,谷董羹可以用来浇佛。现在浴佛,一般用清油,可见谷董羹是很稀薄的呢。翟夫子没有说话,但已垂涎,吞咽了口水。人物言行可谓形神毕至。

陆道士墓志铭[1]

道士陆惟忠，字子厚，眉山人。家世为黄冠师[2]。子厚独狷洁[3]精苦，不容于其徒，去之远游。始见余黄州，出所作诗，论内外丹指略，盖自以为决不死者[4]。然余尝告之曰："子神清而骨寒，其清可以仙，其寒亦足以死。"其后十五年，复来见余惠州[5]，则得瘦疾，骨见衣表。然诗益工，论内外丹益精。曰："吾真坐寒而死矣。每从事于养生，辄有以败之，类物有害吾生者。"余曰："然。子若死，必复为道士，以究此志。"余时适得美石如黑玉，曰："当以是志子墓。"子厚笑曰："幸甚。"久之，子厚去余之河源开元观[6]，客于县令冯祖仁[7]，而余亦谪海南。是岁五月十九日，竟以疾卒，年五十。祖仁葬之观后，盖绍圣四年也。铭曰：

呜呼多艺此黄冠，诗棋医卜内外丹。无求于世宜坚完，龟饥鹤瘦终难安。哀哉六巧[8]坐一寒，祝子复来少宏宽，毋复清诗助猜酸[9]。龙虎九成无或奸，往驾赤螭骖青鸾[10]。

注释

[1] 绍圣四年（1097）冬作于昌化军。[2] 黄冠师：道士戴黄冠，别称为黄冠师。[3] 狷洁：即狷介（juànjiè），性情正直，不肯同流合污。[4] "论内外丹指略"两句：此句与苏轼《书陆道士诗》"好丹药，通术数，能诗……予昔在齐安，盖相从游"相印证。《苏诗总案》卷二一谓绍圣三年（1096）至惠州，逆数十五年，以元丰五年（1082）至黄州。内外丹，道教以自炼精气为内丹，以烹炼金石为外丹。[5] 复来见余惠州：《苏诗总案》卷四〇："（绍圣三年丙子）十一月，吴复古、陆惟忠来自高安。"[6] 子厚去余之河源开元观：据《苏诗总案》卷四一，陆惟忠之河源为绍圣四年

（1097）四月事。河源，县名，隶属惠州，今广东省河源市。［7］冯祖仁：浈阳（今广东英德市）人，当时为河源县令。［8］六巧：上文所说的诗、棋、医、卜、内丹、外丹。［9］疴酸：消瘦寒酸，因消渴病而瘦。［10］"龙虎九成无或奸"两句：道家谓水火、铅汞为龙虎。九成，九转而成。无或奸，无惑乱之干犯。后一句谓车驾升仙。赤螭，传说中无角的赤龙。青鸾，传说中的神鸟。

简评

墓志铭用于埋葬死者时，刻在石上，埋于墓中。一般由志和铭两部分组成。志多用散文撰写，叙述死者的姓名、籍贯、生平事略；铭则用韵文概括全篇，赞扬死者的功业成就，表示悼念和安慰。但也有只有志或只有铭的。可以是自己生前写的（偶尔），也可以是别人写的（大多）。主要是对死者一生的评价。

此文是苏轼为陆惟忠写的墓志铭，由志和铭两个部分组成。

志文首先交代了陆惟忠的名字、籍贯、家世和性格。"狷洁精苦"，给人留下深刻印象。"狷洁"，性情正直，不肯同流合污；"精苦"，清贫度日。因此与徒弟关系恶化，而云游四方。

然后叙述陆惟忠与作者的两次交往。元丰五年（1082）至黄州，特别交代了他把自己的诗和炼丹心得给作者看，认为自己服食丹药可以长生不死。"其后十五年，复来见余惠州"，这个时候，他的病已经很严重了，"骨见衣表"，但他的诗益工、对丹药的冶炼益精。两人的对话，一是关于养生的，一是关于墓志铭的。本来服食丹药是为了延年益寿，但却适得其反，苏轼说他其志可嘉，死后必复为道士。苏轼说，将用他得到的一块类似黑玉的石头给他刻墓志铭，他欣然接受了。

最后，写陆惟忠去了惠州的河源县开元观，病死在那里，县令冯祖仁将他埋葬在道观后面，年仅五十岁。

铭文赞赏陆惟忠是一个多才多艺的道士，为了炼丹延寿，不惜以身试药，终因骨寒消渴，未能得道成仙。作者希望他来生能够"驾赤螭、骖青鸾"，实现自己的抱负。

众妙堂记

　　眉山道士张易简教小学，常百人，予幼时亦与焉。居天庆观北极院，予盖从之三年。谪居海南，一日梦至其处，见张道士如平昔，汛治[1]庭宇，若有所待者。曰："老先生且至。"其徒有诵《老子》者曰："玄之又玄，众妙之门。"予曰："妙一而已，容有众乎？"道士笑曰："一已陋矣，何妙之有？若审妙也，虽众可也。"因指洒水薙[2]草者曰："是各一妙也。"予复视之，则二人者手若风雨，而步中[3]规矩，盖涣然雾除，霍然云散[4]。予惊叹曰："妙盖至此乎？庖丁之理解，郢人之鼻斫[5]，信[6]矣。"二人者释技而上，曰："子未睹真妙。庖、郢非其人也。是技与道相半，习与空相会，非无挟而径造者也。子亦见夫蜩[7]与鸡乎？夫蜩登木而号，不知止也。夫鸡俯首而啄，不知仰也。其固也如此。然至蜕与伏也，则无视无听，无饥无渴，默化于荒忽之中，候伺于毫发之间，虽圣智不及也。是岂技与习之助乎？"二人者出，道士曰："子少[8]安，须老先生至而问焉。"二人者顾曰："老先生未必知也。子往见蜩与鸡而问之，可以养生，可以长年。"

　　广州道士崇道大师何德顺，学道而至于妙者也。作堂榜曰"众妙"。以书来海南，求文以记之。予不暇作也，独书梦中语以示之。戊寅三月十五日，蜀人苏轼书。

注释

　　[1] 汛治：扫除，清除。[2] 薙（tì）：除草。[3] 中（zhòng）：合乎。[4] "盖涣然雾除"两句：此指像云雾一样快速地消散。涣然，离散，消散。霍然，突然，忽然。[5] "庖丁之理解"两句：即庖丁解牛、郢人斫鼻，见《庄子》。[6] 信：真的，确实的。[7] 蜩（tiáo）：蝉。[8] 少：稍。

简评

绍圣五年（1098）三月十五日作于儋州。文章用记梦的形式讲了一件张易简老师教育自己的事。

苏轼说，自己"谪居海南"时，有一天，梦到自己又来到儿时读书的天庆观，见张易简老师像以往一样，正督促学生读书。北极院的院子里，还有两个工人在那里清扫整治校园。这时，他忽然听到有学生正在读《老子》的"玄之又玄，众妙之门"，便问张先生说："玄妙只有一个就行了，怎么还能有众多呢？"张先生笑着告诉苏轼说："你所谓的玄妙只有一个，那是浅陋的认识，那算什么玄妙呢？如果你认真仔细地观察万事万物，那你就会发现众多的玄妙。"于是张先生指着正在那里洒水、割草的两个工人对苏轼说："你看，他俩各自都有自己的玄妙啊。"听了先生的话，苏轼这才仔细地观察那两个洒水、割草的工人，只见它们身手敏捷，进退有序，动作步伐，无不中规中矩，不一会工夫，院子里就被他们清扫整治得清清爽爽、干干净净、亮亮堂堂。苏轼惊叹道："先生，我明白了，您所说的玄妙大概就是达到了这样的境界啊！过去读《庄子·养生主》，文章里说庖丁解牛时只用心神去接触而不用眼睛看，完全掌握了牛全身的骨骼结构，他所用的解牛之刀，十九年不磨却有如新的一样锋利。读《庄子·徐无鬼》，书中说那位匠人在用斧子削郢人鼻尖上涂抹的粉点时，挥动斧子，一斧子就削下郢人鼻尖上的粉点而鼻尖却完好无损。当时还似信非信，今天看见工人的工作情形，我完全相信《庄子》里写的事是真的了。"看到学生苏轼在自己的点拨引导下，由此及彼地学习知识、领悟道理，张先生也欣慰地笑了。从这个故事里，可以充分看出张先生循循善诱教育学生的良好教风。

从苏轼在《范文正公文集叙》《众妙堂记》对道士张易简教书育人事迹所记，可以看出，鼓励学生胸怀大志、因材施教、循循善诱，是张易简老师在教书育人中体现出的良好教风。千年后的今天，重温张老师的育人故事，这对当今的学校教育是大有裨益的。

陈太初尸解[1]

吾八岁入小学，以道士张易简为师。童子几百人，师独称[2]吾与陈太初者。太初，眉山市井人[3]子也。予稍长，学日益，遂第进士、制策，而太初乃为郡小吏。其后予谪居黄州，有眉山道士陆惟忠[4]自蜀来，云："有得道者曰陈太初。"问其详，则吾与同学者也。前年，惟忠又见予于惠州，云："太初已尸解矣。蜀人吴师道为汉州[5]太守，太初往客焉。正岁旦日，见师道求衣食钱物，且告别。持所得尽与市人贫者，反坐于戟门[6]下，遂寂[7]。师道使卒舁[8]往野外焚之，卒骂曰：'何物道士，使我正旦舁死人！'太初微笑开目，曰：'不复烦汝。'步自戟门至金雁桥下，跌坐[9]而逝。焚之，举城人见烟焰上眇眇焉有一陈道人也。"

注释

[1] 元符元年（1098）作于海南昌化军。《东坡志林》作《道士张易简》。尸解：指修道遗弃形骸而成仙。[2] 称：称赞，称赏。[3] 市井人：商贾，也指城市中的小市民。[4] 陆惟忠：参见《书陆道士诗》注[1]。[5] 汉州：属成都府路，治雒（luò）县，今四川广汉市。[6] 戟门：官署设戟于门，戟数不等，引申指显贵之家或官署的门。[7] 遂寂：遂，就。寂，卒。[8] 舁（yú）：抬。[9] 跌（fū）坐：佛教徒盘腿端坐的姿势。

简评

首先写与陈太初的交集及其仕途，然后着重写陆惟忠两次告诉他陈太初的事情。所写皆眉山人、眉山事。

作者与陈太初之间的联系，缘于小学同班，并且是张易简老师最器重的两个学生，但是两个人的成长却有天壤之别。陈太初出生市井之家，虽然学业优异，长大之后却仅仅做过郡小吏。作者出身书香之门，长大之后第进士、制科，步入仕途。

后一部分是重点。作者名动京师，飞黄腾达，虽然一心造福黎民、报效朝廷，却也免不了宦海沉浮，难免有出世之念。作者谪居黄州时，陆惟忠道士来访，告诉他陈太初修道有成；作者谪居惠州时，陆惟忠道士来访，告诉他陈太初已得道成仙。作者详细记述了陈太初尸解的过程。陈太初前往蜀人吴师道任知州的汉州做客，拜会故人目的何在？讨要衣食钱物，散发给贫穷之人，然后返回坐于戟门之外而卒。其神奇之处在于，吴师道命士卒把他抬到野外焚化，士卒口出怨言之后，他居然微笑开目，自己走到金雁桥下，趺坐而逝。士卒焚化他的尸体时，全城的人都见到陈太初的影像，随着烟焰直上云天。

得道飞升不正是作者的初心吗？苏轼说"龆龀好道""一落世网，不能自逭""然未尝一念忘此心也"，童年就喜欢修道，可能与老师有关吧，可是又无从逃离世网，但修道之心不变。对比作者与陈太初的人生，作者有道心而无道缘，陈太初有道心亦有道缘。让人不禁有富贵浮云之感、人生如梦之叹。当然，张易简"独称"二人的识人之明，亦让人慨叹，难怪《东坡志林》题目作《道士张易简》。

十八大阿罗汉颂并叙有跋（节选）

蜀金水张氏[1]，画十八大阿罗汉。轼谪居儋耳，得之民间。海南荒陋，不类人世，此画何自至哉？久逃空谷，如见师友。乃命过躬易其装标[2]，设灯涂香果[3]以礼之。张氏以画罗汉有名，唐末盖世擅其艺。今成都僧敏行[4]，其玄孙也。梵相[5]奇古，学术渊博。蜀人皆曰："此罗汉化生其家也。"轼外祖父程公[6]，少时游京师，还，遇蜀乱，绝粮，不能归，困卧旅舍。有僧十六人往见之，曰："我，公之邑人也。"各以钱二百贷之，公以是得归，竟不知僧所在。公曰："此阿罗汉也。"岁设大供四。公年九十，凡设二百余供。今轼虽不亲睹至人[7]，而困厄九死之余，鸟言卉服[8]之间，获此奇胜，岂非希阔[9]之遇也哉？乃各即其体像，而穷其思致，以为之颂。

佛灭度后，阎浮提[10]众生刚狠自用，莫肯信人。故诸贤圣皆隐不现，独以像设遗言，提引未悟。而峨眉、五台、庐山、天台犹出光景变异，使人了然见之。轼家藏十六罗汉像，每设茶供，则化为白乳，或凝为雪花桃李芍药，仅可指名。或云：罗汉慈悲深重，急于接物，故多现神变。傥其然乎？今于海南得此十八罗汉像，以授子由弟，使以时修敬，遇夫妇生日，辄设供以祈年集福，并以前所作颂寄之。子由以二月二十日生，其妇德阳郡夫人史氏[11]以十一月十七日生。是岁中元日[12]题。

注释

[1] 蜀金水张氏：张玄，五代前蜀画家，简州金水石城山（今四川省金堂县）人。善画罗汉，名扬天下，称金水张家罗汉。[2] 命过躬易其装标：过，指苏过，参见《和陶郭主簿二首》注[2]。躬易其装标，亲自更换画幅的装裱。[3] 灯涂香果：指佛教六种供品，即油灯、涂香、烧香、水果、花束和饭食。关于涂香，《大智度论》卷九三云："天竺国热，又以身臭，故以香涂身，供养诸佛及僧。"[4] 敏行：号无演，俗姓张，擅长画佛像。[5] 梵相：敬称僧人外貌。[6] 程公：程文应，参见《书外曾祖程公逸事》注[8]。[7] 至人：尊称佛祖释迦牟尼，此代指罗汉。[8] 鸟言：说话似鸟鸣，比喻语言不通。卉服：缔葛所做的衣服。[9] 希阔：不平常，罕见。[10] 阎浮提：梵语，即南赡部洲，俗指中华及东方诸国。[11] 其妇德阳郡夫人史氏：据宋孙汝听《苏颍滨年表》，至和二年苏辙娶史氏，年十五，

父曰瞿，元祐年间苏辙入朝为官，史氏乃封德阳郡夫人。[12] 中元日：农历七月十五日，僧寺于此日举办盂兰盆会。

简评

元符二年（1099）四月十五日作于昌化军。南宋傅藻编撰的《东坡纪年录》云："元符二年己卯，公在儋州。……四月十五日，作《十八罗汉赞》。中元日，书跋。"可以佐证。

此处仅节选此颂之叙、跋。

其叙有三层：第一层，与十八大阿罗汉画像的因缘。首先说画像来历"轼谪居儋耳，得之民间"，对画像的珍视"如见师友"，"乃命过躬易其装标，设灯涂香果以礼之"；其次说画像作者"蜀金水张氏"，张氏在唐朝末年就以善画罗汉闻名于世，代代相传，今日成都僧人敏行，就是他的玄孙，他的长相奇特高古，学问渊博，蜀人都说，这是罗汉托生在他家了。第二层，外祖父程公与阿罗汉的因缘。"少时游京师，还，遇蜀乱，绝粮，不能归，困卧旅舍。有僧十六人往见之，曰：'我，公之邑人也。'各以钱二百贷之，公以是得归，竟不知僧所在"，程公少时出游京师，归来时遇到蜀中大乱，断了粮米回不到家，被困在旅店里。有十六位僧人到旅舍去见他，说是同乡，每人拿出二百钱借给他。程公因此得以回到家中，之后就没见到过那些僧人的踪影。"岁设大供四。公年九十，凡设二百余供"，此后每年四次陈设丰盛的果食来供奉他们。程公活了九十岁，共设了二百多次供奉。苏轼与佛家的缘分，盖始于此也。第三层，作《十八大阿罗汉颂》的因缘。"今轼虽不亲睹至人，而困厄九死之余，鸟言卉服之间，获此奇胜，岂非希阔之遇也哉？"在海南这穷荒之地，偶得蜀金水张氏所绘的十八罗汉像，苏轼之惊喜可知，可谓"希阔之遇"也。因此，根据罗汉画像，作颂以赞之。

其跋亦有三层：第一层，佛像产生的背景。佛祖涅槃之后，佛教受到抵制，佛教徒受到迫害，人们以供奉佛祖画像来传播佛法。第二层，家里曾收藏十六大阿罗汉像。清茶供奉时出现种种神变，"每设茶供，则化为白乳，或凝为雪花桃李芍药"，供奉的茶水变成了白色的乳汁，或者是凝结成雪花、

175

桃花、李花、芍药花等形状。第三层,赠送给弟弟夫妇,以生日供奉,祈年集福。

略去的颂文,包括叙和颂,描绘了十八大阿罗汉的姿态,惟妙惟肖。有正坐者,有侧坐者,有趺坐者,有抱膝者,有支颐者,有扶乌木者,有横如意者,有执经者,有持铃杵者……苏轼散句、整句结合,逐一描绘其情态,言辞精妙,可与张氏之丹青媲美也。

与程怀立六首[1]（选一）

其五

某启。令子重承访及,不暇往别,为愧深矣。珍惠菜膳,增感怍[2]也。河源藤已领,衰疾有可恃矣。眉山人有巢谷者,字元修,名縠,后改名谷。曾举进士武举,皆无成。笃有风义[3]。年七十余矣,闻某谪海南,徒步万里相劳问,至新州病亡。官为稿葬[4],录其遗物于官库。元修有子蒙,在里中,某已使人呼蒙来迎丧,颇助其路费,仍约过永而南,当更资之。但未到间,其旅殡无人照管,或毁坏暴露,愿公愍其不幸[5]。因巡检至新,特为一言于彼守令,得稍为修治其殡,常戒主者谨护之,以须其子之至,则恩及存没矣。公若不往新,则告一言于进叔[6],尤幸。亦曾恳此。恐忘之尔。死罪！死罪！

注释

[1] 元符三年（1100）十一月作于北归途中。程怀立：南都（今河南商丘市）人。苏轼元丰中赴南都相识,为写真,苏轼为之作《传神记》。其在苏轼贬谪黄州时又曾拜会,时为转运使。元符中为转运使兼广州经略使。

[2]感怍（zuò）：感慨，惭愧。[3]笃有风义：很有情谊。笃，很。[4]稿葬：草草安葬。稿，外发公文的草稿。[5]愍其不幸：怜悯他的不幸遭遇。[6]进叔：王进叔，当时为宪使。

简评

在北归途中，苏轼给程怀立一封书简，恳请他关照巢谷的殡葬。其时，程怀立为转运使兼广州经略使。

书简侧重介绍巢谷的基本情况，如籍贯、姓名、字号、应举、性格等。

以"年七十余矣，闻某谪海南，徒步万里相劳问"，介绍了巢谷"笃有风义"的性格。七十多岁了，听说我贬谪海南，就徒步万里来看我。苏辙《巢谷传》云："予之在朝，谷浮沉里中，未尝一见。绍圣初，予以罪谪居筠州，自筠徙雷，自雷徙循。予兄子瞻，亦自惠再徙昌化，士大夫皆讳与予兄弟游，平生亲友无复相闻者。谷独慨然自眉山诵言，欲徒步访吾兄弟。闻者皆笑其狂。"在飞黄腾达之时他没有来探望，在潦倒落魄之时他却主动来探望，而且徒步万里。他在雷州探望了苏辙之后，又要渡海去海南探望苏轼。苏辙劝阻不听，最终病死在新州。苏轼在多篇文章中提及与巢谷的交游，《圣散子叙》说从巢谷手里求得圣散子方，《送僧应纯偈叙》说"苏寿明、巢谷、僧应纯与东坡居士，皆眉人也，会于黄冈。纯将之庐山，作偈送之"。

巢谷"至新州病亡""官为稿葬，录其遗物于官库"，官府草草安葬了他，他的遗物都收存在官府的仓库。"元修有子蒙，在里中，某已使人呼蒙来迎丧……但未到间，其旅殡无人照管，或毁坏暴露，愿公愍其不幸。因巡检至新，特为一言于彼守令，得稍为修治其殡，常戒主者谨护之，以须其子之至，则恩及存没矣"，巢谷的儿子蒙，已经出发前来迎丧，在他未到之前，希望程怀立巡视新州的时候，利用职务之便，与新州的官员说一下，派人照管，不要毁坏、露出遗体。或者转告王进叔关照一下。这是苏轼写信的缘由。

与杨子微二首[1]

一

某与尊公济甫[2],半生阔别,彼此发须雪白,而相见无期,言之凄断[3]。尊公乃令阁下万里远来海外,访其生死,此乃古人难事,闻之感叹不已。辱书[4],具审[5]起居佳安,尊公已下,各得安胜,至慰之极。某七月中必达颍昌[6]矣。回驭少留,一须款见[7]。余祝若时自重。

二

某与舍弟流落天涯,坟墓免于樵牧[8]者,尊公之赐也。承示谕[9],感愧不可言。闻井水[10]尝竭而复溢,信否?见今如何,因见,细喻。

注释

[1] 建中靖国元年(1101)五月作于真州。杨子微:杨明字子微,杨济甫之子。[2] 尊公济甫:尊,令尊,指杨子微之父杨济甫。杨济甫,眉州眉山人,苏轼兄弟离开故乡之后,将苏氏祖坟东茔、西茔坟墓委托杨济甫照管。[3] 凄断:凄凉,断肠。[4] 辱书:辱,谦辞,承蒙。书,书信。[5] 具审:详细知道,都知道。[6] 颍昌:治所在今河南许昌市,宋属京西北路。[7] 一须款见:一须,一定,必须。款见,款待,见面。[8] 樵牧:砍柴、放牧者的践踏、破坏。[9] 示谕:指来信。[10] 井水:指老翁山下的老翁泉,其地在蟆颐山之东二十余里,今属眉山市东坡区,苏洵为程夫人选择墓地,因老翁泉而确定安葬于此。

简评

两封书简，差不多作于同时，苏、杨两家的情谊跃然纸上。

第一首，从日常小事中表达了苏、杨两家的深厚情谊。第一句写自己与杨济甫半生阔别，须发皆白，却相见无期，令人悲伤。第二句写杨济甫派儿子杨子微，不远万里来海南看望自己，这是古代仁人，都难以做到的事情啊，得知此事，感叹不已。第三句写从杨济甫来信得知，杨家上上下下生活安好，身体健康，欣慰之极。第四句希望杨子微回去之前，稍作停留，见上一面，款待一番。

第二首，写杨家对苏家的恩赐，自己与苏辙离开眉山之后，坟墓都委托杨济甫照管，从而避免了砍柴者、放牧者随意践踏、破坏，这是令尊杨济甫的功劳啊！承蒙你来信，感愧无以言表，听说老翁山下的老翁井，井水枯竭之后，又恢复正常了，这是可信的吗？现在怎么样？见面之时，详细谈谈。苏辙《坟院记》云："坟之西南十余步有泉焉，广深不及寻，昼夜瀵涌，清冽而甘，冬不涸，夏不溢。自辙南迁，而水日耗，至夺刹遂竭。父老来告，辙惕焉。疑获谴于幽明，彷徨不知所为。而手诏适至，泉亦渝然而复。山中人皆曰：'诏书乃与天通耶？'辙闻之，溯阙而拜，以膺上赐。"可以印证。

题李伯祥诗[1]

眉山矮道士李伯祥[2]好为诗，诗格亦不甚高，往往有奇语。如"夜过修竹寺，醉打老僧门"之句，皆可爱也。余幼时学于道士张易简[3]观中，伯祥与易简往来，尝叹曰："此郎君贵人也。"不知其何以知之。

注释

[1]作年未详。[2]李伯祥：眉州眉山道士。见《宋诗纪事》卷九〇。

[3] 张易简：苏轼的启蒙老师，眉州眉山县天庆观道士。

简评

先写李伯祥的概况。肖像特征个矮，职业特征道士，兴趣特征好诗。虽然诗格不高，但常有奇语名句，以"夜过修竹寺，醉打老僧门"为例。顾名思义，修竹寺乃竹林掩映之地；老僧门乃老僧居住之所。喝醉了酒，夜里经过，前去叨扰，把寺门敲得嘭嘭的，响声在寂静的夜里传得很远。很有画面感的一联诗句，因此苏轼说"皆可爱也"。

然后写李伯祥的赞叹。其时，苏轼在天庆观读小学，老师张易简与李伯祥都是道士，素有往来，他一见到苏轼，赞叹说："此郎君贵人也。"那时的苏轼，不过七八岁，他看了之后，居然说他是贵人，说苏轼长大了会飞黄腾达。他是怎么看出来的呢？苏轼也很疑惑啊！

史经臣兄弟[1]

先友[2]史经臣，字彦辅，眉山人，与先君同举制策[3]，有名蜀中，世所共知。沆子凝者[4]，其弟也。沆才气绝人，而薄于德。彦辅才不减沆而笃于节义，博辩能属文，其《思子台赋》最善，大略言汉武、晋惠天资相去绝远[5]，至其惑，则汉武与晋惠无异。竟不仕，年六十卒[6]，无子。先君为治丧，立其同宗子为后，今为农夫，无闻于人。沆亦无子[7]。哀哉！

注释

[1] 作年未详。史经臣，参见《答任师中、家汉公》注[3]。[2] 先友：亡父苏洵的朋友。[3] 与先君同举制策：庆历六年（1046），史经臣与

苏洵一块儿参加制科考试，都没有考中。[4] 沆（hàng）子凝者：史沆，字子凝，参见《思子台赋并引》注[4]。[5] 大略言汉武、晋惠天资相去绝远：指汉武帝刘彻与西晋惠帝司马衷皆信谗言杀太子事。[6] 年六十卒：史经臣逝世于嘉祐二年（1057）苏洵父子由京师归眉山赴程夫人丧之后。[7] 沆亦无子：史沆没有儿子，只有一个女儿。

简评

首先写史经臣兄弟的名字、籍贯等。

然后写兄弟俩的特点。弟弟史沆才气绝人，以进士得官，"孤直不遇"，但品德欠佳，"平生好持人短长，世以凶人目之，故虽古人亦妄肆诋訾……坐事迁谪而死"（《宾退录》）；史经臣亦才气绝人，"虽卧病而志气卓然，以豪杰称乡里"，但科考落第，"以刚见废"，"笃于节义，博辩能属文"，他的《思子台赋》写得最好，以汉武帝、晋惠帝的听信谗言杀子之事训诫世人。

最后写其家世。两兄弟"皆以无后死"，史经臣"年六十卒"，逝世之后，苏洵为其治丧，立同宗侄子为子，现在就是一介农夫，是一个默默无闻之人。史沆"有弱女在襄州"，"沦落荆楚间"。

苏轼以文字为两兄弟画像，形神具备，让人如睹其人。

猪母佛[1]

眉州青神县道侧有小佛屋，俗谓之猪母佛，云百年前有牝猪伏于此，化为泉，有二鲤鱼在泉中，云："盖猪龙[2]也。"蜀人谓牝猪为母，而立佛堂其上，故以名之。泉出石上，深不及二尺，大旱不竭，而二鲤鱼莫有见者。余一日偶见之，以告妻兄王愿[3]。愿深疑之，意余诞[4]也。余亦不平其见疑，因与愿祷于泉上曰："余若不诞，鱼当复见。"已而鱼复出，愿大惊，再拜谢罪而去。此地旧为灵异，青神人朱文及者，以父病求医，夜过其侧。有髽[5]而负琴者邀至室，文及辞以父病不可留，而其人苦留之，欲晓乃遣去。行未数里，见道傍有劫杀贼所杀人，赫然[6]未冷也，否者，文及亦不免矣。泉在石佛镇[7]南五里许，青神二十五里。

注释

[1] 作年未详。猪母：即下文"牝猪"，母猪。[2] 猪龙：猪婆龙。母猪变化出一池泉水，并化作两条鲤鱼，即猪婆龙。[3] 王愿：苏轼妻王弗之兄。[4] 意余诞：意，心中怀疑。诞，荒诞。[5] 髽（zhuā）：妇人丧髻，用麻来束发。[6] 赫然：明显的样子。[7] 石佛镇：《元丰九域志》载，眉州眉山县六镇之一，在眉山县南面，青神县北面。

简评

首先写猪母佛由来，然后写猪母佛显灵，最后写猪母佛方位。

大约百年前，母猪变化出一口深不及二尺的泉水，并且自己化为两条鲤鱼隐身其中。此地便成为灵异之地，人们建佛堂于泉池之上，以祭祀、供奉之。文中叙述的灵异之事有二：一是作者见到鲤鱼，告诉妻兄王愿，并与他来此祷告，复见泉中二鲤。二是青神人朱文及，夜过其侧，被一妇人苦苦挽留，而幸免于被贼人劫杀的厄运。猪母佛在什么地方呢？在石佛镇南边大约五里远的地方，离青神县有二十五里。

巴山蜀水，雄奇幽险，云雾笼罩之山，常常令人遐想，此乃巴蜀文化的浪漫之源。猪母佛乃民间传说，苏轼极力证明此传说之不谬。他还有不少述异之作，如《池鱼自达》，文曰："眉州人任达为余言：少时见人家畜数百鱼深池中，池以砖甃（zhòu，砌垒砖石），四周皆有屋舍，环绕方丈间。凡三十余年，日加长。一日，天晴无雷，池中忽发大声，如风雨，鱼皆踊起，羊角而上，不知所往。达云：'旧说，不以神守，则为蛟龙所取，此殆是耳。'余以谓蛟龙必因风雨，疑此鱼圈局三十余年，日有腾拔之意，精神不衰，久而自达，理自然耳。"此类小品，神奇玄幻，撼人神思，动人心弦，此乃蜀之得天造化。

接果说[1]

蜀中人接花果，皆用芋胶合其罅[2]。予少时颇能之[3]。尝与子由戏用苦楝[4]木接李，既实，不可向口[5]，无复李味。《传》云："一薰一莸[6]，十年尚犹有臭。"非虚语也。芋自是一种，不甚堪食，名接果。

◆ 注释 ◆

[1] 作年未详。"说"为古代一种议论文体，既可说明记叙事物，也可发表议论，都是为了表明作者的见解，说明寄寓的道理，如《爱莲说》《捕蛇者说》等。[2] 用芋胶合其罅：煮熟的芋头具有粘性，可以用来粘合物体，这里指用煮熟的芋头粘合嫁接砧木与花果枝条之间的缝隙。罅，缝隙。[3] 能之：擅长嫁接。[4] 苦楝：乔木，叶如槐树，果如桂圆，果实未熟青色，成熟黄色，味苦，俗称苦楝子、川楝子、金铃子。[5] 向口：享口，作为口的享受，意为好吃。[6] 一薰一莸：薰，香草。莸，臭草。

◆ 简评 ◆

本文介绍蜀中嫁接花木、果树的技巧、方法，可与北魏贾思勰《齐民要术》、明代徐光启《农政全书》等书的农业技术相媲美。

嫁接佳木枝条，提高存活率有什么技巧呢？作者告诉我们，可以用煮熟的芋头来粘合砧木裂口与种木枝条之间的缝隙。现代嫁接用塑料带子缠绕，以固定枝条、封闭缝隙。"予少时颇能之"，说自己小时候就擅长嫁接花果。以下语句可以佐证："吾性好种植，能手自接果木，尤好栽橘"（苏轼《楚颂帖》），"自南郡诣梓州，溯流归乡，尽载家书而行，迤逦致仕，筑室种果于眉，以须子由之归而老焉。不知此愿遂否？言之怅然也"（苏轼《书请郡》）。

不同品种的花果可以互相嫁接吗？作者告诉我们一件趣事：自己与弟弟曾经把李子的枝条嫁接到苦楝树上，虽然成活了，结果了，但是很不好吃，有苦楝子的味道，却没有李子的味道。正如《左传·僖公四年》所说，一种香草，一种臭草，十年之后，还有气味留存。

最后补充介绍，用来嫁接的芋头，是芋头中的一种，不可以吃，但是却以嫁接著名。

蜀盐说[1]

蜀去海远，取盐于井。陵州井[2]最古，渚井[3]、富顺监[4]亦久矣。惟邛州蒲江县井[5]，乃祥符中民王鸾所开，利入至厚。自庆历、皇祐以来，蜀始创"筒井"[6]，用圆刃凿山如碗大，深者至数十丈，以巨竹去节，牝牡相衔为井，以隔横入淡水，则咸泉自上。又以竹之差小者出入井中为桶，无底而窍其上，悬熟皮[7]数寸，出入水中，气自呼吸而启闭之，一筒致水数斗。凡筒水皆用机械，利之所在，人无不智。《后汉书》有"水鞴"[8]。此法惟蜀中铁冶用之，大略似盐井取水筒。太子贤[9]不识，妄以意解，非也。

注释

[1]作年未详。此文介绍蜀中盐井，以及开采之法。[2]陵州井：盐井名，在陵井监（治所在今眉山市仁寿县）。[3]渚（yù）井：亦名雌雄

井,为盐泉井,在今四川长宁县。北宋置淯井监,以收盐利。[4] 富顺监:盐井名,北宋避太宗讳改富义监为富顺监,治所在今四川富顺县。[5] 蒲江县井:盐井名,在今四川蒲江县。[6] 筒井:以竹筒为井壁的盐井。[7] 熟皮:竹桶没有底,以熟皮作开合的阀门。[8] 水鞲(gōu):水排。[9] 太子贤:唐章怀太子李贤,曾注《后汉书》,行于世。

简评

作者首先介绍了蜀地取井水制盐,以及蜀中的盐井。作者列举了陵州井、淯井监、富顺监、蒲江县井等。然后具体介绍蜀人创造的"筒井"取盐水之法。

作者说,从庆历、皇祐年以来,蜀地开始创建"筒井"。如何开凿"筒井",如何汲取盐水呢?用圆凿在山上挖碗口大的井,深几十丈,将巨竹打通连接,放入井中,以阻断旁边溢出的淡水,盐泉自然就会冒出。若盐泉不自己冒出来,怎么办?那就用竹筒打上来。用比井筒小一些的竹子,打通竹节,把皮垫放置在其中,皮垫与竹子内空差不多大小,随着空气的压缩而开合,相当于现在的阀门。一竹筒能打上来数斗水。这些机械是劳动者智慧的凝结。

作者说,《后汉书》中记载有"水鞲"。这种方法只有蜀地炼铁时用,与盐井取水筒大致相似。章怀太子李贤不知道,妄加理解,解释错了。

记先夫人不发宿藏[1]

先夫人僦[2]居于眉之纱縠行[3]。一日,二婢子熨帛[4],足陷于地。视之,深数尺,有一瓮[5],覆以乌木板。夫人命以土塞之,瓮中有物,如人咳声，凡一年而已。人以为有宿藏物，欲出也。夫人之侄之问[6]闻之，欲发焉。会吾迁居，之问遂僦此宅，掘丈余，不见瓮所在。其后吾官于岐下[7]，所居古柳下，雪，方尺不积雪，晴，地坟起数寸。吾疑是古人藏丹药[8]处，欲发之。亡妻崇德君[9]曰："使先姑[10]在，必不发也。"吾愧而止。

苏母公园塑像·不发宿藏

注释

[1] 发：发掘，挖掘。宿藏：地下埋藏的金银财宝。[2] 僦（jiù）：租赁。[3] 纱縠（hú）行：此指古街道名称，也是纺织行业的市场。[4] 熨帛：用熨斗将丝绸类织物熨平。[5] 瓮：陶罐，坛子。[6] 之问：指程之问，苏轼另一舅父程浸之子。[7] 岐下：凤翔府在岐山之下，故称。[8] 丹药：道家炼制的长生不老之药，一般使用丹（朱）砂来炼制，故称丹药。

[9] 亡妻崇德君：指王弗，参见《伯父〈送先人下第归蜀〉诗云……》注[6]。[10] 先姑：已经逝世的婆婆，指程夫人。

简评

作年未详。先夫人，苏轼的母亲程夫人。此文是苏轼记述母亲程夫人不发宿藏，以及妻子王弗制止苏轼发掘丹药的故事。前一件事发生在眉山纱縠行居所，母亲发现地陷之后的乌木板和下边装满宝物的陶罐，不准挖掘。后一件事发生在凤翔居所，苏轼发现古柳下埋藏的丹药，想要发掘，被妻子王弗制止。程夫人出生书香门第，从小受到良好教育，恪守"不动先人之物"的道德理念。她的言行影响儿子、儿媳和孙子，并形成"不贪外财"的家风。苏轼追忆此事是对先夫人和亡妻的纪念，也是为了弘扬婆媳二人廉洁的品德。

苏氏家族有廉洁之风，他们视钱财为粪土，乐善好施。苏洵《族谱后录下篇》说，祖父苏杲"其达官争弃其田宅以入觐（到京城朝见君主），吾父独不肯取""好施与"；苏轼《苏廷评行状》说，祖父苏序"谦而好施，急人患难，甚于为己""凶年鬻（卖）其田以济饥者"；苏洵《谢张文定公书》说，自己"王公贵人，可以富贵人者，肩相摩于上；始进之士，其求富贵之者，踵相接于下。而洵未尝一动其心焉，不敢不自爱其身故也"；司马光《苏主簿夫人墓志铭》说，程夫人"乡人有急者，时亦赒焉，比其没，家无一年之储"。苏轼一生牢记母亲教诲，一生清廉，在《六事廉为本赋》说"功废于贪，行成于廉"，在《赤壁赋》里说"苟非吾之所有，虽一毫而莫取"，临终前作诗云"至今不贪宝，凛然照尘寰"。

苏轼的乐善好施之举在贬谪惠州期间最为典型。苏轼在《两桥诗并引》以及与程正辅的书信中透露，他义务参与了惠州东新桥和西新桥工程的发起策划、筹款募捐、落成庆祝的全过程。《东新桥》诗自注云："二子造桥，余尝助施犀带。"《西新桥》诗自注云："子由之妇史，顷入内，得赐黄金钱数千助施。"意思是苏轼兄弟两家，为了修建东新桥和西新桥，把以前皇帝赏赐给他们的犀带、黄金都捐献了出来。

记先夫人不残鸟雀[1]

　　少时所居书堂前,有竹柏杂花丛生满庭,众鸟巢其上。武阳君[2]恶杀生,儿童婢仆,皆不得捕取鸟雀。数年间,皆巢于低枝,共鷇[3]可俯而窥。又有桐花凤[4],四五日翔集其间。此鸟羽毛至为珍异难见,而能驯扰[5],殊不畏人。闾里间见之,以为异事。此无他,不忮[6]之诚信于异类也。有野老言,鸟雀巢去人太远,则其子有蛇鼠狐狸鸱鸢之忧,人既不杀,则自近人者,欲免此患也。由是观之,异时鸟雀巢不敢近人者,以人为甚于蛇鼠之类也,苛政猛于虎[7],信哉!

苏母公园塑像·不残鸟雀

注释

[1] 先夫人：指苏轼母亲程夫人。[2] 武阳君：苏轼母亲程夫人，逝世后追封武阳县君。[3] 鷇（kòu）：等待哺育的幼鸟。[4] 桐花凤：参见《异鹊并叙》注[5]。[5] 驯扰：驯服。[6] 不忮（zhì）：不猜忌，不嫉妒。[7] 苛政猛于虎：出自《礼记·檀弓下》，意思是苛政比老虎还厉害。

简评

作年未详。与此文相类的有《异鹊》诗。诗与文皆记述母亲程夫人教导儿子爱护鸟儿、禁止捕鸟的事情，表现了母亲的仁爱思想对自己的影响。

前一层，写母亲程夫人"恶杀生"，因而庭院内出现百鸟翔集、殊不畏人的景象。后一层，借野老之口，揭示"鸟雀巢不敢近人者，以人为甚于蛇鼠之类"的道理，最后以"苛政猛于虎"点明题旨。苏轼追忆先夫人不残鸟雀之事，是对先夫人的怀念，也是告诫子孙不可忘记仁爱的家训、家风。

苏洵《族谱后录下篇》说，祖父苏杲"最好善"，说父亲苏序"喜为善"；苏辙《伯父墓表》说，伯父苏涣"以仁爱为主"；苏洵《上韩昭文论山陵书》说，要爱惜民财民力；苏轼《记先夫人不残鸟雀》说，母亲要求他们兄弟"不得捕取鸟雀"。苏轼《省试刑赏忠厚之至论》说："尧、舜、禹、汤、文、武、成、康之际，何其爱民之深，忧民之切，而待天下以君子长者之道也。"意思是唐尧、虞舜、夏禹、商汤、周文王、周武王、周成王、周康王的时代，是多么深切地爱惜着他们的子民，多么诚恳地关切着他们的百姓，用多么忠厚的君子长者的态度管理着天下。阐明了他的仁爱之心、仁政之志。

在朝廷上，因为"仁"，苏轼刚直不阿、直言敢谏。苏轼《上神宗皇帝书》中说："人主之所恃者，人心而已。人心之于人主也，如木之有根，如灯之有膏，如鱼之有水，如农夫之有田，如商贾之有财。……人主失人心则亡。"苏轼从仁爱的视角、从民本的视角，既反对王安石变法，又反对司马光尽废新法。

  在地方上，因为"仁"，苏轼体恤民情、关心民生。在凤翔，改革"衙前"役法；在密州，拿出库粮收养弃儿；在徐州，为保护人民抗洪救灾；在杭州，整治西湖，捐钱设免费病坊；在扬州，废除生事扰民的"万花会"；在定州，惩治贪污吏胥和骄横军将；贬到惠州后，还捐钱为当地修桥；等等。

附　录

朝发鼓阗阗，西风猎画旂。故乡飘已远，往意浩无边。锦水细不见，蛮江清可怜。奔腾过佛脚，旷荡造平川。(《初发嘉州》)

襄阳逢汉水，偶似蜀江清。蜀江固浩荡，中有蛟与鲸。(《汉水》)

渐入西南风景变，道边修竹水潺潺。(《石鼻城》)

吾家蜀江上，江水清如蓝。……入门便清奥，恍如梦西南。(《凤翔八观·东湖》)

山后咫尺连巴蜀。何时归耕江上田，一夜心逐南飞鹄。(《二十七日，自阳平至斜谷，宿于南山中蟠龙寺》)

芎䓖生蜀道，白芷来江南。(《和子由记园中草木十一首》其八)

平湖种稻如西蜀，高阁连云似渚宫。(《溪堂留题》)

蜀江久不见沧浪，江上枯槎远可将。(《和子由木山引水二首》其一)

旧隐(眉山)三年别，杉松好在不？(《次韵子由初到陈州二首》其二)

挺然直节庇峨岷，谋道从来不计身。……他日思贤见遗像，成都有思贤阁，画诸公像。不论宿草更沾巾。(《陆龙图诜挽词》)

我家江水初发源，宦游直送江入海。闻道潮头一丈高，天寒尚有沙痕在。……我谢江神岂得已，有田不归如江水！(《游金山寺》)

万里家山一梦中，吴音渐已变儿童。每逢蜀叟谈终日，便觉峨眉翠扫空。(《秀州报本禅院乡僧文长老方丈》)

春来故国归无期，人言秋悲春更悲。已泛平湖思濯锦，更看横翠忆峨眉。(《法惠寺横翠阁》)

倦游行老矣，旧隐赋归哉。东望峨眉小，卢山翠作堆。郡东卢山，绝类峨眉而小。(《出城送客，不及，步至溪上，二首》其二)

所恨蜀山君未见，他年携手醉郫筒。（《华阳风俗录》：郫人刳竹之大者，倾春酿于筒，闭以藕丝，包以蕉叶，信宿香达于竹外。然后断之以献，俗号郫筒。）（《次韵周邠寄〈雁荡山图〉二首》其二）

少年狂兴久已谢，但忆嘉陵绕剑关。剑关大道车方轨，君自不去归何难。（《次韵子由与颜长道同游百步洪，相地筑亭种柳》）

苏子曰：……人能碎千金之璧，不能无失声于破釜；能搏猛虎，不能无变色于蜂虿。（《颜乐亭诗并叙》）

久客厌虏馔，蜀人谓东北人虏子。枵然思南烹。故人知我意，千里寄竹萌。（《送笋、芍药与公择二首》其一）

逝将振衣归故国，数亩荒园自锄理。（《次韵答舒教授观余所藏墨》）

君不见峨眉山西雪千里，北望成都如井底。（《雪斋杭僧法言，作雪山于斋中。》）

故山亦何有，桐花集么凤。（《次韵李公择梅花》）

昔年尝羡任夫子，卜居新息临淮水。怪君便尔忘故乡，稻熟鱼肥信清美。竹陂雁起天为黑，小竹陂在县北。桐柏烟横山半紫。桐柏庙在县南。知君坐受儿女困，悔不先归弄清泚。尘埃我亦失收身，此行踸踔尤可鄙。寄食方将依白足，附书未免烦黄耳。往虽不及来有年，诏恩倘许归田里。却下关山入蔡州，为买乌犍三百尾。黄州出水牛。（《过新息留示乡人任师中任时知泸州，亦坐事对狱。》）

陋邦何处得此花，无乃好事移西蜀。寸根千里不易致，衔子飞来定鸿鹄。（《寓居定惠院之东，杂花满山，有海棠一株，土人不知贵也》）

雪芽何时动，春鸠行可脍。（蜀人贵芹芽脍，杂鸠肉为之。）（《东坡八首》其三）

毛空暗春泽，针水闻好语。蜀人以细雨为雨毛。稻初生时，农夫相语稻针出矣。……但闻畦陇间，蚱蜢如风雨。蜀中稻熟时，蚱蜢群飞田间，如小蝗状，而不害稻。（《东坡八首》其四）

大任刚烈世无有，疾恶如风朱伯厚。小任温毅老更文，聪明慈爱小冯君。两任才行不须说，畴昔并友吾先人。相看半作晨星没，可怜太白配残月。大任先去冢未干，小任相继呼不还。强寄一樽生死别，樽中有泪酒应

酸。贵贱贤愚同尽耳，君今不尽缘贤子。人间得丧了无凭，只有天公终可倚。(《任师中挽词》)

泥深厌听鸡头鹘，蜀人谓泥滑滑为鸡头鹘。酒浅欣尝牛尾狸。(《送牛尾狸与徐使君时大雪中。》)

西蜀道士杨世昌，善作蜜酒，绝醇酽。余既得其方，作此歌遗之。(《蜜酒歌并叙》)

蚕市光阴非故国，马行灯火记当年。(《正月三日点灯会客》)

姜盐拌白土，稍稍从吾蜀。(《寄周安孺茶》)

拾遗被酒行歌处，野梅官柳西郊路。闻道华阳版籍中，至今尚有城南杜。我欲归寻万里桥，水花风叶暮萧萧。芋魁径尺谁能尽，桤木三年已足烧。百岁风狂定何有，羡君今作峨眉叟。(《送戴蒙赴成都玉局观，将老焉》)

先生本舌耕，文字浩千顷。空仓付公子，坐待发苕颖。十年困新说，儿女争捕影。凿垣种蒿蓬，嘉谷谁复省。空余《南陔》意，太息北堂冷。织屦随方进，采薪教韦逯。辛勤守一经，菽水贤五鼎。今年闻起废，《鲁史》复光景。公子亦改官，三就繁马颈。归来一笑粲，素发飒垂领。会看金花诏，汤沐奉朝请。天公不吾欺，寿与龟鹤永。(《送程建用》)

故山桃李半荒榛，粗报君恩便乞身。(《玉堂栽花，周正孺有诗，次韵》)

君家兄弟真连璧，门十朱轮家万石。竹使犹分刺史符，上方行赐尚书舄。前年持节发仓廪，到处卖刀收茧栗。归来闭口不论功，却走渡江谁复惜。君才不用如涧松，我老得全犹社栎。青衫莫厌百僚底，白首上有千薪积。忆昔江湖一钓舟，无数云山供点笔。未应便障西风扇，只恐先移北山檄。凭君寄谢江南叟，念我空见长安日。浮江溯蜀有成言，江水在此吾不食。(《次前韵送程六表弟》)

为君扫棠阴，画像或相踵。(蜀中太守无不画像者)(《送周正孺知东川》)

卧看古佛凌云阁，敕赐诗人明月湖。得句会应缘竹鹤，思归宁复为莼鲈。(《送吕昌朝知嘉州》)

遨头要及浣花前。成都太守自正月二日出游，谓之遨头，至四月十九日浣花乃止。（《次韵刘景文、周次元寒食同游西湖》）

叩头莫唤无家客，归扫岷峨一亩宫。（《次韵林子中蒜山亭见寄》）

蒜山小隐虽为客，江水西来亦来岷。（《次韵林子中见寄》）

颇愿身为汉嘉守，载酒时作凌云游。虚名无用今白首，梦中却到龙泓口。浮云轩冕何足言，惟有江山难入手。"峨眉山月半轮秋，影入平羌江水流。"谪仙此语谁解道，请君见月时登楼。笑谈万事真何有，一时付与东岩酒。佛峡人家白酒旧有名。（《送张嘉州》）

我本放浪人，家寄西南坤。敝庐虽尚在，小圃谁当樊。（《寄题梅宣义园亭》）

棕笋，状如鱼，剖之得鱼子，味如苦笋而加甘芳。蜀人以馔佛，僧甚贵之，而南方不知也。（《棕笋并叙》）

任公镇西南，尝赠绕朝策。当时若尽用，善阵无赫赫。凄凉十年后，邪正久已白。却留封德彝，天意眇难测。象贤真骥种，号诉甘百谪。岂云报私仇，祸福指络脉。高才食旧德，但恐里门窄。伤心千骑归，赠印黄壤隔。惟有亭前桧，阅世不改色。千年与井在，记此王粲宅。（《阅世堂诗赠任仲微》）

霭霭青城云，娟娟峨眉月。随我西北来，照我光不灭。我在尘土中，白云呼我归。我游江湖上，明月湿我衣。岷峨天一方，云月在我侧。谓是山中人，相望了不隔。梦寻西南路，默数长短亭。似闻嘉陵江，跳波吹枕屏。送君无一物，清江饮君马。路穿慈竹林，父老拜马下。不用惊走藏，使者我友生。听讼如家人，细说为汝评。若逢山中友，问我归何日。为话腰脚轻，犹堪踏泉石。（《送运判朱朝奉入蜀》）

露宿泥行草棘中，十年春雨养髯龙。如今五尺城南杜，欲问东坡学种松。（《予少年颇知种松，手植数万株，皆中梁柱矣。都梁山中见杜舆秀才，求学其法，戏赠二首》其一）

逝将仇池石，归溯岷山湙。（《王晋卿示诗，欲夺海石……复次前韵》）

三峨吾乡里，万马君部曲。(峨眉山有大峨、中峨、小峨三峰。）（《轼欲以石易画，晋卿难之……并解二诗之意》）

岚薰瘴染却敷腴，笑饮贪泉独继吴。未欲连车收薏苡，肯教沉网取珊瑚。不知庾岭三年别，收得曹溪一滴无。但指庭前双柏石，要予临老识方壶。(《程德孺惠海中柏石，兼辱佳篇，辄复和谢》)

约束家僮好收拾，故山梨枣待归来。(《寄馏合刷瓶与子由》)

白啖本河朔，红消真剑南。辛盘得青韭，腊酒是黄柑。(《立春日小集戏李端叔》)

郁郁苍髯真道友，丝丝红萼是乡人。苍髯，松也。红萼，海棠也。何时翠竹江村路，送我柴门月色新。(《三月二十日开园三首》其三)

故园在何处，已偃手种松。我行忽失路，归梦山千重。(《过高邮寄孙君孚》)

岷峨家万里，投老得归无。(《南康望湖亭》)

予年十二，先君自虔州归，为予言："近城山中天竺寺，有乐天亲书诗云：'一山门作两山门，两寺原从一寺分。东涧水流西涧水，南山云起北山云。前台花发后台见，上界钟清下界闻。遥想吾师行道处，天香桂子落纷纷。'笔势奇逸，墨迹如新。"今四十七年矣。(《天竺寺并引》)

故国多乔木，先人有敝庐。誓将闲送老，不著一行书。(《无题》)

故居剑阁隔锦官，柑果姜蕨交荆菅。奇孤甘挂汲古绠，侥觊敢揭钩金竿。(《戏和正辅一字韵》)

蜀青城山老人村，有见五世孙者。道极险远，生不识盐醯，而溪中多枸杞，根如龙蛇，饮其水，故寿。近岁道稍通，渐能致五味，而寿益衰，桃源盖此比也欤。使武陵太守得而至焉，则已化为争夺之场久矣。尝意天壤间，若此者甚众，不独桃源。(《和陶桃花源并引》)

桤栽与笼竹，小诗亦可求。(《次韵子由所居六咏》其六)

还乡亦何有，暂假壶公龙。峨眉向我笑，锦水为君容。(《次前韵寄子由》)

怀西南之归路，梦良是而觉非。……我先人之敝庐，复舍此而焉求？(《和陶归去来兮辞并引》)

朝行犀浦催收芋，夜渡绳桥看伏龙。莫叹倦游无驷马，要将老健敌千钟。子云三世惟身在，为向西南说病容。(《送鲜于都曹归蜀灌口旧居》)

195

开卷便知归路近，剑南樵叟为施丹。(《跋王进叔所藏画五首·赵昌四季·踯躅》)

只疑归梦西南去，翠竹江村绕白沙。(《留题显圣寺》)

我本蜀诸生，能言公少时。初为成都掾，治狱官苦卑。……去蜀曾未久，得县复来眉。簿书纷满前，指画涣无疑。一年吏已服，渐能省鞭笞。二年民尽信，不复烦文移。三年厌闲寂，终日事桐丝。客来投其辖，醉倒不容辞。至今三十年，父老犹嗟咨。(《送司勋子才丈赴梓州》)

松柏萧萧满故丘，知君怀抱尚悲秋。(《会双竹席上，奉答开祖长官》)

晚照余乔木，前村起夕烟。棋声虚阁上，酒味早霜前。远谪何须恨，来游不偶然。风光类吾土，乃是蜀江边。(《晚游城西开善院，泛舟暮归，二首》其一)

金粟钗头次第多，起看缺月带斜河。悬知瑞草桥边夜，笑指灯花说老坡。(《灯花一首赠王十六》)

水竹傍□意，明红似故园。(《牡丹和韵》)

予昔少年日，气盖里闾侠。自言似剧孟，叩门知缓急。千金已散尽，白首空四壁。(《闻潮阳吴子野出家》)

故山犹负平生约。西望峨眉，长羡归飞鹤。(《醉落魄·席上呈杨元素》)

聚散交游如梦寐，升沉闲事莫思量。仲卿终不忘桐乡。(以朱邑事喻眉山百姓不会忘记陈海州。)(《浣溪沙·赠陈海州，陈尝为眉令，有声》)

见说岷峨凄怆，旋闻江汉澄清。但觉秋来归梦好，西南自有长城。东府三人最少，西山八国初平。　莫负花溪纵赏，何妨药市微行。试问当垆人在否，空教是处闻名。唱着子渊新曲，应须分外含情。(《何满子·密州寄益守冯当世》)

忘却成都来十载，因君未免思量。凭将清泪洒江阳。故山知好在，孤客自悲凉。　坐上别愁君未见，归来欲断无肠。殷勤且更尽离觞。此身如传舍，何处是吾乡。(《临江仙·送王箴》)

晚景落琼杯，照眼云山翠作堆。认得岷峨春雪浪，初来，万顷蒲萄涨渌醅。(《南乡子·黄州临皋亭作》)

江汉西来，高楼下、蒲萄深碧。犹自带、岷峨雪浪，锦江春色。君是南山遗爱守，我为剑外思归客。对此间、风物岂无情，殷勤说。(《满江红·寄鄂州朱使君寿昌》)

归去来兮，吾归何处？万里家在岷峨。(《满庭芳·元丰七年四月一日……》)

人能碎千金之璧，不能无失声于破釜；能搏猛虎，不能无变色于蜂虿。(《夏侯太初论》)

至和丙申季春二十八日，眉阳苏轼与弟辙来观卢楞伽笔迹。(《大慈极乐院题名》)

轼顿首。昨者累日奉喧，既行，又沐远出，至刻厚意。即日法履何如？所要绣观音，寻便召人商量，皆言若今日便下手绣，亦须至五月十间方得了当。如成见卖者即甚不佳，厥直六贯五六。见未令绣，且此咨报，如何？如何？借及折枝两轴，专令归纳，并无污损，且请点检妆佛，甚烦催督。今令两仆去迎，且请便遣回，今趁追荐，仍希觑令子细安置结束，勿使磨损，为祝。其余者，亦幸与督之，至祝！至祝！所借浮沤画一轴，近将比对壁上画者，恐非真笔，然亦稍可爱。前人如相许辍得亦妙。冗事甚聒雅怀，非宗契不至此也。大人未及奉书，舍弟亦同此致恳。珍重！珍重！不次。轼顿首宗兄宝月大师。三日早。

前买缣一匹，花样不入意。却封纳换黄地月儿者一匹。厥直同否？聒噪！聒噪！

昨所说两药方，札去呈大人。近召册八哥，与说前来事意，他言待归与一亲情计会，此欲与再扣前人，恐要知。浮沤请与挂意图之。厥费亦请勿令过，前来所说，但量贫宗所办得，莫作何三辈眼目看也。呵呵。因送窦宰，千万□及。轼手启。(《与宝月大师三首》其一)

但近得山南书，报伯母于六月十日倾背，伯父之丧未及一年，而灾祸仍重如此，何以为心。家兄惟三哥在左右，大哥、二哥必取次一人归山南，谋扶护还乡也。(《与蒲诚之六首》其一)

伏念轼逮事祖父，祖父之没，轼年十二矣，尚能记忆其为人。又尝见先君欲求人为撰墓碣，虽不指言所属，然私揣其意，欲得子固之文也。京师人事扰扰，而先君亦不自料止于此。呜呼，轼尚忍言之！今年四月，轼既护丧还家，未葬，偶与弟辙阅家中旧书，见先君子自疏录祖父事迹数纸，似欲为行状未成者，知其意未尝不在于此也。因自思念，恐亦一旦卒然，则先君之意永已不遂。谨即其遗书粗加整齐为行状，以授同年兄邓君文约，以告于下执事。伏惟哀怜而幸诺之。岂惟罪逆遗孤之幸，抑先君有知，实宠绥之。轼不任哀祈恳切之至。(《与曾子固一首》)

子瞻、子由与侃师至此，院僧以路险见止，不知仆之经历，有百倍于此者矣。丁未正月二十日书。(《下岩题名》)

自老翁井还，偶憩。治平丁未十二月七日，子瞻。(《大池院题柱》)

轼之大父行甚高，而不为世用，故不能自见于天下。然古之人亦不必皆能自见而卒有传于后者，以世有发明之者耳。故轼之先人尝疏其事，盖其属铭于子，而不幸不得就其志，轼何敢废焉，子其为我铭之。(《与曾子固二首》)

徒弟应师仍在思濛住院，如何，略望示及。石头桥、堋头两处坟茔，必须照管。程六小心否？惟频与提举，是要。非久求蜀中一郡归去，相见未间，惟保爱之。(《与史院主徐大师一首》)

公之皇祖，孝著闾里。迨兹百年，世济其美。少相弟长，老相慈诲。肃雍无间，施及娣姒。顾然四人，厥德罔二。轼始婚媾，公之犹子。允有令德，天阏莫遂。惟公幼女，嗣执罍篚。恩厚义重，报宜有以。云何不淑，契阔生死。敛不拊棺，葬不亲襚。岂不怀归，眷此微仕。缄词望哭，以致奠馈。惟此哀诚，一念千里。(《祭王君锡丈人文》)

去岁，尝领书教求访佳婿。春榜下颇曾经营，皆无成效，故不敢奉报。近因司马君实之子丧偶，试托范景仁与说，他亦未有可否之语。今封景仁简帖拜呈。君实之子名康，昨来明经及第，年二十一二，学术文词行检，少见其比。决可谓佳婿矣。人才亦佳。但恐其方贵，不肯下就寒族。然闻其意，却不愿富贵家，又与轼颇善。恐万一肯，亦不可知。见说潞公、邵兴宗皆求之。请试札佐女年命，及示谕兄意如何。或以为可，即俟轼得乡中差遣过长安亟言之，若成，即俟兄得替，挈来长安过亲，亦甚稳便。事虽未十成，只中先报去，贵知兄意如何？试经营看。景仁已致仕，告词极不差。盖轼与孔文仲累言也。文仲对策极切直，都下人士谈不容口，已押出门矣。景仁物论亦甚贤之，远书不尽，轼再拜。

廿郎弟妹各安，不及作书。十六郎一房并如常，彭寿甚长成。（《与堂兄三首》其一）

……司马亲情。近为此公移许州，未定居，见乞西京留台，未允。候见定揲，即更托景仁将书问之。若此事成，即兄须一人来否？才俟得回报，即报去次。轼又上。（《与堂兄三首》其二）

……君实亲事，托景仁问之，未有报，恐是不肯。俟更问其果决报去。轼久怀坟墓，亲友深欲一归，但奏状中不敢指乞去处，一任陶铸，故得此也。上批出，与知州差遣。中书不可。初除颍倅，拟入，上又批出，故改倅杭。杭倅亦知州资历，但不欲弟作郡，恐不奉行新法耳。此来若非圣主保全，则齑粉久矣。知幸！知幸！余杭风物之美冠天下，但倅劳冗耳。且喜兄无事，官职外得公罪，全不碍事。近有疏口，然却不该人多言，案在寺该得者非也。顷身在京，乃该。恐要知之，迫行，不详悉。轼再拜。

十六媳妇彭寿并安，他欲相随去杭州，故且带去。然终未见兄与处置，如何为便。大哥书中已言其详，请早与熟虑示下。（《与堂兄三首》其三）

吾先君友人也。哭之其可无词！昔吾先君始仕于太常，君以博士朝夕往来相好。先君于人少所与，独称君为长者。（《李仲蒙哀词》）

自离乡奉状，遂至今日……颇得眉州书，粗闻动止。即日远想尊体佳胜。侄男女各安。……十六郎举业颇长，有望。因风时寄片字。余惟千万善保尊重。谨奉状，起居不备。弟轼再拜子明都纠二哥、县君二嫂左右。（《与子明九首》其一）

久不奉诲音，日增思念。……近为十六侄葬事，得朝假十日，昨晚方自八角归，掩圹诸事已了。……但削诸浮华，可送者十余人，亦就八角略管领之，伤心！伤心！媳妇彭寿且安。……孤远恐不自全……弟轼再拜子明都曹二哥、县君二嫂左右。（《与子明九首》其四）

忽又岁尽，相去数千里，企望之怀，牢落可知。即辰尊履何如？轼此并安，已罢府幕，依旧官告院。大哥已授蓬州宜陇令，必已知。小娘在此服药，已安，元亦无苦恙也。十六郎房下，榇已迎归在此。彭寿颇健。子由来年穷腊方赴任，方头罢却差遣，请受坐食贫，兄既不知过，又被士大夫交口誉之，愈难向道也。奈何！奈何！无缘会聚，惟乞以时珍卫。谨奉启上问，不备。弟轼再拜子明都曹兄、县君二嫂左右。(《与子明九首》其五)

因风寄书，此外勤学自爱。近来史学凋废，去岁作试官，问史传中事，无一两人详者。可读史书，为益不少也。(《与千之侄二首》其二)

轼蒙庇粗遣，屡乞解职补外，终未开允。何日瞻奉，临书惘惘。……弟轼再拜子安三哥、三嫂左右。(《与子安一首》)

得递中及走马处书诲，喜知尊候康胜，郎娘各安。……已托李由圣寄银五十两，在鲜于子骏处，托转达蓬州大哥处分擘奉世，其为齑粉必矣。以此且未能求出，聊此优游卒岁耳。……弟轼再拜子明都曹二哥、县君二嫂左右。(《与子明九首》其二)

因循久不奉状，亦多时不捧来诲，倾系殊深。即日远想尊体佳胜，侄儿女各无恙。乡人到者，皆言兄临政，精敏之誉，甚慰想望。……冬寒，千万善保尊重，不备。弟轼再拜都曹子明兄、县君二嫂左右。(《与子明九首》其三)

媳妇上问县君二伯母。春和，尊候万福。诸侄郎娘各安胜。承批问，愧荷！愧荷！人行速，未及拜书。惟顺时保重！保重！媳妇拜上。《代侄媳彭寿与其二伯母一首》

乍此远别，岂胜依恋，新凉，惟若时加爱。(《与石幼安二首》其一)

侄男女各安康……近问得一的当人，云兄已书杖六十公罪，又系去官，必无虞，非久，上矣。千万无虑。问得甚的，不欲详言也。但可惜石同年不免耳。近蒙惠书，冗中未及答。且告多致恳，宦途常事，不足介意。……弟轼再拜都曹二哥、县君二嫂左右。(《与子明九首》其六)

十二姨尊候必康健，近托程润之附书信，必达，因侍幸道恳。小大郎、十九郎、廿郎兄弟各安。子由常得书，甚安。轼房下四月四日添一男，颇易养，名似叔，并荷尊荫。十六媳妇彭寿并安。屡以兄意及君素意语之，他近日渐有从人之意，诚为稳便。然亲情颇难得全，望诸兄与措意，求佳者，切切。岁月易得，不宜更缓，须是彼此共与求讨。兄且在乡里待阙，且与三哥相口。羡之。成都守官极可乐，又得照管坟墓，又羡又羡，此中公事人事无暇，又物极贵，似京师，圭田甚薄，公库窘迫，供给萧然，但一味好个西湖也。役法、盐法皆创新，盗贼纵横，上下督迫，吏民胁息，□□火□上耳。乡中新事□批报。十四叔必安。向要腰带，出京时寄去矣。因见，问达否？不备。轼再拜。

大哥近得书，甚安。十九郎知在彼。

四小哥生计必渐成就，如何？（《与堂兄一首》）

侄男女孙各计安胜，后来更添孙未？轼以与下并安。拜别忽又岁尽，会集杳未有期，西望于邑。……弟轼再拜察推子明兄、县君二嫂左右。……十二姨尊候计万福。近领手诲，为忙中未及拜状，乞道卑恳。轼又上。（《与子明九首》其七）

成都，西南大都会也。佛事最胜，而大悲之像，未睹其杰。有法师敏行者，能读内外教，博通其义。欲以如幻三昧为一方首，乃以大旃檀作菩萨像，庄严妙丽，具慈愍性。手臂错出，开合捧执；指弹摩拊，千态具备；手各有目，无妄举者。……余游于四方二十余年矣，虽未得归，而想见其处。（《成都大悲阁记》）

奉违累岁，无缘一接谈笑，倾仰殊甚。榜中乡人，所识惟吾兄一人，其余岂尽新俊耶！（《与程彝仲六首》其四）

春向晚，拜见无由，每念契阔……惟万万自重，不宣。轼再拜幼安表兄阁下。（《与石幼安二首》其二）

始，尚书郎赵君成伯为眉之丹棱令，邑人至今称之。余其邻邑人也，故知之为详。君既罢丹棱，而余适还眉，于是始识君。（《密州通判厅题名记》）

兄所临有声，蔼然想诸公文章，别有殊擢。……阔别十年，瞻奉无期，此怀可知。……弟轼再拜寺丞子明二哥、县君二嫂左右。（《与子明九首》其八）

君少在蜀，从先府君。凡蜀之士，事贤友仁。（《祭胡执中郎中文》）

千乘侄屡言大舅全不作活计，多买书画奇物，常典钱使，欲老弟苦劝公。卑意亦深以为然。归老之计，不可不及今办治。（《与蒲传正一首》）

余少不喜杀生，然未能断也。（《书南史卢度传》）

其家固贫甚，然乡中亦有一小庄子，且随分过也。（《与朱康叔二十首》其十）

余应举时，君懿以二笔遗余，终试笔不败。（《书杜君懿藏诸葛笔》）

杜叔元字君懿（成都人）……君懿与吾先君善，先君欲求其砚而不可。君懿既死，其子沂以砚遗余，求作墓铭。（《书许敬宗砚二首》其二）

佺安节于元丰庚申六月大水中，舟行下峡，常持此经，得脱险难。明年十二月至黄州，见轼，乞写此本持归蜀。眉阳苏轼书。（《跋所书摩利支经后》）

某羁寓粗遣，但八月中丧一老乳母。子由到筠，亦抛却一女子，年十二矣。悼念未衰，复闻堂兄中舍卒于成都。异乡罹此，触物凄感，奈何！奈何！（《与王定国四十一首》其八）

悼念未衰，又得乡信，堂兄中舍九月中逝去。异乡衰病，触目凄感，念人命脆弱如此。（《答秦太虚七首》其四）

悼念未衰，复闻堂兄之丧，忧哀相仍，致此稽缓，想未讶也。（《与杜几先一首》）

张君房助教，陵井人。本治儒学，已而为医，有过人者。识病通变，而性极厚，恐欲知之。（《与李端伯宝文三首》其二）

其后蜀人黄筌、孙知微，皆得其笔法。始，知微欲于大慈寺寿宁院壁作湖滩水石四堵，营度经岁，终不肯下笔。一日，仓皇入寺，索笔墨甚急，奋袂如风，须臾而成，作输泻跳蹙之势，汹汹欲崩屋也。知微既死，笔法中绝五十余年。近岁成都人蒲永升，嗜酒放浪，性与画会，始作活水，得二孙本意，自黄居寀兄弟、李怀衮之流，皆不及也。王公富人或以势力使之，永升辄嘻笑舍去。遇其欲画，不择贵贱，顷刻而成。尝与余临寿宁院水，作二十四幅。每夏日挂之高堂素壁，即阴风袭人，毛发为立。永升今老矣，画亦难得，而世之识真者亦少。（《画水记》）

临皋亭下不数十步便是大江，其半是峨眉雪水，吾饮食沐浴皆取焉，何必归乡哉！（《与范子丰八首》其八）

近有成都僧惟简者，本一族兄，甚有道行，坚来要作《经藏碑》，却之不可。遂与变格都作迦语，贵无可笺注。今录本拜呈，欲求公真迹作十大字,以耀碑首。况蜀中未有公笔迹,亦是一缺。若幸赐许,真是一段奇事。可否,俟命。见有一蜀僧在此,且夕归去,若获,便可付也。(《与滕达道五首》其二)

每念乡舍,神爽飞去……他日天恩放停,幅巾杖屦,尚可放浪于岷峨间也。(《与宝月大师五首》其四)

四月八日,先妣武阳君忌日,饭僧于寺,乃记之。责授黄州团练副使眉山苏轼记。(《应梦罗汉记》)

余家有琴,其面皆作蛇蚹纹,其上池铭云:"开元十年造,雅州灵关村。"其下池铭云:"雷家记八日合。"不晓其"八日合"为何等语也?(《杂书琴事十首·家藏雷琴》)

直从巴峡逢僧宴,道到东坡别纪公。当时半破峨眉月,还在平羌江水中。(《送海印禅师偈并引》)

元丰辛酉冬至,仆在黄州,侄安节不远千里来省,饮酒乐甚。使作黄钟《梁州》,仍令小童快舞一曲,醉后书此,以识一时之事。(《记与安节饮》)

自蒲老行后……子侄来,领手教,感愧无量。……小四乃能尔,师中不死矣。(《与任德翁二首》其一)

大哥奄逝,忽已一年,近念不忘。承示大葬,不得临圹一诀,此恨无穷。今因王家夫力还乡,附奠文一首,托杨有甫具奠。仍告兄取次差儿侄一人,因正初拜坟时,与读过。……弟轼再拜子明通直二哥、县君二嫂左右。(《与子明九首》其九)

兄才气何适不可,而数滞留蜀中。此回必免冲替。何似一人来,寄家荆南,单骑入京,因带少物来,遂谋江淮一住计,亦是一策。试思之,他日子孙应举宦游,皆便也。弟亦欲如是,但先人坟墓无人照管,又不忍与子由作两处。兄自有三哥一房乡居,莫可作此策否?又只恐亦不忍与三哥作两处也。

吾兄弟俱老矣,当以时自娱。世事万端,皆不足介意。所谓自娱者,亦非世俗之乐,但胸中廓然无一物,即天壤之内,山川草木虫鱼之类,皆是供吾家乐事也。如何!如何!

记得应举时,见兄能讴歌,甚妙。弟虽不会,然常令人唱,为作词。近

作得《归去来引》一首寄呈，请歌之。送长安君一盏，呵呵，醉中不罪。（《与子明兄一首》）

某谪海南，狼狈广州，知时侄及第，流落中尤以为庆。乃知三哥平生孝义廉静自守，嫂贤明教诲有方，天不虚报也。（《与史氏太君嫂一首》）

天圣中，伯父中都公始举进士于眉，年二十有三。时进士法宽，未有糊名也。试日，通判殿中丞蒋希鲁下堂，观进士程文，见公所赋，叹其精妙绝伦。曰："第一人无以易子。"公力自言年少学浅，有父兄在，决不敢当此选。希鲁大贤之，曰："君子成人之美。"乃以为第三。明年登乙科。此则其亲书启事谢希鲁者也。公殁后十三年，得之宜兴人单君锡家，盖希鲁宜兴人也。又八年，乃躬自装缥，而归公之第二子子明兄，使宝之以无忘公之盛德云。（《题伯父谢启后》）

宗人镕，贫甚，吾无以济之。昔年尝见李驸马玮以五百千购王夷甫帖，吾书不下夷甫，而其人则吾之所耻也。书此以遗生，不得五百千，勿以予人。（《书赠宗人镕》）

念二秀才，别来又复春深，相念不去心。……久不得乡书，想诸叔已下各安，子明微累想免矣。因书略报，大舅书中甚相称，更在勉力副尊长意。

家门凋落，逝者不可复，如老叔固已无望，而子明、子由亦已潦倒头颅，可知正望侄辈振起耳。念此，不可不加意。未由会合，千万自爱。（《与千乘侄一首》）

苏寿明、巢谷、僧应纯，与东坡居士，皆眉山人也，会于黄冈。纯将之庐山，作偈送之。

一般口眼，两般肠肚。认取乡人，闻早归去。（《送僧应纯偈并叙》）

仆少时好书画笔砚之类，如好声色，壮大渐知，自笑至老无复此病。（《剑易张近龙尾子石砚诗跋》）

今仆所蓄"圣散子"，殆此类耶？……其方不知所从出，得之于眉山人巢君谷。谷多学，好方秘，惜此方不传其子。余苦求得之。（《圣散子叙》）

先伯父及第吴公榜中，而轼与其子子上再世为同年，契故深矣。始先君家居，人罕知之者。公携其文至京师，欧阳文忠公始见而知之。（《跋先君书送吴职方引》）

吾性好种植，能手自接果木，尤好栽橘。（《楚颂帖》）

轼龆龀入乡校，即诵公诗，今得观其遗迹，幸矣。（《跋翰林钱公诗后》）

必强侄近在泗州，得书，喜知安乐，房眷子孙各无恙。秋试又不利，老叔甚失望。然慎勿动心，益务积学而已。人苟知道，无适而不可，初不计得失也。闻侄欲暂还乡，信否？……侄能来南都一相见否？叔甚欲一往见传正，自惟罪废之余，动辄累人，故不果尔。甚有欲与侄言者，非面莫尽，想不惮数舍之远也。寒暖不定，惟万万自爱。（《与千之侄二首》其一）

眉人有程遵诲者，亦奇士，文益老，王郎盖师之。此两人有致穷之具，而与不肖为亲，又欲往求黄鲁直，其穷殆未易量也。（《答黄鲁直五首》其五）

昔予先君文安主簿赠中大夫讳洵，先夫人武昌太君程氏，皆性仁行廉，崇信三宝。损馆之日，追述遗意，舍所爱作佛事。（《真相院释迦舍利塔铭并叙》）

某去乡十八年，老人半去，后生皆不识面，坟墓手种木已径尺矣，此心岂尝一日忘归哉！（《与乡人一首》）

舍弟适患赤目，未能上状，又适得乡信，堂兄承议名不疑。丧亡，悲痛中，不能尽区区，恕之！恕之！（《与杨元素十七首》其十四）

轼年二十，以诸生见公成都，公一见待以国士。（《乐全先生文集叙》）

今日榜出，且喜小十捷解，喜慰之极。此郎君为学勤至，文词成就，来春必殊等也。（《与圣用弟三首》其一）

小侄千之初官，得在麾下，想蒙教诲成就也。曾拜闻眉士程遵诲者，文词气节，皆有可取。不知曾请见否？（《与李端伯宝文三首》其三）

吾先君子，秉德不耀。与公弟兄，一日之少。穷达不齐，欢则无间。岂以间里，忠义则然。（《祭范蜀公文》）

右轼启。自蜀徂京，几四千里；携孥去国，盖二十年。侧闻松楸，已中梁柱。（《谢贾朝奉启》）

去乡，久不复相闻知。得来示及退翁书，乃审公正信法子，而吾先友史彦辅十三丈之甥也。又承寄示正信偈颂塔铭，感叹不可言。（《与浴室用公一

首》）

余本田家，少有志丘壑，虽为搢绅，奉养犹农夫。（《跋李伯时卜居图》）

归扫坟墓何日，不能无惘惘也。（《与家退翁三首》其三）

王十六秀才将归蜀，云："子华宣德蔡丈，见托求诗。"梦中为作四句，觉而成之，以寄子华，仍请以示杨君素、王庆源二老人。元祐五年二月七日。（《书寄蔡子华诗后》）

祖母蓬莱县太君史氏绣幡二，其文曰"长寿王菩萨""消灾障菩萨"。祖母没三十余年，而先君中大夫孝友之慕，至老不衰，每至忌日，必捧而泣。（《舍幡帖一首》）

张俞少愚，西蜀隐君子也。与予先君游，居岷山下白云溪，自号白云居士。本有经世志，特以自重难合，故老死草野，非槁项黄馘盗名者也。（《题张白云诗后》）

予时以诗送行，有"扫棠阴""踵画像"之语。……方上章请郡，曰："正孺已及瓜矣，盍往代之，遂归老眉山乎？"（《书诸公送周梓州诗后》）

自南郡诣梓州，溯流归乡，尽载家书而行，迤逦致仕，筑室种果于眉，以须子由之归而老焉。不知此愿遂否，言之怅然也。（《书请郡》）

惟我蜀人，颇存古法。观其像设，尤有典刑。（《水陆法像赞并引》）

轼自龆龀，以学为嬉。童子何知，谓公我师。昼诵其文，夜梦见之。十有五年，乃克见公。（《祭欧阳文忠公夫人文》）

我先大夫，古之天民。被褐怀宝，陆沈峨岷。公曰惜哉，王国之珍。此太史公，笔回千钧。独置一榻，不延余宾。时我兄弟，尚未冠绅。得交于公，先子是因。我晚闻道，困于垢尘。每从公谈，弃故服新。（《祭张文定公三首》其一）

某自去岁闻宣义叔丈倾逝，寻递中奉慰疏，必已闻达。尔后纷冗少暇，继以行役不定，久阙书问，愧悚不已。叔丈平昔以文行著称乡间，于场屋晚乃少遂，终不振显。惟望昆仲力学砥砺，以显扬不坠为心，乃末戚区区之望也。（《与王庆源子一首》）

成都浣花溪，水清滑胜常，以沤麻楮作笺纸，紧白可爱，数十里外便不

堪造，信水之力也。(《书六合麻纸》)

川笺取布机余经不受纬者治作之，故名布头笺。此纸冠天下，六合人亦作，终不佳。(《书布头笺》)

方叔兄未及拜书，且为致意。子安三哥近有书，未及再上状，因见，亦为致恳。(《与圣用弟三首》其三)

忝乡且亲，平时不为不知公，因此行，观公举措，方恨前此知公未尽，勉进此道，为朋友光宠。(《与孙子发七首》其三)

我与弟辙，来自峨岷。公罔罗之，若获凤麟。(《祭韩忠献公文》)

子由之达，盖自幼而然。方先君与吾笃好书画，每有所获，真以为乐。唯子由观之，漠然不甚经意。今日有先见，固宜也。(《子由幼达》)

我时童子，知为公喟。四十余年，墓木十围。(《祭滕大夫母杨夫人文》)

伏念臣草芥贱儒，岷峨冷族。袭先人之素业，借一第以窃名。虽幼岁勤劳，实学圣人之大道。(《英州谢上表》)

宣德郎、广陵郡王院大小学教授眉山任伯雨德翁，丧其母吕夫人之十四日，号擗稍间，欲从事于佛。……德翁舟行扶柩归葬于蜀，某方贬岭外，遇吊德翁楚、泗间，乃为记之。(《师续梦经》)

轼龆龀好道，本不欲婚宦，为父兄所强，一落世网，不能自逭。然未尝一念忘此心也。(《与刘宜翁使君书》)

故人杨济甫之子明字子微，不远数千里，来见仆与子由。会子由有汝海之行，仆亦迁岭表，子微追及仆于陈留，留连不忍去。欲作济甫书，行役倦甚，不果。可持是示济甫，此即书也，何必更作。子微笃学有文，自言知数术，云仆必不死岭表。若斯言有徵，当为写《道德经》相偿，此纸所以志也。绍圣元年闰四月十八日，新英州守苏轼书。(《书赠杨子微》)

程公庵，南华长老辩公为吾表弟程德孺作也。吾南迁过之，更其名曰苏程。(《苏程庵铭并引》)

六郎、十郎昆仲：节近，感慕愈深，奈何！奈何！惟千万节衣强饭，以慰亲意。大郎、三郎有消耗到未？复信附慰疏也。(《与程六郎十郎一首》)

西川有杜鹃，东川无杜鹃。(《辨杜子美杜鹃诗》)

207

久不闻□，渴仰弥积。……二哥上春□□□，时有书问往还，甚安也。（《与程德孺一首》）

念君弃家求道二十余年，不见异人，当得异书。（《与陆子厚一首》）

近日尤不近笔砚，见少时所作文，如隔世事、他人文也。……轼少时本欲逃窜山林，父兄不许，迫以婚宦，故汩没至今。（《与王庠五首》其一）

宫傅之孙，十有六人。契阔死生，四人仅存。维我令妹，慈孝温文。事姑如母，敬夫如宾。玉立二甥，实华我门。一秀不实，何辜于神。谓当百年，观此腾振。云何俯仰，一唧再呻。救药靡及，奄为空云。万里海涯，百日赴闻。祔棺何在，梦泪濡茵。长号北风，寓此一樽。（《祭亡妹德化县君文》）

念七娘远书，且喜侍奉外无恙。自十九郎迁逝，家门无空岁。三叔翁、大嫂继往，近日又闻柳家小姑凶讣，流落海隅，日有哀恸，此怀可知。兄与六郎却且安健，幸勿忧也。（《与王庠五首》其四）

右予少时读《后汉书》、《三国志》华佗传，皆云：佗弟子樊阿"从佗求可服食益于人者，佗授以漆叶青黏散：漆叶屑一升，青黏屑十四两，以是为率。言久服，去三虫，利五藏，轻体，使人头不白。"（《辨漆叶青黏散方》）

杜甫诗有除蔾草一篇，今蜀中谓之毛琰，毛芒可畏，触之如蜂虿，然治风疹，择最先者，以此草点之，一身皆失去。（《蔾草录》）

侄孙元老秀才，久不闻问，不识即日体中佳否？蜀中骨肉，想不住得安讯。老人住海外如昨，但近来多病，瘦瘁不复如往日，不知余年复得相见否？……所要志文，但数年不死便作，不食言也。侄孙既是东坡骨肉，人所觑看，住京凡百加关防，切祝！切祝！今有一书与许下诸子，又恐陈浩秀才不过许，只令送与侄孙，切速为求便寄达。余惟万万自重，不一一。（《与侄孙元老四首》其一）

侄孙近来为学何如？想不免趋时。然亦须多读史，务令文字华实相副，期于适用乃佳。勿令得一第后，所学便为弃物也。

海外亦粗有书籍，六郎亦不废学，虽不解对义，然作文极峻壮，有家法。二郎、五郎见说亦长进，曾见他文字否？侄孙宜熟看《前、后汉史》及

韩、柳文。有便寄近文一两首来，慰海外老人意也。(《与侄孙元老四首》其二)

元老侄孙秀才，屡得书，感慰。十九郎墓表，本是老人欲作，今岂推辞！向者犹作宝月志文，况此文。义当作，但以日近忧畏愈深，饮食语默，百虑而后动，想喻此意也。若不死，终当作尔。

近来须鬓雪白加瘦，但健及啖啜如故尔。相见无期，惟当勉力进道，起门户为亲荣，老人僵仆海外，亦不恨也。(《与侄孙元老四首》其三)

赵先辈儋人，此中凡百可问而知也。乡里出百药煎，如收得，可寄二三斤，赵还时可附也，无即已。(《与侄孙元老四首》其四)

先君与圣俞游时，余与子由甚年少，世未有知者，圣俞极称之。家有老人泉，圣俞作诗曰："泉上有老人，隐见不可常。苏子居其间，饮水乐未央。泉中若有鱼，与子同徜徉。泉中苟无鱼，子特玩沧浪。岁月不知老，家有雏凤凰。百鸟戢羽翼，不敢呈文章。去为仲尼叹，出为盛时翔。方今天子圣，无滞彼泉旁。"圣俞没，今四十年矣。(《书圣俞赠欧阳辟诗后》)

乡关入望，尚期归骨于眉山。(《谢量移永州表》)

朝奉郎提举成都府玉局观苏轼……伏以窜流岭海，前后七年；契阔死生，丧亡九口。(《南华寺六祖塔功德疏》)

轼年始十二，先君宫师归自江南，曰："吾南游至虔，有隐君子钟君，与其弟概从吾游，同登马祖岩，入天竺寺，观乐天墨迹。吾不饮酒，君尝置醴焉。"方是时，先君未为时所知，旅游万里，舍者常争席，而君独知敬异之。……其词曰：

……吾先君子，南游万里道阻邈。如金未熔，木未绳墨玉未琢。君于众中，一见定交陈礼乐。曰子不饮，我醪甚甘酾此浊。览观江山，扣历泉石步荦确。先君北归，君老于虔望南朔。(《钟子翼哀词并引》)

石昌言蓄廷珪墨，不许人磨。或戏之云："子不磨墨，墨当磨子。"今昌言墓木拱矣，而墨故无恙，可以为好事者之戒。(《书石昌言爱墨》)

世言蜀中冷金笺最宜为墨，非也。惟此纸难为墨。尝以此纸试墨，惟李廷珪乃黑。(《试东野晖墨》)

蜀人张宗谔永徽，年六十七，须发不甚白，而精爽紧健，超逸涧谷，上

下如飞，此必有所得。……方罢官归阳翟（今属许州），意思豁然，非世俗间人也。（《张永徽老健》）

文慧大师应符，居成都玉溪上，为阁曰"清风"，以书来求文为记。五返而益勤，余不能已，戏为浮屠语以问之。（《清风阁记》）

吾先君友人史经臣彦辅，豪伟人也。尝云："黄霸本尚教化，庶几于富，而教之者，乃复用乌攫肉，小数，陋矣。颍川凤凰，盖可疑也。霸以鹖为神雀，不知颍川之凤以何物为之？"虽近于戏，亦有理也，故记之。（《史彦辅论黄霸》）

自余少时，见前辈皆不敢轻改书，故蜀本大字书皆善本。蜀本《庄子》云："用志不分，乃疑于神。"此与《易》"阴疑于阳"、《礼》"使人疑汝于夫子"同。（《书诸集改字》）

桃竹出巴、渝间，杜子美有《桃竹杖歌》。（《书子厚诗》）

昔先友史经臣彦辅谓余："阮籍登广武而叹曰：'时无英雄，使竖子成名。'岂谓沛公竖子乎？"余曰："非也。……"今日读李白《广武古战场》诗云："沉湎呼竖子，狂言非至公。"乃知李白亦误认嗣宗语，与先友之意无异也。（《书太白广武战场诗》）

蜀人任介、郭震、李畋，皆博学能诗，晓音律，相与为莫逆之交，游荡不羁，礼法之士鄙之。然皆才识过人。李顺之将乱，震游成都东郊，忽赋诗曰："今日出东郊，东郊好春色。青青原上草，莫教征马食。"遂走京师上书，言蜀将乱，不报。期年，其言乃效。震竟不仕。介为陕西一幕官而死。畋稍达，仕至尚书郎。震将死，其友往问之，侧卧欹枕而言。其友曰："子且正身。"震笑曰："此行岂可复替名哉！"虽平生诙谐之余习，然亦足以见其临死而不乱也。（《记郭震诗》）

"夜郎秋涨水连空，上有虚亭缥缈中。山满长天宜落日，江吹旷野作惊风。氤烟惨淡浮前浦，渔艇纵横逐钓筒。未省岳阳何似此，应须子细问南公。"蜀州新建绝胜亭，舍弟十九岁作。（《书子由绝胜亭诗》）

眉之彭山进士宋筹者，与故参知政事孙抃梦得同赴举。至华阴，大雪，天未明，过华山。有牌堠云"毛女峰"者，见一老妪坐堠下，鬓如雪而无寒色。时道上未有行者，不知其所从来，雪中亦无足迹。与宋相去数百步，宋先过之，未怪其异，而莫之顾。独孙留连与语，有数百钱挂鞍，尽以与之。既追及宋，道其事。宋悔，复还求之，已无所见。是岁，孙第三人及第，而宋老死无成。此事，蜀人多知之者。（《华阴老妪》）

眉州人任达为余言：少时见人家畜数百鱼深池中，池以砖瓷，四周皆有屋舍，环绕方丈间。凡三十余年，日加长。一日，天晴无雷，池中忽发大声，如风雨，鱼皆踊起，羊角而上，不知所往。达云："旧说，不以神守，则为蛟龙所取，此殆是耳。"余以谓蛟龙必因风雨，疑此鱼圈局三十余年，日有腾拔之意，精神不衰，久而自达，理自然耳。（《池鱼自达》）

至和二年，成都人有费孝先者，始来眉山。云：近游青城山，访老人村，坏其一竹床。孝先谢不敏，且欲偿之。老人笑曰："子视其上字！字云：此床以某年某月造，某年某月为孝先所坏。自其数耳，何以偿为！"孝先知其异，乃留师事之。老人授以轨革卦影之术，前此未有知此学者也。后五年，孝先名闻天下，王公大人皆不远千里，以金钱求其卦影，孝先以此致富。今死矣，然四方治其学者所在而有，皆自托于孝先，真伪特未可知也。聊复记之，使后世知卦影所自。（《费孝先卦影》）

尔朱道士晚客于眉山，故蜀人多记其事。……后去眉山，乃客于涪州。（《符陵丹砂》）

眉山有杨颖臣者，长七尺，健饮啖，倜傥人也。忽得消渴疾，日饮水数斗，食倍常而数溺，服消渴药逾年，疾日甚，自度必死，治棺衾，嘱其子于人。蜀有良医张玄隐之子，不记其名，为诊脉，笑曰："君几误死矣。"取麝香当门子，以酒濡之，作十许丸，取枳枸子为汤，饮之，遂愈。（《枳枸汤》）

服葳灵仙有二法。其一，净洗阴干，捣罗为末，酒浸牛膝末，或蜜丸，或为散酒。调牛膝之多少，视脏腑之虚实而增减之。此眉山一亲知，患脚气至重，依此，服半年，遂永除。（《服葳灵仙法》）

以意求艾似人者，辄撷之以灸，殊有效。幼时见一书中云尔，忘其为何书也。（《艾人着灸法》）

蜀人园池养鹅，蛇即远去。（《记钱塘杀鹅》）

二郎侄：得书，知安，并议论可喜，书字亦进。文字亦若无难处，止有一事与汝说。凡文字，少小时须令气象峥嵘，采色绚烂，渐老渐熟乃造平淡；其实不是平淡，绚烂之极也。汝只见爷伯而今平淡，一向只学此样，何不取旧日应举时文字看，高下抑扬，如龙蛇捉不住，当且学此，只书字亦然，善思吾言！（《与二郎侄一首》）

又，三弟不及上状。

十六侄不幸，忽然数月，想同增悲感。此郎君为葬他□□时挥霍使钱过当，又放数百千利钱在人上，并索不得。有事日，只有数贯钱，葬事一□，并是轼竭力与干办，虽骨肉常理不当说，然旅寓遭此颇困。今已葬讫，家中一空。媳妇头面些小尽卖添使。此外每月有六贯房钱耳，却少家卅二等钱百余贯。媳妇再三言，不可独住杀猪巷，恐别有不虞。钱物又使不足，坚要□轼左右。轼因思此子不幸，轼与诸兄皆当知管，不当更有推辞，但吾兄与孀妇是亲舅生，于事体尤稳便耳。欲且权令归家，他日俟子正或吾兄到阙，却令随侍，如何？不久即是百日，俟过此即令归也。十六郎在时，使却轼钱二百千，遗书令用房钱渐次还。然少别人钱多□急未到此也。见卖所居屋子数间，用还家卅二，所有每月房钱，先用还任归道，次即用还子正与兄料钱。料□他家已请到闰月使了也。近得子正书，令取□□头□十二月已后，更不令清□。子正有书，以十千助其葬。恐知。兄所说公服，为到京后，忘却向时之语，已裁著了。来年夏服专奉留。轼再拜。（《与堂兄一首》）

十二姨仍安健否？曾令王四说，令写元神一本，以其酷似先妣，故欲见之也。不知曾写得否？切不可道弟此意，恐老人不乐也。王四不知安在？王三见说只在京漉月不肯归罪人人。（《与堂兄一首》）

欲以数张纸楦此奠文，令不皱摺。又记得兄尝要弟写字，故寄近日所书两纸，其实以为楦耳。（《与堂兄一首》）

勿使常医弄疾。（《与亲党一首》）

蜀中多桤木，读如欹仄之"欹"，散材也，独中薪耳。然易长，三年乃拱。故子美诗云："饱闻桤木三年大，为致溪边十亩阴。"凡木所茁，其地则瘠。惟桤不然，叶落泥水中，辄腐，能肥田，甚于粪壤，故田家喜种之。得风，叶声发发，如白杨也。"吟风"之句，尤为纪实云。笼竹，亦蜀中竹名也。（《题杜子美桤木诗后》）

洵顿首。前辱临顾,未由诣谢,承惠教,只增愧悚,晴暖,尊体佳胜。旦夕□前次。人还,且此布谢,不宣。洵再拜君懿郎中仁兄阁下。

钱亦如数领讫,何用忙也。

此先子手书也,谨泣而藏之。轼。(《跋先君与杜君懿郎中帖》)

余少嗜甘,日食蜜五合,尝谓以蜜煎糖而食之可也。……吾好食姜蜜汤,甘芳滑辣,使人意快而神清。(《书食蜜》)

后 记

2019年，我们与乐山师范学院合作实施"苏轼乡愁与乡村振兴研究"项目，拟系统梳理苏轼的乡土情结及其一生关乎民情风俗与乡村建设、生态文明等方面的理论主张、审美品鉴、旅游观感等。课题的落脚点在于凸显苏轼的人文精神、政治理念、生活观念等对乡村建设的重大价值与启示意义。课题既有文献价值，又富于文化涵蕴和现实意义，借以促进东坡文化在眉山及全国各地广泛而深入的传播。由此，我们着手收集、整理、归纳苏轼有关乡愁的诗、词、文。

此间，时任四川省苏轼研究会会长周裕锴教授语重心长向我们建议："我觉得四川要开发苏轼，可以把苏轼诗、词、文里，有关他的父母、他的乡亲，有关他故乡的田园风貌，有关成都大慈寺的描写……有关四川的一切回忆都收集起来，就能看出苏轼对四川感情之深。"我们广泛征求意见建议，迅速召开座谈会，反复论证，确立了研究方向，确定了分时段分别进行苏轼、苏洵、苏辙眉山诗文注评目标。

《苏轼眉山诗文注评》是打造三苏文化传承发展中心、建设全球苏学研究高地的基础性工作。课题一经确立，我们便扎实推进，并成功申报为2022年度四川省社科规划项目（普及项目，编号：SC22KP010）。寒暑易节，经过课题组成员的辛勤耕耘，《苏轼眉山诗文注评》终于与大家见面了。本课题由方永江任项目负责人，统筹协调、着力推进；苏轼与四川、眉山诗文的收集整理，苏轼诗词评注，统稿和附录部分由袁丁完成；苏轼文评注由刘清泉完成。

周裕锴教授评价此书："选题的主题集中，具有地域特色，在众多苏轼集的整理研究中，别具一格。……鉴于苏轼研究领域中对眉山诗文关注较少，因而此课题有一定填补空白的意义。同时，本课题用深入浅出的通俗语言对苏轼诗文进行解读，有助于传承和弘扬三苏文化，对于讲好中华文明故事具有积极意义。"

现任四川省苏轼研究会会长潘殊闲教授认为："苏轼是从眉山走出的文学与文化巨擘，他对家乡眉山有深厚的情感，在其诗文作品中有比较多的涉及家乡的文字，这些描写家乡的文字是认识苏轼知识启蒙、情感生长、思想演进、人格养成的重要文本，有重要的文献学、文化学、历史学、地理学、社会学、政治学等意义。但遗憾的是，至今学界没有对苏轼的眉山诗文进行全面的搜集整理与评注，而《苏轼眉山诗文注评》这个课题，则填补了这个空白。……该课题对传承和弘扬三苏文化，认真贯彻落实习近平总书记 2022 年 6 月 8 日在三苏祠所作重要讲话精神，'讲好中华文明故事，向世界展现可信、可爱、可敬的中国形象'，具有重要的现实意义和时代价值。"

一册在手，可以遍览苏轼一生所写与眉山有关的诗、词、文；其附录部分，为有兴趣了解、搜求苏轼关于四川、眉山的诗词文提供了方便。本书以张志烈、马德富、周裕锴主编的《苏轼全集校注》为底本，《苏轼眉山诗文注评》的立项和出版得到了省社科联、巴蜀书社、三苏祠博物馆等有关领导和老师的大力支持，关心三苏眉山诗文注评的专家学者给予了大量宝贵意见，谨致最诚挚的谢意！由于水平所限，时间仓促，本书错漏在所难免，祈望方家不吝赐教！

2024 年 12 月 12 日